FEDERICO SANCHEZ VOUS SALUE BIEN

Dans Le Livre de poche :

NETCHAÏEV EST DE RETOUR.

JORGE SEMPRUN

Federico Sanchez vous salue bien

ROMAN

GRASSET

À Javier Pradera,
comme toujours, pour toujours ;
à Placido Arango,
pour l'amitié nouvelle.

I

D'un retour dans la ville de mon enfance

Les voitures se garaient le long du trottoir.

Il y eut un bruit de portières ouvertes et fermées à la volée, le déploiement des gardes du corps. Un peu plus loin, un envol titubant de pigeons, sous le soleil de juillet qui prenait la rue en enfilade, l'écrasant d'une lumière plombée.

Nous étions arrivés.

Je regardais autour de moi, je n'en croyais pas mes yeux. J'aurais pu éclater de rire, pas forcément de joie. Rire plutôt de l'absurde cocasserie de l'existence. Mais peut-être la coïncidence qui se manifestait ainsi n'était-elle pas absurde, ni cocasse. Peut-être était-elle lourde de sens, bien au contraire.

Car nous étions rue Alfonso XI, dans le quartier du Retiro. Du côté impair de la rue, juste en face de l'immeuble portant le numéro 12. Je regardais ce portail, les fenêtres du quatrième étage. Je savais ce qu'il y avait – ce qu'il y avait eu, du moins – derrière ces fenêtres. Je savais le nombre de pièces qu'elles éclairaient, la disposition de celles-ci le long de l'interminable couloir qui tournait à angle droit, au bout, pour s'aligner parallèlement à la rue Juan de Mena, tranversale.

Certes, le couloir de ce quatrième étage dont j'observais les fenêtres aux volets clos (était-ce pour se protéger de la chaleur estivale ? l'appartement était-il vide ?) n'était interminable que dans mon souvenir, qui était enfantin. Je veux dire : c'était dans cet appartement, au pied duquel venait de me déposer la voiture officielle, que j'avais passé mon enfance.

Un peu plus tôt, le ministre chargé des Relations avec le

Parlement et du Secrétariat du gouvernement était venu me prendre au *Palace*, l'hôtel où j'habitais provisoirement. Il voulait me montrer un appartement de fonction, encore en travaux, qui pourrait me convenir, disait-il. Le trajet avait été bref. Les voitures avaient tourné sur la place de Neptune, du côté du musée du Prado, pour passer devant le monument aux morts et remonter la rue Juan de Mena. Et voilà, nous étions arrivés rue Alfonso XI.

La boucle était bouclée, semblait-il.

J'avais quitté cette rue un matin de juillet, en 1936, pour les vacances d'été, toute une vie plus tôt : un demi-siècle plus tôt. Ça se dit tout d'une traite, tout d'une fois, s'écrit d'un trait de plume. Mais ça pèse lourd dans la mémoire de l'âme et du corps, un demi-siècle.

Le lendemain de ce départ en vacances, l'armée d'Afrique et les principales garnisons de la Péninsule s'étaient soulevées contre le gouvernement de la République. Nous avions juste eu le temps d'arriver à Lekeitio, un village de pêcheurs du Pays basque, ayant traversé des villes – Burgos, Vitoria – où l'effervescence militaire était déjà perceptible.

À Lekeitio, les plages de sable océanique étaient quasiment désertes, cet été-là. Les habituelles familles d'estivants étaient restées à Bilbao ou à Madrid, attendant que la situation politique se clarifie, vraisemblablement. Elle s'était clarifiée dans le sang et l'horreur d'une longue guerre civile.

J'aurais pu éclater de rire, en effet. Pas forcément de joie.

– Voilà, c'est ici, disait le ministre Zapatero.

Il me montrait l'entrée du numéro 9 de la rue, juste en face du portail de mon enfance.

Ainsi, un demi-siècle après avoir quitté le quartier du Retiro – le parc, le Prado, le jardin botanique, l'église de San Jerónimo, les avenues résidentielles, l'épicerie de Santiago Cuenllas, l'hôtel *Gaylord's* –, après deux guerres, l'exil, Buchenwald, le communisme, des femmes, quelques livres, me voici revenu à mon point de départ.

Mais je n'ai pas le temps de savourer cet instant privilégié, unique d'une certaine façon. Je n'ai pas le temps de m'arrêter à réfléchir sur cette vie, la mienne, tout entière ouverte à mon regard : vertigineusement transparente. Mon plus lointain souvenir est lié à cet endroit, à une visite à mon grand-père, Antonio Maura, qui habitait à deux pas de la rue Alfonso XI, dans une avenue qui porte aujourd'hui son nom. Depuis ce premier souvenir jusqu'à ce jour de juillet 1988, ma vie tout entière pourrait se déployer dans ma mémoire. Il suffirait de fermer les yeux, de rester immobile, d'attendre que ça revienne. Mais je n'ai pas le temps. Des officiels sont là – architectes, chefs de chantier, attachés de cabinet, que sais-je – pour nous faire visiter l'appartement de fonction qui m'est proposé.

Je jette un dernier coup d'œil sur la maison d'en face. Elle n'a pas l'air bien entretenue. Par là, par son aspect vétuste, elle me rappelle plutôt le temps passé que le passé lui-même. Le passé, c'est l'enfance ; le temps passé, c'est le vieillissement. La façade de cette maison venait d'être ravalée, ses volets repeints, juste avant la guerre civile. Mais l'image enfantine a été effacée par la patine du temps : la maison de mon enfance a vieilli comme moi, avec moi. Nous continuons d'être contemporains, à vivre de plain-pied dans le temps immobile, érodé par le cours des choses.

Je me retourne, je franchis le seuil du numéro 9 de la rue Alfonso XI.

Quelques jours auparavant, le téléphone avait sonné chez moi, à Paris.

Je dis « chez moi », c'est une convention : pour faire vite et facile. Ça se comprend, « chez moi », même quand ça ne veut rien dire. Ou dire n'importe quoi. Car je ne suis nulle part chez moi. Ou alors je le suis n'importe où, ce qui revient au même. Mettez à portée de promenade quelques cafés, un fleuve, des libraires, un musée, et le tour est joué : je suis chez moi.

De toute façon, les dernières années c'est plutôt à Paris que j'étais « chez moi ».

Le téléphone a donc sonné, à la fin de la journée, et une voix espagnole a demandé si elle parlait avec moi. J'ai dit que c'était bien ça, que j'étais bien moi-même. Affirmation un peu aventureuse, non dépourvue de présomption. Mais enfin, la communication par téléphone ne s'embarrasse pas trop de raffinements analytiques. Si on se met à faire son Wittgenstein à chaque appel téléphonique, on ne s'en sortira pas, c'est sûr.

Rassurée à si bon compte sur mon identité, la voix espagnole et féminine m'a prié de ne pas quitter. Il y a eu des grésillements, des déclics, une autre voix de femme a pris le relais. J'ai reconnu cette deuxième voix : c'était celle de Miryam, la secrétaire de Javier Solana, ministre de la Culture du gouvernement socialiste espagnol. Celui-ci voulait me parler, m'a dit Miryam. Rien d'étonnant, jusque-là, nous nous parlions régulièrement, Solana et moi. C'était l'un de mes amis dans l'appareil dirigeant du Parti socialiste espagnol, arrivé au pouvoir six ans plus tôt lors d'élections triomphales. L'un de mes rares amis, d'ailleurs, dans ledit parti, dont le personnel politique m'était en général inconnu. Et plutôt indifférent.

Javier Solana était au bout du fil. Son entrée en matière a été déconcertante. « Dis-moi, m'a-t-il lancé à brûle-pourpoint, quelle est ta nationalité ? » Je n'ai pas bien compris la question. Ou plutôt, je n'ai pas bien saisi son aspect concret, pratique. J'en ai fait une question de principe. Ou de culture. « Je suis assez apatride, lui ai-je répondu. Bilingue, donc schizophrène, donc sans racines. En fait, ma patrie n'est même pas la langue, comme pour la plupart des écrivains, mais le langage. » Il y a eu un silence, puis Solana a ri de bon cœur. « Très bien, a-t-il dit, mais je veux simplement savoir quels papiers tu as. As-tu un passeport espagnol ou français ? »

J'avais un passeport espagnol, bien entendu. L'idée d'avoir un passeport français, c'est-à-dire d'abandonner la nationalité espagnole de ce point de vue-là, ne m'avait jamais effleuré. On m'avait souvent proposé de me faire naturaliser français : toutes les conditions requises étaient réunies, me disait-on. J'écrivais en français, j'étais un ancien déporté-résistant, j'étais marié avec une Française – par deux fois, d'ailleurs : la récidive augmentait mes chances d'être admis –, j'étais aussi un contribuable exemplaire, depuis que j'avais émergé, en 1963, de l'inexistence fiscale de la clandestinité communiste.

Mais l'idée d'être français de cette façon-là ne m'était jamais venue à l'esprit. J'avais été un rouge espagnol en

France, un *Rotspanier* dans le camp nazi du Buchenwald. On n'abandonne cette identité sous aucun prétexte, m'étais-je toujours dit. C'était un destin historique qui m'était assigné, en quelque sorte. Il me fallait l'assumer. Surtout parce que ce destin comportait des risques, d'un côté, et m'inscrivait, de l'autre, dans une communauté souffrante et fraternelle. J'avais donc vécu l'exil politique espagnol comme une vraie patrie : cette possibilité, du moins, s'y pouvait déployer, malgré l'ennui, parfois tragique, inévitablement empli de ressassement, en tout cas, des dialogues d'exilés. En conséquence, j'ai eu pendant de longues années des papiers de réfugié et un titre de voyage des Nations unies, l'équivalent de l'ancien passeport Nansen.

Il est vrai que j'utilisais surtout de faux papiers, pour mes voyages. Ainsi, en 1964, je suis revenu de Prague avec un passeport français au nom de Camille Salagnac. J'étais né à Mirombel, Corrèze, et j'habitais rue Collange, à Levallois-Perret. C'était mon dernier voyage avec un faux passeport : aux environs de Prague, en effet, dans un ancien château des rois de Bohême, au cours d'une longue réunion de l'exécutif – appellation parfaitement méritée, pour une fois, j'avais été proprement exécuté – du Parti communiste espagnol, je venais d'en être exclu. Quelques semaines plus tard, dans un autre château, à Salzbourg, qui n'avait pas appartenu aux rois de Bohême, mais à la famille princière des Hohenlohe, on allait me remettre le prix Formentor de littérature pour *le Grand Voyage*. Une autre vie commençait, sans faux papiers. Je n'étais pas encore sûr de ne point regretter l'ancienne. L'aventure et la fraternité possibles de celle-ci, du moins.

Au contrôle de l'aéroport d'Orly, le policier de service ne savait forcément rien de toutes ces péripéties intimes. Pourtant, il eut une sorte de sursaut, en vérifiant mes papiers d'identité. « Levallois-Perret, rue Collange ! s'est-il exclamé. Mais nous vivons dans la même rue ! » Son regard n'exprimait pas la joie de cette surprise. Même pas la satisfaction de cette coïncidence. C'était un regard méfiant. « Je ne vous y ai jamais croisé », a-t-il ajouté. Il gardait mon passeport en main, le scrutant toujours d'un œil qui me semblait soupçonneux. Je me suis dit que j'allais être finalement pris dans une histoire de faux papiers de la façon la plus stupide : lors du dernier voyage de cette sorte. Au moment où je venais de quitter le monde de la clandestinité. Je lui ai fait mon sourire le plus avenant… « On ne doit pas avoir les mêmes horaires », ai-je dit. Il a haussé les épaules, sans doute était-ce l'évidence. Il m'a rendu mon passeport et je suis revenu dans la vie de tout le monde sous le nom, inoubliable de par ce fait, de Camille Salagnac.

Quelque temps plus tard, j'ai sollicité un passeport du consulat général d'Espagne à Paris. Mon titre de réfugié me permettait de voyager dans le monde entier – du moins dans la partie civilisée du monde – mais il m'interdisait, par définition, de franchir la frontière espagnole. Or il m'apparut très vite que j'aurais du mal à me passer des séjours dans mon pays, fussent-ils privés désormais de l'aura de l'aventure. Quelques amis – Javier Pradera, Clemente Auger, Elías Querejeta, Domingo « Dominguín » –, des paysages, des nourritures, des tableaux, une certaine forme de convivialité : il me semblait que je ne pourrais pas m'en passer. J'ai donc sollicité un passeport espagnol, qui m'a longtemps été refusé, les autorités de police de mon pays connaissant mes activités politiques antérieures. Jusqu'à un jour de l'année 1967 où le consul me convoqua pour m'annoncer qu'il était autorisé à m'en délivrer un. « Mais c'est à vos risques et périls », a-t-il ajouté.

Je n'ai pas relevé l'absurdité juridique de son propos. Comment un État peut-il donner à l'un de ses citoyens, « à ses risques et périls », le passeport auquel il a droit ? Ce droit serait-il, par essence, risqué, périlleux ? Mais je n'ai rien dit. Je savais que je n'étais pas citoyen : seulement sujet. L'Espagne d'alors, et donc ses consuls et représentants en tout genre, n'avaient que des sujets. Et la sujétion comporte toujours des périls, c'est bien connu. Des risques considérables. Je me suis gardé d'engager avec le consul d'Espagne une discussion aussi épineuse. J'ai accepté le passeport, à mes risques et périls. D'ailleurs, c'est toujours ainsi que j'ai été forcé d'accepter ce qui, en moi, dans ma vie, venait d'Espagne : les souvenirs d'enfance, l'illusion d'un avenir, une certaine vitalité désespérée, le sourire de quelques portraits féminins de Goya : à mes risques et périls.

Mais Javier Solana est au bout du fil, je ne vais pas le faire attendre. De toute façon, les considérations ou remémorations qui ont ici, même réduites à leur plus extrême concision, occupé quelques dizaines de lignes, ne prennent aucun temps dans l'espace mental : elles flamboient instantanément.

J'ai donc aussitôt répondu à Solana que j'avais un passeport espagnol. Il m'a semblé que cette nouvelle le rassurait. « Alors, je peux continuer, m'a-t-il dit. Est-ce que tu es assis pour entendre la suite ? » Tout cela commençait à m'intriguer. Je lui ai dit que j'étais debout mais tenais sur mes jambes. « Assieds-toi quand même », a insisté Solana. Et il m'a lâché le message qu'il était chargé de me faire parvenir. Felipe Gonzalez allait procéder dans les jours suivants à un remaniement de son gouvernement et il me proposait le ministère de la Culture. J'avais la nuit pour réfléchir, pas davantage. Il leur fallait une réponse le lendemain matin. Dans le cas d'une acceptation, il m'enverrait un billet d'avion pour venir rencontrer Gonzalez à Madrid, le surlendemain, un mercredi. Nous dînerions ensemble à la Moncloa.

Là-dessus – c'était son rôle, bien entendu –, il m'a énuméré toutes les raisons d'accepter la proposition de Felipe Gonzalez. J'ai écouté leur énumération, certaines m'ont paru raisonnables, effectivement. D'autres ne me concernaient pas. Je n'en ai rien dit, j'ai promis une réponse pour le lendemain. Je lui ai pourtant demandé – c'était la moindre des politesses, puisqu'on me proposait son poste – quel ministère était prévu pour lui dans le remaniement en cours. Celui de l'Education, m'a-t-il annoncé.

C'était tout, nous avons raccroché. J'avais la nuit pour décider.

Nous étions sur le perron du palais de la Moncloa, le surlendemain, mercredi 6 juillet 1988.

Il était minuit, nous allions nous séparer.

Felipe Gonzalez s'est tourné vers moi, au moment où la voiture qui allait me ramener au *Palace* se rangeait au bas des marches.

– Il y aura des moments passionnants, et puis des jours creux, ternes. Tu auras des amis, des vrais et des faux. Et puis des ennemis de toute sorte, c'est inévitable. On ne va pas te faire de cadeaux, n'y compte pas. Cette société est ainsi faite, agitée encore par des provincialismes, des rancœurs sociales, des archaïsmes. Mais le jour où, lors de ton premier voyage officiel, tu verras un chef de la Garde civile se mettre au garde-à-vous devant Federico Sanchez, tu mesureras ce qui a changé dans ce pays, tu sauras ce que signifie ta présence au gouvernement...

Nous nous sommes donné l'accolade, je suis parti.

Pendant toute la soirée, le doute – l'interrogation, du moins – sur le bien-fondé de ma décision n'avait cessé de me préoccuper. Non que j'eusse déjà le regret d'avoir accepté un poste ministériel, ni le trouble désir de revenir en arrière. Je souhaitais simplement faire en moi-même la plus grande clarté sur les motifs qui m'y avaient amené, au-delà de l'impulsion immédiate, sorte d'allégresse quasiment charnelle, qui m'avait saisi dès le premier instant.

Pourquoi avoir accepté le ministère de la Culture que me proposait Felipe Gonzalez ?

Certainement pas par goût des honneurs, ni de la notoriété. Cet aspect du pouvoir ne m'aura jamais passionné : dorures, tapis rouges, prestige et préséances, aucun intérêt. Ce n'est là que le côté le plus superficiel du pouvoir, souvent dérisoire. Rien ne m'aura autant fait rire, pendant mes années aux affaires, que l'angoisse ou la hargne de certains pour se faire une place, ou la garder, l'accroître, au soleil divin mais glacial du protocole. À la droite ou dans la plus étroite proximité des pères de la patrie, roi ou président du Conseil dans le cas de l'Espagne.

De toute façon, une longue habitude de la clandestinité – qui n'a fait qu'accentuer un penchant naturel, par ailleurs – m'a préparé à mépriser les apparences et l'apparat du pouvoir, à savoir distinguer dans ce domaine le vrai de l'à-peu-près, l'ombre de la réalité.

Car la réalité du pouvoir m'intéressait, bien entendu. Et dans sa signification la plus forte : le pouvoir entendu comme possibilité d'intervenir dans le cours des choses, de modifier – même au minimum, dans les marges – la réalité opaque, enchevêtrée, étouffante si souvent, du cours naturel de l'histoire. La réalité du pouvoir politique, en fin de compte, quelles que fussent la lucidité et l'exigence apportées à concevoir ses dérives et ses arrogances possibles ; à établir les limites et les contre-pouvoirs nécessaires à son exercice démocratique.

Il est de bon ton aujourd'hui de décrier le pouvoir politique et ceux qui en sont les représentants, occasionnels ou professionnels. Mais il y a beaucoup d'hypocrisie, ou de moralisme abstrait et abscons, de la part d'un intellectuel, à afficher ce dédain de la politique. Souvent, par ailleurs, ceux qui le proclament avec tant d'emphase consacrent une bonne partie de leur temps à consolider ou à étendre les pouvoirs de leur coterie intellectuelle : réseaux d'influence sur les revues, les maisons d'édition ou les prix littéraires. Leur goût du pouvoir en devient à la fois exemplaire et caricatural.

Mais la politique, tout compte fait, est surtout un travail sur le langage : sur le discours, les sens et les contresens du texte historique : sa texture, sa contextualité. Des assemblées citoyennes de la démocratie esclavagiste de la Grèce ancienne aux meetings massifs et aux interventions télévisuelles d'aujourd'hui, ça tourne autour du langage. Le verbe a été au commencement et il sera à la fin de la politique. Seuls les médias ont changé, nullement le message : il suffit de relire Platon ou Tocqueville pour s'en assurer. Comment un écrivain pourrait-il s'en désintéresser ?

Je ne m'en suis jamais désintéressé, à vrai dire.

D'ailleurs, n'avais-je pas eu plus de pouvoir quand j'étais Federico Sanchez, dans la clandestinité ? Sans doute, d'une certaine façon. Davantage de pouvoir sur les âmes, en tout cas. Plusieurs centaines de militants me faisaient confiance. J'incarnais une réalité obscure mais rayonnante, multiple mais cohérente – révolution d'Octobre, classe ouvrière mondiale, avenir radieux, direction du parti – à laquelle ils avaient confié leur engagement. Leurs espoirs, leurs rêves, leurs certitudes rationnelles. J'en acquérais, quel que fût le pseudonyme sous lequel ils me connaissaient, un pouvoir personnel, vicarial sans doute, ou délégué, qui était incontestable. Parfois absolu : pouvoir de vie ou de mort, puisqu'ils mettaient en jeu leur liberté, leur vie parfois, dans une action où je les aurais entraînés. Un par un, au fil des années, jeunes ou moins jeunes, universitaires ou ouvriers, je les avais recrutés pour cette action dont les effets devenaient parfois perceptibles. Certains avaient eu des doutes, je les avais dissipés. D'autres avaient eu des craintes, je les avais apaisées. Nous avions marché ensemble, jour après jour, pendant près de dix ans.

Aujourd'hui encore il m'arrive d'entendre l'écho, de retrouver les traces de ce pouvoir d'antan. N'importe où, dans un foyer de théâtre, un salon, à un coin de rue. On m'arrête, on s'approche de moi. On me rappelle les circonstances lointaines d'une rencontre clandestine. Je me souviens des circonstances, toujours, même si j'ai oublié le visage qui est tourné vers moi. Je me souviens de la couleur du ciel, des nuages dans le ciel, si la rencontre avait eu lieu dans un square, un parc, quelque banlieue boisée. Je me souviens du décor, de la disposition des meubles, si c'était dans un lieu clos. Parfois l'homme qui me parle est devenu quelqu'un, comme on dit. Quelqu'un d'influent, de célèbre même : professeur, dirigeant politique ou syndical, banquier, metteur en scène de cinéma. Parfois, presque toujours, à plus ou moins longue échéance, il a suivi le même chemin que moi : il s'est écarté doucement du communisme ou le communisme s'est brutalement écarté de lui. Mais parfois – rarement il est vrai : c'est insensé de vérifier combien de talents le parti communiste a découragés ou gâchés –, parfois, l'inconnu retrouvé est toujours militant. Il me regarde alors avec tristesse. Sans agressivité, certes. Car nous avons partagé les mêmes risques : c'est bien moi qui étais là, à cette réunion clandestine dont il me rappelle le souvenir effacé. J'étais là, avec lui, à Madrid ou ailleurs. Je n'étais pas à Prague ou à Moscou, dans une villa de la Nomenklatura. Je n'étais même pas à Paris, dans la clandestinité relativement bénigne de la démocratie française. J'étais avec lui dans le parc du Retiro, ou dans une clairière du Pardo. Ou dans un bureau de la rue Ferraz, au siège d'une maison de production amie, *Uninci*. Il me regarde sans agressivité, donc, avec tristesse, ou plutôt, avec un mélange de complicité et de reproche. Pourquoi, semble-t-il me demander, l'avoir embarqué dans cette aventure et l'y avoir abandonné ? Il sait bien, sans doute, dans son for le plus intime, que je ne l'ai pas abandonné, que c'est notre aventure d'antan qui nous a abandonnés, tous les deux. Mais cette rencontre suscite en lui – quelle qu'ait été sa réussite individuelle – la nostalgie d'un avenir qui s'est dérobé.

Ce pouvoir-là, je sais bien que je ne vais pas le retrouver, en tant que ministre. Je n'aurai guère de pouvoir sur les âmes. J'aurai une voiture blindée, une escorte, des lignes de téléphone directes avec les puissants de ce monde, des huissiers m'ouvriront les portes. J'aurai de l'autorité, donc des ennemis, des rivaux. Je connaîtrai les fidélités et les intrigues, les arrivismes et les générosités. Je parcourrai le musée du Prado les jours de fermeture, pour aller contempler les Bosch et les Goya, les Patinir et les Cranach, en toute tranquillité. Je choisirai des architectes et des maîtres de ballet. Et les chefs de la Garde civile se mettront au garde-à-vous devant moi, en effet.

Ma première réaction, quoi qu'il en soit, à la proposition transmise par Javier Solana avait été physique. Une sorte de joie m'avait saisi, d'excitation physique. Il est vrai que l'idée, le désir plutôt, d'un retour en Espagne m'obsédait depuis quelque temps. Car il y a toujours eu des cycles dans ma vie, entre le Nord et le Sud, Paris et Madrid. Des cycles aussi entre la littérature et la politique.

J'avais publié un roman quelques mois auparavant, *Netchaïev est de retour*, un autre projet commençait à prendre forme. Mais c'était un projet difficile, qui me ramenait inexorablement à la mémoire de la mort. À l'expérience du camp de concentration. Au rapport de cette expérience avec mon travail d'écriture, ma vocation littéraire. J'étais fasciné par ce livre en train de se faire, *l'Ecriture ou la vie*..., par les richesses qu'il semblait receler, y compris sur moi-même, mais angoissé aussi par le prix à payer. Je savais que le prix en serait lourd, que je m'aventurais dans un voyage plein de risques. Y compris celui de n'en point revenir, d'atteindre au point de non-retour.

Le livre avait surgi, tout armé, nébuleuse contraignante,

d'une illumination de ma mémoire, alors que je travaillais au roman de Netchaïev, un samedi d'avril 1987. De nouveau, malgré moi, ou, plutôt, à mes dépens, le souvenir de Buchenwald me forçait à revenir sur l'expérience essentielle de ma vie. Il fallait y faire face. Une expression tauromachique conseille vivement de ne jamais perdre de vue, dans l'arène, lors des joutes successives de ce jeu mortifère, la face du taureau. *No perderle la cara al toro.* Je ne pouvais pas non plus perdre de vue la face de la mort ancienne qui réapparaissait un samedi d'avril, me cacher la face devant elle : il me fallait accepter ce face-à-face.

D'ailleurs, le lendemain, 12 avril 1987, un dimanche, la première nouvelle que j'entendis à la radio fut celle du suicide de Primo Levi, à Turin. La mort ancienne l'avait donc rattrapé, lui. Je savais désormais à quoi m'en tenir. Je savais l'enjeu du livre à venir.

Était-ce pour retarder cette échéance, ou bien pour en déplacer les effets, que le désir de revenir en Espagne m'avait insidieusement envahi, ces derniers temps ? Y revenir précisément pour un nouveau cycle de vie active ?

En tout cas, à la fin de cette soirée du 6 juillet 1988, en quelques mots, Felipe Gonzalez me dévoilait sans doute la raison la plus profonde de mon acceptation, en évoquant le fantôme de Federico Sanchez.

J'étais devenu Federico Sanchez dans la clandestinité antifranquiste, au milieu des années 50. Dix ans plus tard, ce fantôme qui avait investi ma personnalité, qui m'avait quasiment dévoré de l'intérieur, corps et âme, j'ai été obligé de m'en défaire, de m'en dégager brutalement, pour continuer à exister. Federico Sanchez avait été exclu de l'organisation ecclésiale du parti communiste, rejeté dans les ténèbres extérieures. Son nom avait été honni par des centaines de militants fidèles – *ô bêtes blanches et béates*… – qui ne savaient rien de lui. Rien d'autre que les sottises lugubres ou les cancans calomnieux susurrés sur son compte par la clique de Carrillo pour justifier cette exclusion : révisionniste, défaitiste, laquais du Capital, intellectuel de la bourgeoisie. Agent de la CIA, à l'occasion. Sempiternelle litanie d'épithètes pour s'éviter les vraies questions d'une stratégie politique qui tînt compte de la réalité pour la modifier réellement, au lieu de l'ignorer avec arrogance dans l'illusion mortifère d'une révolution.

Ainsi, en 1964, j'avais été obligé de redevenir moi-même. De le devenir, plutôt, car je n'avais pas encore été vraiment moi-même. Je n'avais été moi-même, en tout cas, depuis mon retour de Buchenwald, que comme un projet incertain, un rêve confus. Je ne pouvais être moi-même, en vérité, qu'en tant qu'écrivain et l'écriture m'avait été rendue impossible. Il m'avait été rendu impossible de devenir moi-même.

Dès le mois de janvier 1946, à Ascona, dans le Tessin, j'avais abandonné le livre que je tentais d'écrire sur mon expérience de Buchenwald. Il m'avait fallu m'y décider pour survivre, littéralement. Je sais bien que Primo Levi n'est revenu à la vie qu'au moyen et au travers de l'écriture de *Se questo è un uomo*. Mon aventure avait été différente : l'écriture m'enfermait dans la clôture de la mort, m'y asphyxiait sûrement. Il fallait choisir l'écriture ou la vie, j'ai choisi cette dernière. J'ai choisi une longue cure d'aphasie, d'amnésie délibérée, pour revivre. Ou pour survivre. J'ai choisi du même élan l'illusion d'un avenir, par le moyen de l'engagement politique, puisque l'engagement dans l'écriture me ramenait à l'enfermement de la mémoire et de la mort. C'est ainsi que je suis devenu un autre Federico Sanchez, pour pouvoir continuer à être quelqu'un.

Mais en 1964, Federico Sanchez avait disparu, provisoirement du moins, rejeté dans les ténèbres extérieures. J'étais redevenu moi-même – cet autre que je n'avais pas encore été – grâce à un livre, *le Grand Voyage*. Le livre que je n'étais pas parvenu à écrire, en 1945. L'une des variantes possibles de ce livre, plutôt : elles étaient virtuellement infinies. Elles le sont toujours, d'ailleurs. Je veux dire : il n'y aura pas de version définitive de ce livre, jamais. Ce sera toujours à recommencer.

Dans la spirale de la vie, je me voyais donc toujours ramené au même point, sauf que la situation s'inversait. Parfois je quittais le monde de l'illusion politique pour celui de la réalité littéraire. Parfois, tout au contraire, j'étais obligé de quitter l'illusion romanesque pour la réalité du monde historique. Je passais d'une fiction à l'autre, en fin de compte.

En tout cas, en revenant de la Moncloa vers l'hôtel *Palace*, cette nuit de juillet 1988, j'ai admiré l'intuition qui avait permis à Felipe Gonzalez, en évoquant Federico Sanchez, de me dévoiler à moi-même la plus substantielle raison de ce nouveau retour à la politique. Il ne savait pourtant rien des douleurs que suscitait en moi le livre en gestation : rien du délire de fuite, ou de survie, qu'il provoquait. Mais en appelant auprès de lui au gouvernement l'ancien dirigeant clandestin qui avait rompu avec le communisme par souci du réel et parce qu'il avait découvert – tardivement, certes, mais de façon définitive – la raison démocratique, il m'indiquait très clairement ce qu'il attendait de moi. À la suite de nos longues conversations des dernières années, il savait quel était mon accord profond avec son projet politique. Il savait aussi, et ça l'intéressait tout autant, me disais-je, que je n'étais plus un homme d'appareil, que je ne me laisserais donc pas obnubiler ni conditionner par les jeux et les manœuvres internes de son propre parti, dont le pouvoir hégémonique commençait à se déliter, à acquérir certains traits bureaucratiques et clientélistes, dont les cercles dirigeants étaient parfois saisis par les vertiges du confort intellectuel et matériel.

Un envol titubant de pigeons ?

J'étais dans l'ascenseur qui conduisait à l'appartement de fonction qui m'était destiné. Je pensais aux pigeons qui s'étaient lourdement envolés dans le soleil plombé de juillet, un instant plus tôt. Cet envol, cette blancheur bruissante évoquaient en moi un vague souvenir. Des ailes de mouette, devant les croisées d'une chambre d'hôtel, en Bretagne ? Des lambeaux de brume cotonneuse, dans les courants du détroit d'Eggemogging ?

Mais non, ce n'était pas ça. C'était un souvenir beaucoup plus lointain, beaucoup plus proche aussi. Je veux dire, éloigné dans le temps mais proche dans l'espace : un souvenir d'enfance situé non loin de là, sur la place de la Cybèle.

La manifestation se disloquait, sous les coups de boutoir des charges policières. L'homme traversait la place en courant, vêtu d'un bleu de travail. Course silencieuse, car le fuyard était chaussé d'espadrilles. La déesse Cybèle était sur son char, au milieu de la place, auréolée de l'écume brillante des jets d'eau de la fontaine monumentale. L'homme en bleu de chauffe traversait la place en diagonale, vers les parterres de la promenade de la Castellana, non encore investis par les forces de l'ordre. Le ciel d'automne était d'un bleu indigo, dense, irréprochable. L'homme poursuivait sa course silencieuse. Soudain, une camionnette de la Garde civile est apparue, lui coupant la route. Sur la plate-forme arrière, quelques gardes armés de lourds mousquetons, en uniforme vert olive, le tricorne verni sur le crâne. Les canons de leurs fusils se sont pointés vers le fuyard. L'impact de la décharge a fauché en pleine course l'ouvrier en fuite. Il est tombé de tout son long, face contre les pavés de la place. L'une des espadrilles a voltigé loin du corps étendu. Un grand silence s'est fait, après le bruit de la fusillade. Dans ce silence saisissant, il m'a semblé soudain entendre le murmure des eaux, le ruissellement de la fontaine de la déesse Cybèle. Le bruit de l'eau courante, dans ce silence figé. De l'eau vivante, dans ce silence de mort.

C'est alors que les pigeons se sont envolés, après la rafale meurtrière, dans le silence glacial de la place. Tous les pigeons à la fois, dans un bruissement d'ailes affolé.

Quelques minutes plus tard, revenus dans l'appartement familial, rue Alfonso XI, mon père nous a parlé de ce que nous venions de voir, nous en a déchiffré le sens. Nous rentrions avec lui, deux de mes frères et moi, d'une longue promenade dans la campagne de la Moncloa, où se construisait la nouvelle cité universitaire de Madrid. C'était au mois d'octobre, en 1934. Des grèves avaient éclaté à travers l'Espagne, qui avaient pris aux Asturies un caractère insurrectionnel, pour protester contre la politique de la droite, victorieuse aux dernières élections législatives. À Madrid, le mouvement ne s'était pas généralisé, mais des affrontements violents se produisaient encore entre les forces de police et les piquets de grève entraînant les travailleurs à des manifestations sporadiques. C'est en descendant du tramway, au retour de la promenade, que nous avions été pris dans les remous d'un semblable affrontement.

Sans doute, nous disait mon père, il est inadmissible que les syndicats et les partis de gauche organisent des grèves insurrectionnelles, qu'ils emploient la violence armée pour contester la victoire de la coalition de droite aux élections législatives. Mais il est tout aussi inadmissible que le gouvernement issu de cette victoire électorale détruise systématiquement les acquis sociaux des deux premières années de régime républicain, au moyen de la violence d'État et en transgressant à tout moment les normes de la démocratie.

En somme, comprenions-nous, il fallait s'opposer aux deux

formes de violence, mais il fallait surtout – c'était le critère fondamental – se tenir aux côtés des humiliés et des opprimés. L'ouvrier assassiné sur la place de la Cybèle en était le représentant anonyme mais authentique : victime d'une double violence, étatique et révolutionnaire, d'une double utopie meurtrière.

Un demi-siècle plus tard, dès que j'eus franchi le seuil de l'appartement de fonction où s'activaient divers corps de métiers, je me dirigeai vers les fenêtres sur rue de la grande pièce. Juste en face de moi, au même niveau, je pouvais contempler la longue suite de balcons aux balustrades de fer forgé qui jalonnaient la façade de l'appartement de mon enfance. J'éprouvais une curieuse sensation, comme si j'assistais au spectacle de ma propre vie. Comme si, tel le personnage des *Fraises sauvages*, d'Ingmar Bergman, j'étais revenu dans mon enfance sans pour autant avoir rajeuni.

Je me promènerais avec mes cheveux blancs parmi les jeux et les jours de mes frères et sœurs. Ma mère elle-même, dans l'éclat de sa beauté, parcourrait les différentes chambres enfantines pour un tendre au revoir, avant de nous quitter pour un dîner en ville. Je la verrais s'approcher de moi, dans la grande chambre à coucher que je partageais avec les deux frères de ma classe d'âge, Gonzalo et Alvaro, je la contemplerais avec amour – filial ? paternel ? – du haut de mon grand âge – mes frères, eux, auraient toujours huit et onze ans –, belle, enjouée, vivante . jeune morte désormais.

Que me reste-t-il à vivre, ai-je pensé ? La spirale de ma vie n'est-elle pas bouclée ? J'avais quitté cette rue un matin de juillet de 1936, pour les vacances d'été. J'y étais revenu en 1953, promeneur bouleversé, à la fin du mois de juin, lors de mon premier voyage clandestin en Espagne : première apparition de Federico Sanchez.

Et me voici de nouveau.

Mais je ne peux pas profiter de cet instant unique. Je n'ai pas le loisir d'en explorer les richesses de mémoire et de sens. Pourtant, ce serait une occasion exceptionnelle de prendre en compte ma vie tout entière, en ce moment de transparence vertigineuse. Mais on m'appelle et m'interpelle : il faut visiter l'appartement en travaux, décider des derniers détails d'aménagement.

Sur le toit tranquille, ensoleillé, en tuiles anciennes et rondes, de la maison de mon enfance, des pigeons se promènent.

J'ai souvent pensé à Napoléon, pendant toutes les années de mes voyages clandestins en Espagne. J'arrivais au sommet du col de Somosierra et je me souvenais de Napoléon. Même au printemps, même en été, je me souvenais de lui. Je n'avais pas les lanciers polonais autour de moi, bien entendu. J'étais dans une voiture automobile, conduite par quelque militant du Parti communiste français. Parfois un homme, parfois une femme. Parfois un couple de militants, qui faisaient le voyage avec moi. Qui me permettaient de faire ce voyage dans les meilleures conditions. Des hommes seuls, des femmes seules, des couples. Parfois illégitimes, c'était assez piquant. Le copain profitait de cette occasion idéale de clandestinité pour emmener sa petite amie : le voyage en acquérait des douceurs de lune de miel. Avec ces couples-là – assez exceptionnels, il est vrai : je ne veux pas porter atteinte à la réputation des ménages communistes français ! – je redoublais d'attention. Je choisissais les hôtels les plus romanesques, les vins les plus capiteux, aux étapes du voyage. Peut-être n'aurais-je pas dû, peut-être aurais-je dû montrer ma réprobation bolchevique. Mais ce n'est pas mon genre. Ça m'amusait plutôt, les couples illégitimes.

Quoi qu'il en soit, la voiture de mes compagnons de voyage atteignait le sommet du col de Somosierra, dans la montagne au nord de Madrid, et je me souvenais de Napoléon. Il s'était frayé le passage, sous la neige de l'hiver, emportant les positions espagnoles par une charge de cavalerie. Les lanciers polonais, bien sûr. Ils ont souvent été à l'avant-garde de la Grande

Armée, les lanciers polonais de l'Empereur. Celui-ci, donc, s'était ouvert la route de Madrid, sous les rafales de neige. Il avait marché sur la capitale, que son frère Joseph avait dû abandonner piteusement, quelques mois auparavant. En arrivant aux abords de la ville, en vue du profil urbain qui se dresse sur la faille du Manzanares et que Velázquez et Goya ont peint, Napoléon a observé le soleil rouge qui se levait sur le haut plateau castillan. Il l'a montré à ses maréchaux, dans un cri de joie. C'était le 2 décembre, c'était le soleil d'Austerlitz.

J'arrivais au sommet de Somosierra, dans le ronflement du moteur de l'automobile. Pas de lanciers polonais, pas de soleil d'Austerlitz. Parfois de la neige, pourtant. Je me souvenais de Napoléon. Une fois même, au moins une fois, j'ai évoqué Napoléon à mon compagnon de voyage. Qui était une compagne d'ailleurs. Une jeune femme douce et courageuse, d'une belle trempe humaine. Comme la plupart de mes compagnons et compagnes de voyage, d'ailleurs. Dévoués, généreux, aimables, cultivés : la plupart de mes compagnons communistes de voyage, pendant toutes ces années, l'auront été. Qui ne comprend pas qu'une telle somme de dévouement et de générosité individuelle ait produit la plus sombre, la plus meurtrière folie collective de ce siècle, ne comprendra jamais le secret du communisme. N'aura jamais contemplé le soleil de sa face d'ombre. Ni goûté le lait, le miel de l'humaine fraternité enclos dans la glaciation bureaucratique. Ne comprendra jamais la tristesse, la nostalgie même, que cette épopée barbare, broyeuse d'espoir, a pu laisser dans les cœurs purs – naïfs donc, désarmés, vulnérables – de tant d'hommes et de femmes de ma génération. Et sans doute est-ce de la préhistoire ; sans doute suis-je ici en train de faire allusion à l'archéologie de l'actuel désarroi. Nul futur pourtant ne recommencera à fonctionner socialement comme un avenir réel – c'est-à-dire inclus dans l'immanence de nos systèmes de démocratie de masses et de marché, et non pas projeté dans un au-delà social, messianique – si l'on ne porte pas sur cette expérience cruciale de notre siècle le fer rouge d'une mémoire forgée d'implacable tendresse. *La lucidité est la blessure la plus rapprochée du soleil*... C'est déjà dans les *Feuillets d'Hypnos* de René Char.

Au moins une fois, donc, aurai-je évoqué Napoléon pour une compagne de voyage. Je l'ai appelée Eve, dans un bref roman, *l'Evanouissement*. Je vais continuer à l'appeler ainsi. Les prénoms de roman durent à l'occasion plus longtemps que les prénoms réels : Eve, pour l'immortalité fragile de la littérature.

Elle avait conduit la voiture – une DS Citroën – jusqu'au sommet de Somosierra d'une main sûre et souple. Sans à-coups ni accrocs. Je l'en ai félicitée.

– Très bien, lui ai-je dit. Vous avez fait aussi vite que les lanciers polonais. Mais il n'y a pas de neige, aujourd'hui !

Elle avait changé de vitesse. La DS roulait sur le faux plat du sommet de Somosierra, avant de s'engager dans la descente vers Madrid.

– Comment ? demandait-elle.

– Souvenez-vous, lui ai-je dit. Napoléon a enlevé le col, en plein hiver, à bride abattue, avec ses lanciers polonais.

Elle avait éclaté de rire.

– Décidément, disait-elle. Vous êtes de bonne humeur, aujourd'hui !

Bien sûr, c'était facile à comprendre : je revenais dans la ville de mon enfance.

La première fois, en 1953, ça n'a pas été par la route de Somosierra. Et je n'avais pas de compagnon de voyage. Ni de compagne. J'étais seul et je voyageais en train : c'était moins commode et plus risqué. Mais c'était mon premier voyage, justement. Il avait en quelque sorte un caractère initiatique. Il fallait que je fasse mes preuves, avant de devenir membre à part entière de l'appareil central clandestin. De gagner mes galons d'instructeur du Comité central en Espagne. Ainsi, cette fois-là, cette première fois, l'appareil ne m'a pas octroyé de passeport. À moi de le trouver. J'ai donc fourni le passeport d'un ami intime, Jacques Grador, dont l'âge et les signes d'identité m'allaient assez bien. L'atelier des faux papiers a juste eu à changer la photo, une fois que Grador lui-même eut obtenu du consulat espagnol le visa de tourisme nécessaire à cette époque lointaine.

Je me suis souvenu de Jacques Grador des années plus tard,

en 1977. L'académie Nobel venait d'attribuer son prix de littérature au poète espagnol Vicente Aleixandre. En 1953, lors de mon premier séjour clandestin à Madrid, j'avais visité Aleixandre, grand poète, grand personnage de l'exil intérieur. Je l'avais visité sous le nom de Grador. J'avais feint d'être un hispaniste français travaillant à une thèse sur la poésie espagnole du XXe siècle. Beau sujet de thèse, par ailleurs. Vicente Aleixandre habitait une petite maison d'un quartier résidentiel, à la périphérie nord de la ville. Les rues y avaient des noms d'arbres et de fleurs. La sienne s'appelait « Wellingtonia », qui est un autre nom, chacun le sait, pour le séquoia. La conversation avait été passionnante, du moins pour moi. À la fin, il m'avait dédicacé le tiré à part de son discours de réception à l'Académie espagnole. Plutôt, il l'avait dédicacé à Jacques Grador. J'ai donc pensé à ce dernier, des années plus tard, lorsque Vicente Aleixandre a eu le prix Nobel de littérature. Pensée nostalgique, car Grador était mort. Il avait nagé au large, à Pampelonne, un été, et avait soudain coulé à pic. C'est ce qu'on appelle une belle mort, allez savoir pourquoi. Mais on sait pourquoi : c'est la soudaineté de la mort qui semble belle. Ce qui semble moche dans la mort, c'est la longueur, la décomposition du trépas. La mort soudaine, foudroyante, sera toujours bienvenue. On était vivant – nageant dans l'eau tiède et transparente de la Méditerranée, par exemple – et soudain on est mort. Ou plutôt, on n'est plus. Il n'y a pas eu de passage douloureux, pas de trépas. La mort a été le dernier moment de la vie, l'épanouissement, en quelque sorte, du mouvement vital de la nage entre deux eaux translucides.

Quoi qu'il en soit, je n'ai pas pu commenter avec Jacques Grador le prix Nobel de ce poète espagnol qui lui avait dédicacé un texte, tant d'années auparavant.

Mais je ne suis allé voir Vicente Aleixandre, dans sa rue calme et wellingtonienne – pas de séquoia, dans mon souvenir : des monceaux de fleurs, oui ; une odeur estivale, entêtante –, que le lendemain de mon arrivée. Le soir même, après m'être installé à l'hôtel sous le nom de Grador, j'étais sorti dans la rue. La nuit tombait, j'avais marché dans une sorte de rêve éveillé. J'avais descendu la Gran Via, jusqu'à la place de la Cybèle. Voilà, j'étais arrivé. Je n'avais plus que quelques centaines de mètres à parcourir pour me trouver devant le numéro 12 de la rue Alfonso XI.

Plus je m'avançais, cependant, dans le paysage de mon enfance, plus tout devenait méconnaissable. Familier, sans doute, mais méconnaissable. Familier comme un cauchemar. Familier comme une angoisse. Familier comme l'étrangeté du monde lui-même.

J'avais regardé dans la nuit les balcons de ce quatrième étage de la rue Alfonso XI. J'avais parcouru à grands pas les chemins d'autrefois. Le chemin jusqu'à l'entrée du musée du Prado, tout proche. Le chemin jusqu'à l'église de San Jerónimo, qui dresse son architecture banale entre le musée et le parc du Retiro. Le chemin jusqu'à la porte monumentale du parc, celle que nous empruntions autrefois, et qui se trouve au bout de la rue de la Lealtad, devenue entre-temps rue Antonio Maura, du nom de mon grand-père.

Tous les chemins s'ouvraient devant moi, j'aurais pu les parcourir les yeux fermés. Rien n'avait changé, semblait-il, mais je ne reconnaissais plus rien. Plutôt, je reconnaissais tout, mais tout était autre. Je reconnaissais l'altérité, la distance, l'interrogation, l'arrachement.

Ainsi, en arrivant dans la rue Serrano, je n'avais plus envie de rire, comme au début de ma folle promenade. Un désarroi confus, comme une mollesse du corps et de l'âme, s'était emparé de moi. C'est alors que j'ai vu, sur ma droite, la vitrine d'un magasin et son enseigne lumineuse dans la nuit : *La Gloria de las Medias*. J'ai fait encore quelques pas, je me suis arrêté, heureux de nouveau : enjoué.

Tout était confus, quelques secondes auparavant, ou disproportionné, insignifiant. Cet instant silencieusement souhaité, où la mémoire et le présent allaient être ressemblants, effaçant dix-sept ans d'exil, de déracinement, cet instant avait fondu, s'était volatilisé : mon sentiment d'exil était encore plus fort dans les rues de mon enfance que dans n'importe quelle rue étrangère où j'aurais vécu, depuis mon départ de l'Espagne. J'avais poursuivi d'une rue à l'autre le sentiment unique du retour, de la place de la Cybèle à la masse nocturne des arbres du Retiro, mais il n'avait pas pris corps. Il s'était sans cesse évanoui. Je revenais dans mon enfance, sans doute, et c'était prodigieusement excitant, mais je ne revenais pas chez moi.

Mais voici que la vitrine de cette mercerie, tout à fait oubliée, émergeait dans la nuit, son enseigne lumineuse proclamant son nom dérisoire, *La Gloria de las Medias*. Dans le bouleversement des années, des guerres, des exils, de l'univers tout entier, la permanence insolite, probablement ironique, de cette mercerie de quartier, avec son nom grandiloquent, *À la gloire des bas*, était le seul lien avec un passé révolu, du moins insaisissable. D'autant plus révolu que seul ce magasin, seul ce nom avaient conservé l'essence inaltérable et fuyante des jours d'autrefois. Comme si, au moment où j'allais m'égarer de nouveau, demeurer étranger dans mon propre pays – pourquoi ne l'aurais-je pas été, d'ailleurs ? N'est-on pas, par définition, étranger au monde ? N'est-elle pas, cette étrangeté au monde, la condition même, bouleversante, de l'émergence de l'humain ? – comme si à ce moment même, l'apparition de cette mercerie, sa permanence humble et têtue, me permettaient non seulement de fixer ma mémoire, mais aussi, paradoxalement, à première et courte vue, de retrouver les racines de mon dépaysement fondamental, qui me constituait en tant que personnage de ma propre vie.

Mais je n'ai pas évoqué pour Eve, lorsqu'elle a atteint, au volant de la DS, le sommet de Somosierra, cette première soirée à Madrid, en juin 1953. Je ne lui ai pas parlé de *La Gloria de las Medias* ni des aperçus métaphysiques sur l'essentiel déracinement de l'humain que le nom de cette mercerie avait suscités en moi. De toute façon, moins on donne de détails biographiques à une compagne de voyage clandestin, mieux ça vaut. Je ne lui ai pas non plus parlé d'Emmanuel Lévinas, qui venait pourtant de publier – en 1961, dans *L'Information juive* : c'est la date de cet article qui me permet de fixer l'époque de mon voyage avec Eve – un texte bref et dense, *Heidegger, Gagarine et nous*, où il mettait magistralement en lumière la ruse et la déraison de la métaphysique du *Lieu* et de l'*Enracinement*. Cet intégrisme écologique, obnubilé par l'horreur de la technique – qui a revêtu en France, étrangement, une parure de gauche –, on en connaît la filiation : c'est la rengaine de *l'oubli de l'Être* de Martin Heidegger que l'on peut entendre à l'arrière-plan.

Une phrase de Lévinas m'était restée en mémoire, j'aurais pu la citer à Eve, le cas échéant : « La technique nous arrache au monde heideggérien et aux superstitions du *Lieu*. Dès lors une chance apparaît : apercevoir les hommes en dehors de la situation où ils sont campés, laisser luire le visage humain dans sa nudité. Socrate préférait à la campagne et aux arbres la ville où l'on rencontre les hommes. Le judaïsme est frère du message socratique… »

Je n'étais pas, je ne suis toujours pas expert en judaïsme. Je n'aurais donc rien eu à commenter avec Eve à ce sujet. Mais il est facile d'apercevoir quelle trouée s'ouvre, vertigineusement, dans le champ du savoir philosophique, si l'on se propose de prendre « les hommes en dehors de la situation où ils sont campés ». C'est-à-dire, en dehors de la situation où, sous telle ou telle autre appellation conceptuelle, la philosophie contemporaine les a campés. Il faudrait en découdre avec Richard Avenarius et sa théorie de l'*Umgebung* conçue comme corrélat inéluctable du Moi, dans des écrits qui ont provoqué la colère infantile et grossière de Lénine, mais qui ont insidieusement investi bon nombre de théories postérieures, produisant des conséquences considérables, mais obscures, sans laisser de traces aisément repérables, comme un alcool qui se serait évaporé, après avoir enivré les convives du banquet.

J'aurais pu citer Ortega et sa *circonstance*, Husserl et son *intentionnalité,* l'*être-dans-le-monde* de Heidegger et de Sartre.

Mais je n'en ai cité aucun, bien entendu. D'abord, je ne savais pas comment Eve prendrait cette divagation philosophique. Peut-être m'aurait-elle trouvé balourd et prétentieux. Chiant, pour le dire d'un mot bien de chez nous. Enfin, un mot de cette langue française qui a fini par m'être naturelle. Je veux dire : où tout naturellement s'exprime mon étrangeté au monde, aux patries – matries ? pères-matries ? –, mon effort désespéré mais serein de vivre dans l'univers chatoyant et cruel du langage.

Je n'ai rien dit à Eve de Richard Avenarius, de sa *Kritik der reinen Erfahrung* ; je ne lui ai rien dit d'Ortega y Gasset, ni de Husserl ni de Heidegger, ni de Sartre. Je ne lui ai même rien dit de Mirabeau – parfaitement : Honoré Gabriel Riqueti, comte de Mirabeau – qui aurait pu me venir à l'esprit plus facilement que tous les autres susnommés, parce que contemporain de Napoléon Bonaparte, dont il venait d'être question. Et aussi parce qu'il a prononcé quelques mots admirables sur l'essentiel déracinement de l'homme, constitutif de son humanité. Ce fut le 28 février 1791, à l'Assemblée nationale, lors du débat sur l'émigration. « L'homme ne tient pas par des racines à la terre ; ainsi il n'appartient pas au sol. L'homme n'est pas un champ, un pré, un bétail ; ainsi il ne saurait être une propriété. L'homme a le sentiment intérieur de ces vérités saintes ; ainsi l'on ne saurait lui persuader que ses chefs aient le droit de l'enchaîner à la glèbe... »

L'arrachement à la glèbe, la fin des terroirs et des bosquets sacrés est, en effet, l'une des conditions de la modernité. L'une des sources de la raison démocratique.

Mais si je n'ai pas évoqué pour Eve ce discours de Mirabeau, je lui ai encore parlé de Napoléon : ça l'amusait.

Nous descendions vers Madrid et l'armée de Napoléon avait suivi cette même route, un siècle et demi auparavant, avec la cavalerie polonaise en avant-garde. Aux abords de la capitale, l'Empereur avait établi ses quartiers dans un palais du duc de l'Infantado. Aujourd'hui, la ville a dévoré ces espaces campagnards. Le stade Bernabeu, grand temple du football européen, se dresse là, au centre des nouveaux quartiers, sur le territoire de l'ancien village de Chamartin. Dans le palais de l'Infantado, en attendant que Madrid se rende à ses sommations de déposer les armes, Napoléon, dès la première nuit de son séjour, a dicté et signé quatre décrets qui faisaient de l'Espagne un pays moderne. Qui en établissaient la possibilité, du moins. Un décret pour abolir le tribunal du Saint-Office. Un autre pour limiter la prolifération des ordres religieux et en réglementer les activités. Un troisième décret pour abolir tous les privilèges féodaux. Et un dernier pour supprimer toutes les douanes intérieures, créant ainsi les prémices d'une économie de marché.

Décisions et décrets que l'Espagne attendait, dont elle avait un besoin pressant. D'ailleurs, les textes de Napoléon reprennent et précisent – dans le style concis, cartésien, qui caractérise les codes impériaux – les aspirations et les programmes des théoriciens des Lumières en Espagne. Mais ces décrets furent sans effet, puisque promulgués par l'envahisseur. De leur côté, les assemblées libérales réunies à Cadix pour rédiger une Constitution parvinrent en plusieurs années de débats tumultueux aux conclusions que Napoléon, leur ennemi principal, avait arrêtées en une seule nuit. Mais cela s'avéra tout aussi inutile. Dès son retour sur le trône, où l'avait ramené la résistance d'une guérilla populaire, Ferdinand de Bourbon, septième du prénom, abolit la Constitution, emprisonna les libéraux. Et rétablit le pouvoir monarchique de droit divin et le tribunal du Saint-Office.

L'entrée de l'Espagne dans la modernité n'aura pas été facile. Il y aura fallu un siècle de guerres civiles. Et elle aura eu lieu, finalement – ce qui ne manquera pas de brouiller la vision de la gauche espagnole –, sous le régime de la dictature franquiste. Malgré celle-ci, certes. Contre ses principes fondamentaux, sans doute. Mais sous l'hégémonie de certaines des couches sociales qui en furent l'un des soutiens originaires. Et, une fois encore, en vertu principalement des exigences de l'économie européenne et mondiale, de l'inévitable ouverture de l'Espagne autarcique aux flux économiques extérieurs, à partir de 1959, dans la phase finale du régime dictatorial.

Mais je n'ai pas seulement raconté à ma compagne de voyage, mon Eve sérieuse et douce, les débuts napoléoniens, et par là manqués, de la modernité en Espagne. Pour la choquer, pour troubler du moins sa sérénité puritaine, dont j'avais déjà cru percevoir des signes sans ambiguïté, pour la provoquer, donc, j'ai aussi raconté à Eve les frasques et les fiascos sexuels de l'Empereur, lors de ce séjour dans le palais du duc de l'Infantado, du moins tels qu'ils sont rapportés dans les *Mémoires* de Constant, son fidèle valet de chambre.

Ça nous avait occupés jusqu'à l'arrivée à Madrid, une heure plus tard. Et il est vrai que j'étais de bonne humeur, ce jour-là. Comme tous les jours de ces années, quand je revenais dans la ville de mon enfance.

J'étais sur le perron du palais de la Moncloa, des années plus tard, le président du gouvernement, Felipe Gonzalez, évoquait le fantôme de Federico Sanchez.

Il était minuit, un semblant de fraîcheur frissonnait dans les feuillages du parc.

J'avais connu Felipe Gonzalez en 1975, à l'automne.

À l'époque, Federico Sanchez était déjà mort : je l'avais oublié, en tout cas. Le général Franco, lui, était toujours vivant. À l'agonie, à vrai dire. Mais l'agonie est l'une des formes de la vie, on le sait. Depuis la fin du mois d'octobre, le général Franco était maintenu en vie artificiellement. Il n'avait plus aucune chance de guérison, de rétablissement. Mais les proches et la camarilla prolongeaient la vie du dictateur dans l'espoir insensé de prolonger son régime. La mort, celle des autres, avait été le métier de ce petit homme rondouillard, à la voix efféminée. Elle continuait de l'être, jusqu'au bout : un vrai professionnel.

Quelques semaines avant la dernière atteinte cardiaque qui provoquerait sa longue agonie, le général Franco avait encore signé plusieurs arrêts de mort. Il avait fait exécuter plusieurs opposants. Car le petit homme rondouillard, médiocre, insignifiant, général à voix de castrat, qui aura gouverné l'Espagne pendant quarante ans, n'aura eu d'exceptionnel qu'un tempérament implacablement froid, d'une cruauté quasiment impersonnelle, quasiment impartiale, sans éclat de sadisme ou de démesure, exclusivement orientée à raffermir l'assise de son pouvoir. Exceptionnelle aura été chez lui la froideur de son regard sur les hommes, sa capacité de les flatter ou de les détruire, selon les exigences changeantes de son pouvoir. Des campagnes d'Afrique à la tête de la Légion étrangère aux dernières exécutions de son règne interminable, le général Franco aura géré la mort des autres sans passion ni coups d'éclat : avec une patience routinière et impitoyable.

Mais depuis le mois d'octobre 1975, c'était sa propre mort qu'il fallait gérer. Maintenu en réanimation, abruti par les drogues, ayant sombré dans un coma cotonneux, sans doute en était-il incapable par lui-même. C'est la camarilla qui s'en chargeait. Elle a géré la mort du généralissime comme un spectacle à l'édifiante cruauté. Le style particulier du franquisme – mélange de protocole funèbre et compassé, de rhétorique impériale, de mauvais goût kitsch – a imprégné ces longues semaines d'agonie. Les communiqués médicaux, les commentaires des proches ou des thuriféraires, les images filtrées à la presse et à la télévision, tout a concouru à répandre dans la société une terreur diffuse : une odeur de putréfaction sacralisée, paralysante.

Ces jours-là, il m'est devenu évident que le seul témoignage architectural du franquisme allait être la basilique souterraine de la Vallée des Morts. Où le généralissime a été mis en terre et en pierre, d'ailleurs. Creusée dans le granit de la sierra, au nord de Madrid, par des détachements de prisonniers politiques ; surmontée d'une croix monumentale, étendant ses ailes de corbeau sur le paysage ; ornée dans son antre consacré avec la surcharge propre à un certain style flamboyant espagnol : marbres, dorures, porphyre, profils tourmentés, la basilique du *Valle de los Caídos* est probablement le seul monument du franquisme où se manifeste quelque démesure. À la différence du style officiel des systèmes totalitaires européens, marqué par la grandiloquence et le gigantisme, celui du franquisme n'aura été discernable, en effet, que par la médiocre platitude de son imitation du genre escurialien. À l'exception près de cette basilique souterraine et somptueuse, consacrée à faire perdurer l'empire de la mort sur la conscience collective des Espagnols.

Madrid était étrangement calme, ces jours-là, les jours de l'agonie du général Franco. La ville semblait retenir sa respiration. Elle vivait cette agonie, passivement, dans une suave terreur intériorisée, étrangement remplie de jouissance masochiste. Il était clair, sauf pour les dirigeants du parti communiste, qui appelaient une fois de plus à une action politique massive, il était clair que personne ne bougerait. Comme si la paralysie qui gagnait le corps du dictateur gagnait lentement l'ensemble de la ville. Madrid était, ces jours-là, une capitale de quelques millions de morts vivants. Le cadavre de Franco, foyer cancérigène, proliférait à travers la ville en métastases pitoyables.

Mais les millions de Madrilènes gagnés apparemment par la paralysie de cette mort avaient mis une bouteille de champagne au frais. Enfin, quand je dis champagne, entendez *champán*, c'est-à-dire vin mousseux. Ils avaient une bouteille de mousseux à rafraîchir, quoi qu'il en soit. Des millions de bouchons de vin pétillant ont dû sauter, dans une pétarade d'explosions molles, lorsque la nouvelle de la mort officielle du général Franco s'est répandue.

L'un des rares Espagnols, semble-t-il, à ne pas avoir bu, seul ou en famille, sa bouteille de mousseux, fut Felipe Gonzalez. Il aurait dit à cette occasion, qu'il ne boirait jamais à la mort de quelqu'un, fût-ce son pire ennemi. Je ne sais si l'anecdote est vraie, mais elle est vraisemblable. Symbolique, peut-être même. Car la personnalité de Felipe Gonzalez s'inscrivait dans l'exact et tranchant envers de la face blafarde du franquisme. Elle exprimait le goût de la vie, y compris dans les désordres de la liberté, contre la tradition funèbre et funeste de l'autoritarisme espagnol.

Quelque temps plus tard, au cours d'un voyage aux États-Unis, Felipe Gonzalez prononça des mots révélateurs, me semble-t-il, des caractéristiques personnelles dont je parle. Répondant à une question qui se voulait embarrassante sur le mode de vie américain, il déclara à l'emporte-pièce : « Je préférerais mourir poignardé dans le métro de New York que vivre dans la sécurité médiocre et oppressante des rues de Moscou. » Par là, au grand scandale plus ou moins avoué de certains, dont nombre de ses amis politiques, il se démarquait de l'inévitable couplet antiaméricain de l'homme de gauche espagnol de l'époque. Mais il affirmait surtout ce goût de la liberté, quels qu'en fussent les risques, qui avait en quelque sorte gouverné tous ses choix politiques et qui allait continuer de le faire : le socialisme démocratique contre le communisme ; l'économie de marché contre l'étatisme dirigiste ; l'appartenance à l'alliance des pays démocratiques contre l'isolationnisme ou le neutralisme tiers-mondiste.

C'était sur le perron du palais de la Moncloa, en juillet 1988. Il était minuit, un souffle d'air frais faisait frissonner les feuillages du parc. Felipe Gonzalez avait évoqué le fantôme de Federico Sanchez, j'évoquais des fantômes du passé.

J'avais connu Felipe à Madrid, l'un des jours de la longue agonie du dictateur. Je crois me souvenir que c'est lui qui avait souhaité nous rencontrer. Nous : quelques intellectuels qui avions été actifs dans la lutte contre le franquisme. Qui avions, en conséquence, milité dans l'organisation clandestine du parti communiste, dont nous avions tous, les uns après les autres, été exclus.

Le jeune homme de trente-trois ans que j'avais connu ce jour-là m'avait aussitôt intéressé : il y a des coups de foudre de l'amitié masculine. Il était encore quasiment inconnu. Nous savions qu'il avait été nommé secrétaire général du parti socialiste un an auparavant, lors d'un congrès tenu aux environs de Paris, à Suresnes, qui avait consacré l'arrivée aux instances dirigeantes de la jeune garde groupée autour de lui et d'Alfonso Guerra, son alter ego, disait-on. Nous n'en savions guère plus.

Mais ce jeune homme quasiment inconnu allait devenir deux ans plus tard, après les premières élections libres de 1977, le leader du plus important – et de loin – parti de gauche, à la grande surprise, au grand scandale parfois, de la plupart des progressistes européens, qui avaient parié sur Santiago Carrillo, vieux bonze, vieille girouette, vieux kominternien sans scrupules ni mémoire, dont une bonne partie de la gauche européenne faisait sottement – et les sottises se paient, en politique – le porte-drapeau respectable d'un marxisme ripoliné, ô dérision ! (Heureusement qu'il y avait en Allemagne, au SPD, quelques hommes, dont Willy Brandt, à avoir compris la véritable stature de Gonzalez, mais il est vrai que le SPD avait depuis longtemps fait son retour au réel, à Bad Godesberg.)

Sept ans plus tard, ce même toujours jeune homme deviendrait le premier chef de gouvernement socialiste depuis la guerre civile en Espagne, et cela pour au moins quatre législatures – les trois premières avec une majorité absolue au Parlement ; la quatrième, à venir, avec sans doute une majorité relative suffisante pour constituer l'ossature d'une coalition dynamique.

J'écoutais sur le perron de la Moncloa Felipe Gonzalez.

Je me souvenais du jeune homme aux cheveux trop longs, aux vestes de velours à côtes, qui partait en 1975 à la conquête des cœurs et des cerveaux de ses concitoyens. Je me disais que j'allais travailler auprès de lui : ça me passionnait. Je me demandais s'il avait changé. Ou plutôt, si le pouvoir l'avait changé. Qu'il eût changé le pouvoir, lui, ses codes et son discours habituel en Espagne, nul doute n'était possible à ce sujet. Mais le pouvoir ne l'avait-il pas changé lui-même, en retour ?

Il était minuit sur le perron de la Moncloa et je me demandais en mon for intérieur si Jaime Gil de Biendma, grand poète, compagnon de longues promenades et d'interminables conversations nocturnes, n'avait pas eu tort, pour une fois. Il avait vaticiné, à la fin de l'une de ses *Odes morales* écrites sous le franquisme, « de toutes les histoires de notre Histoire/la plus triste sans doute est celle d'Espagne/parce qu'elle se termine mal… ».

Et si l'histoire de l'Espagne, pour une fois, se terminait à peu près bien ?

II

D'un premier conseil des ministres

Alfonso Guerra, vice-président du gouvernement, était assis dans son fauteuil habituel. Ou plutôt, dans le fauteuil dont j'ai fini par savoir, au fil des vendredis et des mois suivants, qu'il lui était habituel. Réservé, devrais-je dire. Personne n'aurait songé à l'utiliser, même en son absence. Ce jour de juillet 1988 – le quinze du mois, plus précisément –, je ne pouvais pas encore le savoir. C'était la première fois que j'assistais à un conseil des ministres et rien ne m'était habituel, à commencer par le fait de m'y trouver. Je n'en connaissais pas encore les rites, les protocoles avérés ou implicites.

En tout cas, il était neuf heures moins dix du matin.

Les conseils du vendredi étaient convoqués à neuf heures et j'ai toujours aimé être exact. Peut-être n'est-ce d'ailleurs pas une question de goût, mais de discipline. Même si je n'avais pas aimé l'exactitude, j'aurais été forcé de m'y tenir. Pour avoir vécu dans des pays, des sociétés, où la ponctualité est une condition minimale de la convivialité. Du travail en commun, aussi. Mais surtout parce que les longues années de clandestinité militante ont fait de l'exactitude plus qu'une courtoisie pour moi : une question de survie. Une bonne manière qui me protégeait tout en protégeant ceux qui travaillaient avec moi.

Cette obsession de ponctualité n'a pas manqué, par ailleurs, de me jouer des tours, durant mon époque ministérielle. À force d'arriver à l'heure dite, j'arrivais souvent trop tôt aux rendez-vous officiels. J'y arrivais quelques instants avant les autorités chargées de me recevoir. Cela plongeait dans l'embarras les responsables de mon escorte. Non seulement pour des raisons de sécurité, surtout pour des raisons de prestige. C'est moi qu'on aurait dû attendre, me disaient-ils. Et sans doute avaient-ils raison, du point de vue du protocole, petit dieu retors et inflexible des administrations étatiques. Particulièrement en Espagne, où la tradition monarchique, surdéterminée par les cérémoniels compassés du franquisme, et surchargée par les nouvelles exigences de légitimité des gouvernements régionaux autonomes de la démocratie – dix-sept en tout–, créait parfois un véritable casse-tête de préséances et de places de prestige symbolique.

Quoi qu'il en soit, par goût ou par discipline personnelle, j'ai l'habitude d'être à l'heure. Mais pour y être, il faut arriver en avance. Ce matin de juillet, celui de mon premier conseil des ministres, je suis donc arrivé au palais de la Moncloa à neuf heures moins dix. Alfonso Guerra était seul dans la grande salle du rez-de-chaussée du palais.

Il a dressé la tête, a observé mon arrivée.

À cette époque, les conseils du vendredi se réunissaient dans un salon de la résidence du président du gouvernement, attenant au hall des colonnes qui occupe une bonne partie du rez-de-chaussée et qui s'ouvre sur le parc et le paysage du nord-ouest de Madrid. Plus tard, on inaugura dans l'enceinte réservée de la Moncloa un nouvel édifice, où se déroulèrent désormais les réunions du conseil, ainsi que les séances de travail et les repas officiels avec les délégations étrangères. Les salles de ce nouveau bâtiment, somme toute assez sobre, s'ornèrent de toiles de Miró et de Tápies, ce qui ne manqua pas d'attirer la curiosité admirative de Vačlav Havel, lors de sa visite à Madrid.

Je connaissais déjà la grande salle des colonnes du palais de la Moncloa. J'y étais venu pour la première fois en 1981, pour un long entretien avec Adolfo Suarez, l'homme qui a piloté la première phase – sans doute la plus risquée – de la transition démocratique. Cet entretien eut lieu à une période de crise, peu de temps avant la démission soudaine de Suarez. Peu de temps donc, avant le putsch manqué de certains chefs de l'armée et de la Garde civile.

J'y étais revenu régulièrement – à d'assez longs intervalles, il est vrai – après la victoire électorale du parti socialiste, en octobre 1982, pour des entretiens personnels et informels avec Felipe Gonzalez.

Mais le matin du mois de juillet où commence cette histoire – ce nouveau chapitre d'une longue histoire – celui qui était assis dans la grande salle c'était Alfonso Guerra, qui avait dressé la tête, attentif à mon arrivée.

Aujourd'hui, sans doute, quelques années plus tard, bien des images, des impressions, se superposent dans ma mémoire à celles de ce jour-là, originaires. Elles constituent un ensemble qui a fini par s'articuler de façon topique, en quelque sorte, où il n'est pas facile de distinguer ce que je savais déjà d'Alfonso Guerra, lors de cette rencontre, de tout ce que j'ai appris de lui, au cours des années qui ont suivi. Pourtant, si je fais un effort, avec toute la froideur objective dont je puisse être capable, je suis forcé de dire que je ne savais pas grand-chose de Guerra, en 1988. Je ne l'avais croisé qu'une fois ou deux, sans échanger avec lui plus de quelques mots. Je savais qu'il avait des thuriféraires et des adversaires implacables dans les milieux qu'il m'arrivait de fréquenter lors de mes séjours en Espagne. Il semblait provoquer des sentiments extrêmes. Et parmi mes amis les plus proches, c'étaient plutôt des sentiments adverses. Résolument et farouchement adverses. Je parle, bien entendu, des milieux de la gauche intellectuelle et journalistique, je n'en fréquentais pas d'autres, sauf rare exception familiale ou sociale.

Une chose était certaine, en tout cas. L'idée que Guerra voulait donner de lui-même dans les innombrables entretiens, souvent fort longs, qu'il concédait régulièrement à la presse m'a toujours paru insupportable. Empreinte de suffisance, de mégalomanie, d'intellectualisme kitsch, de donjuanisme andalou de la plus vulgaire espèce (ô ces pages consacrées à décrire ses nuits passées à faire l'amour et à écouter Mahler !). Il était trop aisé – tellement, que j'étais enclin à me méfier : ce masque que Guerra avait choisi de montrer, cette personne qu'il faisait semblant d'être, étaient si factices et outrés qu'ils cachaient sans doute quelque vérité obscure, peut-être pathétique, peut-être tout bonnement insignifiante

– il était trop aisé, donc, d'en déduire et déchiffrer une fragilité essentielle, une outrecuidance infantile : un manque évident de maturité psychique, en tout cas.

Ce qui était sûr, néanmoins, et nul besoin de le connaître davantage pour en établir le constat, c'est que Guerra accumulait entre ses mains un pouvoir considérable. Vice-président du gouvernement, et à ce titre chargé de la coordination technique et administrative du travail du conseil des ministres ; vice-secrétaire général du parti socialiste, et à ce titre chargé du contrôle du groupe parlementaire – qui jouissait depuis 1982 d'une majorité absolue à la Chambre – et de la direction de l'appareil central du parti, Guerra avait la mainmise, sinon sur les grandes options de stratégie politique, qui étaient du domaine de Felipe Gonzalez, du moins sur les déclinaison et articulation au quotidien de celles-ci. Sur la réalité grise ou brillante du pouvoir, en fait : listes électorales, prébendes et privilèges, postes clefs de l'administration civile.

Une chose avait souvent attiré mon attention, les dernières années, depuis que je m'entretenais en tête à tête avec Felipe Gonzalez, tout au long des longues soirées de conversations sans contrainte, dépourvues de domaines réservés, d'interdits ou de tabous : jamais il ne m'avait parlé d'Alfonso Guerra. Jamais il n'avait même mentionné son nom. Pourtant, il était évident pour tout observateur de la vie politique espagnole, que les rapports entre ces deux hommes, le partage de pouvoir et la division du travail entre eux, étaient la clef de voûte du système hégémonique mis en place par la volonté majoritaire des électeurs pour achever la consolidation de la démocratie espagnole.

Mais j'en reviens à cette première matinée, j'essaie d'en reconstituer dans leur fraîcheur originaire les impressions immédiates.

La solitude de Guerra, dans la grande salle de la Moncloa, ne semblait pas accidentelle. Elle ne semblait pas due au hasard. Il n'était pas là parce que, vivant dans l'enceinte du palais présidentiel, il lui était facile d'arriver le premier. C'était une solitude ostentatoire, dramatisée : elle était soigneusement mise en scène. C'était la solitude signifiante du pouvoir. Solitude de sentinelle veillant sur le destin du bon peuple encore ensommeillé. Toujours un peu ensommeillé, par définition. Il n'arrivait pas le premier parce qu'il n'avait que quelques pas à faire, dans le parc de la Moncloa. Il arrivait le premier parce que tel était son rôle, son obligation, sa mission : parce qu'il était le Premier, dans l'ombre du pouvoir.

Quelques mois plus tard, Alfonso Guerra a exprimé dans une métaphore sa conception du rôle qu'il prétendait jouer auprès de Felipe Gonzalez, au sommet des instances de l'État et du parti socialiste. Dans une interview au journal italien *Il Messaggero*, Guerra a comparé – et une interprétation freudienne de cette phrase est probablement licite – les lieux du pouvoir à une cuisine. « C'est moi qui prépare les plats, a-t-il déclaré, et c'est Gonzalez qui les assaisonne et les présente aux convives. »

Le vendredi suivant la publication de ces propos – dont il semble inutile de longuement commenter l'arrogance et la vulgarité –, Guerra n'assista pas au conseil des ministres. Il était en voyage officiel quelque part en Amérique latine, si je me souviens bien. N'importe, d'ailleurs ; il était absent, quelle qu'en fût la raison. Au moment des conversations matinales autour d'une tasse de café, alors que nous étions réunis par petits groupes en attendant l'arrivée de Felipe Gonzalez et l'ouverture formelle de la séance, je me suis adressé à quelques ministres d'obédience guerriste qui bavardaient ensemble, comme à leur habitude.

– Dites à Alfonso qu'il a tort d'employer des métaphores culinaires pour parler du pouvoir, leur ai-je lancé. C'est vulgaire et ça justifie le rejet populiste de la politique...

Ensuite je me suis tourné vers Enrique Múgica, ministre de la Justice, qui faisait partie de ce groupe et qui était mieux placé que les autres pour entendre la suite.

– Et puis, les allusions culinaires sont dangereuses encore à un autre titre... Souviens-toi de Lénine, Enrique... Dans l'un des derniers billets qu'il a envoyés à Trotski, il a écrit, parlant de Staline : « Je me demande quel plat trop épicé nous prépare ce drôle de cuisinier ! »

Múgica a parfaitement compris pourquoi je rappelais cette anecdote, mais il n'a pas réagi. Pourtant, à cette époque, il me parlait encore. Quelque temps plus tard, il a cessé de m'adresser la parole. Il a même cessé de me voir : je lui étais devenu invisible. Transparent, au mieux.

Il est vrai que j'avais pris publiquement position dans l'affaire de trafic d'influence et d'enrichissement personnel illicite dont un frère du vice-président était présumé coupable. Ce Guerra-là, prénommé Juan, chômeur assisté en 1982, lors de la victoire socialiste aux élections législatives, était devenu ensuite, dans sa ville natale, Séville, une sorte de secrétaire ou factotum de son puissant parent, on n'a jamais très bien su à quel titre ni pour quelles instances, celles du parti ou celles du gouvernement. Quoi qu'il en soit, Juan Guerra a occupé le bureau officiel réservé à son frère dans la délégation administrative du gouvernement à Séville. Et il a profité de ce poste, de l'aura d'autorité et d'influence que son nom et l'utilisation de ce bureau officiel lui conféraient, pour amasser en quelques années une fortune considérable.

Mais je reviendrai sur l'affaire Juan Guerra, car elle est emblématique. Son analyse, le moment venu, permettra de dénouer les fils de la trame complexe de corruption, de pratiques clientélaires et d'arrogance partisane qui ont fini par miner l'hégémonie du parti socialiste.

Cruciale aussi, l'affaire Juan Guerra, à un autre point de vue. Des trois années passées au gouvernement de Felipe Gonzalez, cette affaire-là est, en effet, le seul moment où j'aurai vu ce dernier avoir des réflexes partisans, au lieu de réagir en homme d'État. C'est le seul moment où je l'aurai vu manquer de clairvoyance, où il se sera laissé enferrer dans la position intenable d'un chef de famille ou de clan, alors que sa vision politique se caractérise habituellement par la prise en compte, avec ampleur, avec rigueur, de l'intérêt général.

Pour l'heure, et pour en revenir à mes rapports avec Enrique Múgica, ministre de la Justice, et les autres guerristes du gouvernement ou de l'appareil dirigeant du parti socialiste, je n'en dirai plus que deux mots.

Interrogé sur l'affaire Guerra, le 8 mai 1990, par Mercedes Milá, l'une des meilleures journalistes de la télévision espagnole

(ô souvenir soudain, images qui éclatent : l'émission de

Mercedes Milá, *El Martes que viene*, se composait ce soir-là de deux parties bien distinctes, pendant la première moitié c'est moi qui fus interrogé, la deuxième fut consacrée à une interview de Luis Miguel Dominguín et de son fils Miguel Bosé. Je n'avais pas revu Luis Miguel depuis de longues années, depuis la mort de Domingo Dominguín. Nous sommes tombés dans les bras l'un de l'autre. Nous avons aussitôt retrouvé la chaleur d'antan : le ton impertinent et passionné de nos rapports de toujours. Luis Miguel avait vieilli, j'avais vieilli. Miguel, le fils de Lucia Bosé, l'enfant que j'avais vu grandir alors que j'étais un clandestin répondant au nom d'Agustin Larrea, Miguel nous regardait avec un sourire où se mêlaient l'agacement et la tendresse. Fermons la parenthèse : évitons de trop longues digressions dans la mémoire, surtout quand elles sont sentimentales)

interrogé, donc, par Mercedes Milá sur l'affaire Guerra, j'avais fait une réponse de simple bon sens. Mais le bon sens semblait être la chose la moins bien partagée, à l'époque, dans les instances dirigeantes de l'appareil socialiste.

J'avais dit que dans l'affaire Juan Guerra se produisait la conjonction de trois données de fait, qui, prises une par une, ou même par deux, ne posaient aucun problème, ne soulevaient nul doute. Trois données de fait incontestables. Premièrement, Juan Guerra était bien le frère du vice-président du gouvernement socialiste. Deuxièmement, il avait bien occupé un bureau officiel avec de vagues fonctions représentatives. Troisièmement, il s'était bien enrichi personnellement, de façon spectaculaire. C'était la conjonction de ces trois données qui était intolérable. Qu'un frère du vice-président se fût enrichi si vite, sans avoir disposé de bureau officiel, aurait pu être plus ou moins choquant ou admirable, mais n'aurait pas été délictueux. À une époque d'expansion de l'économie de marché, d'enrichissement général des couches moyennes, de valorisation fascinée de l'argent, nombreux ont été en Espagne les nouveaux riches. Des fortunes y ont été faites pendant cette décennie, même par des moyens tout à fait honnêtes et honorables. Même sans fraude fiscale ou trafic d'influence.

On pouvait aussi choisir un autre cas de figure : celui du

frère du vice-président occupant un poste officiel dans la délégation gouvernementale à Séville, et n'en tirant aucun profit personnel. En fin de compte, ce Juan Guerra était militant du parti socialiste, il aurait été excessif de lui barrer tout accès à l'appareil, surtout à un poste aussi subalterne. S'il avait vécu de son salaire officiel, qui aurait pu trouver à y redire ?

Ce qui était intolérable, donc, avais-je répondu à Mercedes Milá, c'était la conjonction des trois éléments factuels : frère du vice-président, occupation d'un poste officiel, enrichissement spectaculaire, sans doute illicite.

Mais les guerristes ne m'ont jamais pardonné ce crime de lèse-majesté familiale. Pour eux, les accusations contre Juan Guerra étaient calomnieuses, tenaient uniquement de la conspiration politico-médiatique contre la gauche au pouvoir. Tout autre point de vue était considéré comme une trahison.

Dès lors, le ministre de la Justice a cessé de dîner avec moi, de me parler, de me voir même : je n'ai plus existé à ses yeux. Dans l'antichambre du conseil il passait à côté de moi sans tourner la tête. Pourtant, c'était mon plus vieil ami dans le gouvernement de Felipe Gonzalez.

J'avais rencontré Enrique Múgica en 1953, à San Sebastián, à la fin de mon premier voyage clandestin en Espagne. Il était étudiant en droit, remuant et rebelle, plein d'imagination politique, adversaire résolu de la dictature du général Franco. Je l'avais connu chez le poète Gabriel Celaya et recruté pour l'organisation illégale du parti communiste à l'Université, où il avait joué un rôle considérable. Bon vivant, curieux de la littérature universelle, grand amateur de nourritures terrestres et spirituelles, courageux (il fut arrêté à plusieurs reprises et passa de longs mois dans les prisons franquistes), Múgica fit preuve d'un tempérament politique indéniable.

Au début des années soixante, il me fit parvenir de la prison de Burgos une lettre personnelle m'annonçant sa décision de quitter le parti communiste et de rejoindre les rangs du socialisme démocratique. Décision osée, à l'époque, qui prouve bien la lucidité stratégique de Múgica. Le parti socialiste, en effet, n'avait alors qu'une influence limitée et un prestige incertain parmi les groupes les plus engagés dans la lutte contre le franquisme. Parmi les jeunes intellectuels des couches moyennes, en tout cas, c'était le parti communiste qui jouissait d'une aura d'efficacité, de cohérence idéologique, de dévouement militant. J'y avais été pour quelque chose. Mais l'abandon par Enrique Múgica de sa fidélité communiste ne pouvait pas me peiner ni m'irriter outre mesure : au même moment, j'étais en train de me faire exclure du parti.

L'homme que j'ai retrouvé au gouvernement en 1988 avait bien changé. Le bon vivant était devenu jouisseur. Le militant était devenu homme d'appareil et d'apparat. Son ancien courage avait fait place à une pusillanimité cauteleuse et fébrile. Son sens de l'ouverture et du consensus avait dégénéré en pur opportunisme, souvent inopportun, de surcroît. Proche, à l'origine, par formation et sensibilité, du courant social-démocrate du PSOE, Múgica avait fini par se couler dans le moule de l'appareil guerriste, où un discours populiste de gauche permettait d'enjoliver ou d'occulter une pratique autoritaire et clientéliste dépourvue de principes stratégiques ou éthiques, mais pourvoyeuse de postes et de prébendes.

Múgica, donc, ce vendredi-là, a parfaitement compris l'anecdote relative à la cuisine trop épicée de Staline. Mais il n'a pas réagi. Sans doute réfléchissait-il à l'intérêt qu'il pourrait avoir – ou ne pas avoir – à transmettre lui-même mes paroles à Alfonso Guerra, pour s'en démarquer.

Quoi qu'il en soit, le vice-président du gouvernement cessa lui aussi de me parler et de me voir, dès ma prise de position publique sur le cas de son frère.

Ainsi donc, Alfonso Guerra arrivait le premier dans la salle des colonnes de la Moncloa parce qu'il se croyait le premier, parce qu'il voulait qu'on le crût. Il s'installait à sa place habituelle et un diligent majordome en veste blanche lui apportait le plateau de son petit déjeuner. Son jus d'orange, son café au lait, ses petits biscuits. Jamais Guerra ne s'approchait de la table commune et conviviale où nous autres, simples ministres mortels, nous servions nous-mêmes une tasse de café ou de n'importe quoi d'autre, au fur et à mesure de notre arrivée. Jamais je n'ai vu Guerra bouger de son fauteuil vice-présidentiel avant le commencement des conseils. Il levait les yeux, observait, prenait note. Au fil des jours, la vivacité retorse des mouvements de son cou, de son mince visage où s'étalaient les cercles de ses grosses lunettes, m'a fait parfois penser à un serpent à sonnettes dressé, sur le qui-vive.

De son poste d'observation, il faisait un bref geste de salut à certains des arrivants. D'autres s'approchaient de lui pour rendre compte ou hommage, se penchant vers son fauteuil pour lui susurrer quelque information ou entendre quelque avis. Parfois, et c'était le cas du ministre de la Justice déjà mentionné, ou de Matilde Fernandez, ministre des Affaires sociales, les impétrants se mettaient carrément à genoux près de l'accoudoir du fauteuil de Guerra, comme s'ils allaient à confesse.

Outre cette immobilité qui symbolisait en quelque sorte le discret centralisme de son pouvoir – et qui contrastait avec la mobilité de tous les autres, Felipe Gonzalez y compris, qui allions de-ci, de-là, échangeant des informations ou réglant des affaires courantes, avant que ne commence formellement la réunion du conseil –, la mise en scène de son apparition et de son apparence par Alfonso Guerra lui-même comportait également une utilisation savante des accessoires : papiers et livres, particulièrement.

De la serviette qui l'accompagnait partout, il extirpait quelque dossier volumineux, dont il consultait et annotait les feuillets, sans se laisser distraire par les bavardages environnants. Par là, il démontrait le contraire de ce qu'il aurait sans doute voulu prouver, en faisant apparaître les traits d'infantilisme de son caractère. L'antichambre du conseil était, en effet, le lieu le moins approprié pour travailler sur des documents importants. Si ceux-ci avaient quelque rapport avec la réunion qui allait commencer, c'était bien évidemment trop tard, beaucoup trop tard, pour les étudier. S'ils n'en avaient aucun, s'ils ne présentaient nul caractère d'urgence, toute autre occasion d'en prendre connaissance aurait été plus opportune.

Ce qui était clair, c'est qu'Alfonso Guerra était en représentation : il jouait le rôle de l'homme d'État studieux et sévère. Il en prenait la pose. Il confondait, en somme, le conseil des ministres avec l'une des troupes de théâtre universitaire qu'il avait dirigées dans sa folle jeunesse.

Mais il n'utilisait pas seulement des documents en guise d'accessoires pour ses mises en scène du vendredi matin. Des livres, aussi. Même quand il faisait semblant d'étudier un dossier, Guerra plaçait ostensiblement sur le bras de son fauteuil un livre ouvert et retourné, de façon qu'on pût en lire le titre. Ce n'était jamais une œuvre de fiction. Bientôt, je pus vérifier que le vice-président avait une prédilection systématique pour les petits volumes – faciles à reconnaître à cause de la couleur argentée de leur couverture – de la collection scientifique que Jorge Wagensberg dirige chez Tusquets.

Il devait penser que ces lectures affichées rehausseraient son prestige d'intellectuel véritable, engagé dans les vulgarités de la politique par dévouement et esprit de sacrifice, puisque telle est l'image de lui-même qu'il a laborieusement construite au fil des années, des confidences et des entretiens journalistiques.

Une anecdote montrera à quel point cette stratégie était systématique chez Alfonso Guerra. Deux ans après cette matinée de juillet dont je fais ici le récit plus ou moins circonstancié, à une date que je ne peux préciser – mais c'était un mercredi, en tout cas, jour de la réunion hebdomadaire des secrétaires généraux des ministères, que Guerra présidait et où se préparaient les dossiers techniques du conseil du vendredi –, ma directrice de cabinet, Juby Bustamante, me signala que le vice-président avait ce jour-là, à ladite réunion, chaudement recommandé la lecture d'un livre aux assistants. Je ne l'ai pas laissée terminer. « Sans doute *l'Imagination scientifique*, lui ai-je dit, un ouvrage collectif qui vient de paraître. » Elle m'a regardé, bouche bée. Il s'agissait bien de ce livre, en effet. Mais comment avais-je deviné ? Tout simple : c'était le dernier titre paru dans la collection de Tusquets.

En 1991, au mois de janvier, lorsque Guerra fut obligé de démissionner de son poste, son fauteuil habituel resta longtemps inoccupé, aussi bien dans la salle du conseil des ministres que dans l'antichambre contiguë.

Tel ne fut pas le cas, en revanche, à la Chambre des députés, sur le banc du gouvernement. Là, des centaines de milliers d'Espagnols purent le constater grâce à la télévision, les rangs se serrèrent aussitôt. Le ministre des Relations extérieures, Francisco Fernandez Ordoñez, vint occuper le siège vide, voisin de celui du président : aucune vacance ou béance du pouvoir ne fut donc perceptible, au plan symbolique. Alfonso Guerra, quant à lui, redevenu simple parlementaire, prit place dans l'hémicycle parmi les députés du groupe socialiste. Il consacra ostensiblement la séance de son retour à la Chambre (toujours le goût des mises en scène valorisantes !) à faire semblant d'étudier une partition musicale, en signe de mépris olympien pour une aussi futile contingence qu'une assemblée des élus du peuple.

Mais à la Moncloa, loin des caméras, dans l'ombre et le secret du pouvoir, le fauteuil de Guerra demeura vide. Qui en décida ainsi ? Sans en avoir eu la preuve formelle, je suis persuadé que Felipe Gonzalez n'a donné aucune instruction dans ce sens. Il n'a sans doute pas non plus demandé qu'on retirât ce fichu fauteuil. Ce sont là des détails qui ne le préoccupent guère, car son rapport avec le pouvoir – trop profond, trop original pour le faire s'arrêter à ces vétilles – ne s'embarrasse pas de questions de liturgie ou de préséance.

De toute façon, si Felipe Gonzalez n'a jamais éprouvé le besoin de commenter avec ses ministres la démission forcée de Guerra – événement crucial, pourtant, de la vie politique espagnole, après dix ans d'existence d'un système hégémonique où la place et le rôle de ces deux hommes ont été déterminants –, peut-être n'a-t-il pas été obscurément mécontent de nous la rappeler chaque vendredi des semaines suivantes, par l'incongrue présence de ce siège vide. À nous d'en comprendre le sens.

Quelque mauvaise langue ministérielle a certes insinué que Felipe Gonzalez n'a rien fait changer à la disposition des sièges du conseil pour éviter d'avoir le garde des Sceaux, Enrique Múgica, pour voisin immédiat. L'ordre protocolaire était tel, en effet, que le ministre de la Justice s'asseyait à la droite du vice-président. Ce dernier ayant disparu, si on avait enlevé son siège vide il n'y aurait plus eu personne entre Múgica et le président. De telle sorte que Felipe Gonzalez aurait eu à supporter lui-même les incessants commentaires et plaisanteries chuchotés auparavant par celui-là à Guerra.

Je ne pense pas, cependant, malgré sa vraisemblance, que cette rumeur malveillante soit vraie. Je pense que Felipe Gonzalez est capable de supporter indéfiniment à ses côtés une présence désagréable, si la conjoncture politique l'exige, en fonction des compromis et des équilibres du pouvoir. Je suis plutôt enclin à croire que le maintien du siège vide d'Alfonso Guerra ne fut positivement décidé par personne. Personne n'a rien osé décider dans l'appareil administratif de la présidence du gouvernement. Les hauts fonctionnaires qui en faisaient partie, la plupart de filiation guerriste, ont dû trembler à l'idée d'une décision aussi sacrilège : faire enlever le fauteuil du vice-président aurait été une sorte de parricide, de meurtre symbolique.

Cette impression personnelle a été confirmée quelques semaines plus tard. C'était un vendredi, de nouveau. Nous étions dans l'antichambre du conseil, bavardant, par petits groupes, comme d'habitude. Le fauteuil de l'ex-vice-président était toujours inoccupé. Le ministre de la Défense s'est alors approché du groupe où je me trouvais, visiblement enjoué. Derrière les verres de ses lunettes, son regard avait une expression rusée. Il faisait un geste qui lui est habituel, dont il n'est pas facile de saisir la signification : s'en lave-t-il les mains ou est-il en train de se les frotter de satisfaction bonhomme et rustique ? Quoi qu'il en soit, Narcis Serra était ce vendredi-là de bonne humeur, apparemment. Il en donna la preuve tout aussitôt, car il se tourna vers nous, sarcastique : « Mais enfin, s'exclama-t-il, personne ne va jamais s'asseoir dans ce fauteuil ? »

Il y eut un silence soudain parmi les ministres réunis là. Silence amusé ou intrigué pour les uns. Silence stupéfait et choqué pour d'autres. Je profitai de ce silence pour dire à Serra, sur le même ton ironique qu'il avait employé : « Tout laisse entendre que ce fauteuil t'est destiné, qu'il n'attend que toi… Vas-y donc ! »

Matilde Fernandez, ministre des Affaires sociales et guerriste de stricte obédience, eut un sursaut d'émotion. Elle nous demanda de ne pas plaisanter avec ça. Elle nous dit qu'aux Asturies, dans le bassin minier, dans les autocars qui conduisent les mineurs au travail, on laisse à tout jamais inoccupé le siège de l'ouvrier mort dans un accident. Elle conclut en affirmant que c'était une fort belle tradition.

Narcis Serra, ministre de la Défense – devenu depuis, effectivement, vice-président du gouvernement –, la regardait avec des yeux arrondis de surprise. Quant à moi, j'ai pris Matilde affectueusement par le bras – nous avons toujours été en désaccord sur les questions politiques essentielles, mais notre relation a toujours été cordiale : elle n'a pas cessé de me voir ni de me parler, elle – pour lui dire : « Je t'en prie, Matilde, ne sois pas aussi dramatique… Personne n'est mort, ici… »

C'est alors que Felipe Gonzalez s'est approché de notre groupe. Il venait d'arriver dans l'antichambre du conseil, arborant d'un air triomphal son premier havane de la journée. Il se glissa entre nous, avec un sourire éclatant et carnassier, et alla s'asseoir, visiblement satisfait de son geste, dans le fauteuil d'Alfonso Guerra.

Ainsi s'achève la parabole, pas trop évangélique, du lieu symbolique du vice-président déchu sur la scène du pouvoir.

Mais je n'en suis pas encore là.

J'en suis à mon premier conseil des ministres, le matin du 15 juillet 1988. J'y suis à neuf heures moins dix du matin. Alfonso Guerra et moi sommes encore seuls dans la grande salle des colonnes du palais de la Moncloa. Il a levé la tête pour observer mon arrivée. Son regard n'est pas facile à interpréter : il est lourd de sens. De l'intérêt, sans doute, mais nulle bienveillance. De la circonspection, surtout. Son regard semble me poser une question : qui es-tu, toi que voilà ? Que cherches-tu ici ? Mais peut-être se pose-t-il cette question à lui-même. Peut-être est-ce une question pour lui-même. Il veut savoir à quoi s'en tenir à mon sujet. C'est compréhensible, c'est assez humain.

Je comprends aisément sa circonspection, la curiosité un peu méfiante que son regard laisse transparaître, ce premier jour et d'autres jours qui vont suivre. Jusqu'au jour où il saura à quoi s'en tenir et où son regard deviendra franchement hostile. Où il cessera même de poser son regard sur moi, peut-être dans l'espoir typiquement solipsiste de me voir disparaître. Mais je n'ai pas disparu lorsque Dieu a cessé de me regarder, ce n'est donc pas Alfonso Guerra qui réussira ce tour de force ou de magie.

Je comprends sa circonspection, de toute façon. Car je suis le seul ministre de ce dernier remaniement qui ne dépende en rien de lui. Qui n'ait pas été choisi et désigné en fonction de tractations où il aurait pris part. Ou en fonction d'équilibres non dits mais contraignants entre les différents courants – réels, sinon exprimés – du Parti socialiste espagnol.

J'arrive d'ailleurs d'un territoire qu'il ne contrôle pas, d'un passé dont il n'a pas la maîtrise, où s'enracine mon indépendance. Sans doute ai-je été choisi par Felipe Gonzalez, mais ce choix a été direct, personnel : il n'a pas été soumis préliminairement à l'approbation de l'appareil central du parti socialiste, que Guerra contrôle d'une main de fer dans un gant de fer, depuis des années. Je ne veux pas dire par là que les autres ministres – il y en a six de nouveaux, d'autres ont changé de portefeuille, un noyau dur est en place depuis 1982 – n'ont pas été choisis directement, personnellement par Gonzalez. Mais ils l'auront été dans le cadre d'une série de contraintes, d'intérêts à préserver, d'équilibres à prolonger, au sein du parti et de l'exécutif.

Je dis ceci en toute objectivité, pour faire comprendre la circonspection du vice-président à mon égard. Mais je sais bien que le ministère de la Culture n'était pas un véritable enjeu stratégique. En me choisissant, contre toute attente – et la presse de ces jours-là a exprimé à profusion la surprise, parfois le désarroi quelque peu irrité, que provoqua cette nomination –, Felipe Gonzalez a fait un geste d'ouverture, de non-conformisme pourrait-on dire, mais qui ne modifie nullement les grands équilibres du pouvoir, qui n'en change pas les contraintes objectives : le poids spécifique du ministère de la Culture n'est pas suffisant, en lui-même, pour un tel effet.

L'autre point, décisif celui-là, sur lequel le président du gouvernement n'a certainement pas négocié avec Ferraz – du nom de la rue madrilène où se trouve le siège du parti socialiste – est celui qui concerne la continuité de la politique économique. C'est là un domaine où, jusqu'à présent, Felipe Gonzalez a été intraitable, où aucune pression de l'appareil de son propre parti n'a pu le faire changer de cap, du moins sur l'essentiel.

Dès 1982, il a choisi une politique économique rigoureuse – orientée vers l'intégration dans la Communauté européenne qui se produirait quatre ans plus tard – de maîtrise de l'inflation et des dépenses publiques, pour affronter la lourde tâche vitale de la reconversion industrielle et de la libéralisation des échanges et des flux économiques et financiers. À cette fin, la politique mise en œuvre utilisait systématiquement les mécanismes du marché, sous le contrôle non administratif mais indicatif d'un État de droit, dont le secteur public, pourtant, lourd héritage du franquisme, déficitaire dans la plupart de ses entreprises, avait un besoin urgent, lui aussi, de modernisation, de rentabilité, de restructuration stratégique. Il s'agissait, en somme, de remettre en ordre et en marche une économie durement frappée par la crise, en libérant les mécanismes du marché, tout en préservant un outil étatique épuré et apuré comme un facteur de rééquilibrage et de contrôle.

Quelques jours avant les élections législatives qui allaient le porter au pouvoir, en octobre 1982, j'avais interviewé Felipe Gonzalez, à Madrid. Jean Daniel m'avait demandé pour *le Nouvel Observateur* une série de trois papiers. Les deux premiers avaient été publiés, le troisième devait porter sur le programme des socialistes et leurs perspectives électorales. J'avais écrit ce dernier article après l'entretien avec Gonzalez. J'y avais pronostiqué la victoire de son parti, ce qui n'était pas particulièrement sorcier, à la fin de la campagne. C'était à la portée de tout observateur de bonne foi. J'y avais aussi souligné l'originalité de son programme économique. Mais l'article ne fut pas publié. En l'absence de Daniel, quelqu'un décida à la rédaction du *Nouvel Obs* que mon papier était impubliable. J'avais tort de prédire la victoire du PSOE, en effet. J'avais surtout tort de croire qu'un programme économique comme celui que Felipe Gonzalez m'avait exposé pouvait être considéré de gauche. Quoi, pas de nationalisations ? Quoi, une reconversion industrielle ? Quoi, priorité à la lutte contre l'inflation au lieu de la relance de la consommation populaire comme moteur de la croissance ? Mon papier passa à la trappe.

Mais je rappelle cette anecdote uniquement pour souligner que Felipe Gonzalez m'exposa son programme de politique économique avant les élections. Ce n'est pas le pouvoir, donc, ni la gestion des affaires de l'État, ni le poids des contraintes du marché mondial qui ont modéré le programme de Gonzalez. Ce n'est pas l'exercice du pouvoir qui a, comme certains l'affirment encore aujourd'hui avec beaucoup de frivolité, provoqué son glissement à droite. Il n'a pas fait, a posteriori, de nécessité vertu. Il a eu la vertu de saisir les nécessités du réel. C'est vers la réalité qu'il a glissé, dès avant la prise du pouvoir, et non pas vers la droite.

En octobre 1982, rue du Pez Volador, dans un quartier d'habitations à loyer modéré proche du boulevard périphérique, j'avais écouté avec jubilation Felipe Gonzalez m'exposer les grandes lignes de son programme économique. Enfin un parti de gauche du sud de l'Europe allait gagner les élections pour gouverner la réalité du présent, en la transformant, au lieu de régner impunément sur l'illusion d'un avenir.

Depuis cette date, Gonzalez n'avait pas changé de ligne, dans sa politique économique, quels qu'en fussent les modulations et les aménagements conjoncturels. Et pour ce faire, il n'avait pas non plus changé d'équipe ministérielle dans ce domaine. Même en 1985, lorsqu'il avait été obligé de se priver de son ministre de l'Economie, Miguel Boyer, brillant artisan et inspirateur de sa sagesse économique, à cause du conflit qui opposait ce dernier à Guerra et à l'appareil central du parti – conflit au cours duquel Boyer se vit affaibli pour des raisons d'ordre privé, qui l'éloignèrent sans doute de la volonté de vaincre –, il n'avait pas changé de politique. Ni d'équipe non plus, en fait. Car il avait nommé à la tête du secteur économique de son gouvernement Carlos Solchaga, le ministre de l'Industrie de l'équipe Boyer, qui poursuivit, dans son style personnel, la même stratégie de réalisme et de rigueur.

Il en fut de même en 1988. Quels qu'aient été les conciliabules, les compromis, les échanges de bons ou mauvais procédés nécessaires pour garantir à la fois l'autonomie de Felipe Gonzalez et l'équilibre, le dosage interne entre l'appareil, les diverses sensibilités du parti socialiste et l'exécutif, le président continua de manifester son inflexibilité sur la politique économique. Il maintint à son poste Carlos Solchaga, dont l'équipe se renforça même par l'arrivée au ministère de l'Industrie de Claudio Aranzadi, l'un de ses proches.

Alfonso Guerra, donc, me regardait entrer dans la salle des colonnes de la Moncloa avec circonspection : je pouvais le comprendre.

Un peu plus tard, dès le début du conseil, il allait se produire un échange – indirect d'ailleurs, à fleurets mouchetés – entre Solchaga et lui. Echange révélateur, du moins pour moi. Décisif pour mon initiation immédiate aux mystères du pouvoir.

Nous étions dix-sept ministres autour du président et du vice-président. Dix-neuf personnes en tout. Un nombre relativement restreint, donc, pour une instance de pouvoir exécutif. Qui permettait, le cas échéant, un véritable échange d'opinions, une discussion réelle, avec la participation de tous les assistants. À condition que ceux-ci veuillent bien intervenir. Et qu'ils aient quelque chose à dire, évidemment. Au cours des trente-deux mois passés au gouvernement, j'ai connu des ministres qui n'avaient rien à dire. Certains disaient pourtant n'importe quoi, sans doute pour se convaincre de leur existence. Certains ne disaient rien, ou bien parce qu'ils n'avaient vraiment rien à dire ou bien parce qu'ils préféraient garder un silence prudent.

La palme, à cet égard, revenait, me semble-t-il, au ministre de la Santé. Il était mon voisin de gauche, à la longue table ovale du conseil. Un homme affable, économiste de profession, desservi par une gênante ressemblance avec Groucho Marx. Nullement desservi par ses paroles, cependant, puisqu'il ne disait rien, pratiquement rien. Pendant près de trois ans, je ne l'aurai quasiment jamais entendu prendre position sur une question politique de fond. Jamais non plus je ne l'aurai entendu exposer ou proposer quoi que ce soit concernant son département ministériel. Pourtant, il est difficile de penser qu'il n'eût rien à dire, pendant si longtemps, sur la santé ! La santé publique n'est pas le moindre des soucis dans un pays de démocratie moderne.

De toute façon, un gouvernement n'est pas, par définition, un club de discussion. Le nombre de questions concrètes, d'ordre administratif ou législatif, qu'il faut examiner et résoudre à chaque séance est tel que les possibilités de débat général sont rares. Elles surgissent à certaines périodes de crise ou de conflit (au moment de la grève générale du 14 décembre 1988, qui remit en question les relations du parti socialiste avec le mouvement syndical ; au moment de la guerre du Golfe, bien évidemment) ou à l'occasion de la préparation de certains débats parlementaires importants (celui, annuel, de l'état de la nation ; ceux, périodiques, sur la construction européenne, par exemple).

Il est vrai aussi que des questions d'ordre général, provoquant parfois de vifs débats, pouvaient surgir à l'improviste et à l'occasion de l'examen d'un projet de loi ou d'une décision administrative d'apparence banale, mais mettant en cause, indirectement, sournoisement peut-être, la philosophie même de la stratégie gouvernementale.

Les séances du cabinet étaient préparées chaque mercredi lors d'une réunion de travail des secrétaires d'État et des sous-secrétaires de chaque département ministériel. Présidée par Guerra, cette commission débroussaillait le travail du conseil et fixait son ordre du jour.

Tous les jeudis, à la fin de l'après-midi, je recevais donc le secrétaire général de mon ministère, qui m'apportait le dossier de la réunion du cabinet. Il comprenait l'ordre du jour, avec tous les documents de référence : projets de lois ou d'ordres ministériels ; rapports préparatoires sur les questions en cours d'examen ; notes d'information habituelles ou confidentielles de certains ministères, principalement ceux de l'Economie et des Relations extérieures, etc. Ainsi, j'avais toute la soirée pour étudier ce dossier et acquérir une vue d'ensemble des problèmes qui allaient être examinés le lendemain.

Ceux-ci étaient classés en deux catégories. Sous index vert étaient groupés les problèmes d'ordre technique et administratif qui avaient déjà été résolus à la commission du mercredi. Il était toujours possible, néanmoins, de revenir en conseil sur les questions classées dans cette rubrique, qui restaient ouvertes jusqu'à notre approbation définitive, la plupart du temps implicite, si aucun de nous ne faisait opposition.

Sous index rouge étaient groupés les problèmes qui relevaient de la compétence exclusive du conseil, ainsi que ceux sur lesquels la commission de secrétaires d'État et sous-secrétaires, tout en étant compétente, n'était pas parvenue à trouver un accord.

Mais le premier point à l'ordre du jour concernait invariablement les nominations. La nomenclature des postes de l'administration centrale dont le pourvoi dépend du conseil des ministres est en Espagne assez vaste. Je ne sais si elle l'est plus ou moins dans les autres pays de la Communauté européenne, n'ayant pas de termes de comparaison sous la main. Pour donner un exemple, je dirai que dans mon cas, celui du ministère de la Culture, il me fallait le blanc-seing du conseil pour nommer le directeur du musée du Prado.

Ce jour-là donc – aujourd'hui, dans quelques minutes, puisque je suis encore avec Alfonso Guerra dans l'antichambre du conseil –, après avoir souhaité la bienvenue aux nouveaux ministres – nous étions six, dont les deux femmes du gouvernement – et tracé à grands traits les perspectives de la fin de la législature, des élections devant avoir lieu l'année suivante, en 1989, Felipe Gonzalez ouvrit la séance sur le premier point habituel de l'ordre du jour, celui des nominations.

Le ministre de l'Economie et des Finances, Carlos Solchaga, intervint aussitôt. Le mandat des deux principaux responsables de la Banque d'Espagne arrivait à son terme. En quelques phrases concises – son style n'est pas le délayage, le parler pour ne rien dire –, Solchaga expliqua pourquoi il en proposait le renouvellement pour une deuxième période de quatre ans.

C'est alors que le vice-président, Alfonso Guerra, demanda la parole.

Il parlait d'une voix assez faible, assourdie, dans le microphone fixé à la table devant lui, comme devant chacun de nous, et qu'il avait branché d'un geste étrangement désabusé. Son accent andalou, très prononcé, hachait les mots du castillan, escamotant certaines lettres ou diphtongues, en déformant d'autres.

Rendu soupçonneux par les mises en scène chantournées de ses apparitions en public, j'ai fini par supposer que Guerra parlait ainsi pour forcer ses interlocuteurs à une attention vigilante, multipliée. On était obligé de tendre l'oreille, de se suspendre à ses lèvres pour saisir le sens de ses paroles. Mais peut-être cette interprétation est-elle erronée ou tendancieuse. Peut-être parlait-il de cette voix sourde et faible parce que c'est la sienne, tout bêtement ; parce que telle est réellement sa façon de parler. Je n'ai point de certitude à ce sujet.

Quoi qu'il en soit, le vice-président Guerra parlait ce jour-là d'une voix sourde et ce qu'il disait était étrange.

Ne serait-il pas temps, disait-il, de placer à des postes comme ceux-là des hommes à nous ? Des militants ? N'avons-nous pas dans le parti assez d'hommes capables de diriger tout aussi bien la Banque d'Espagne ? Pourquoi avoir encore recours à des techniciens qui ne sont pas des nôtres ?

Je remarquai le nombre de fois où il répétait le mot *nous*, où il parlait des *nôtres*. Cela me ramenait de longues années en arrière, dans un passé lointain et révolu. Dans la préhistoire, c'est-à-dire dans le passé de mon expérience du parti communiste, dont le discours idéologique traçait sans cesse la ligne de démarcation entre *nous* et les autres. Il y avait longtemps que je n'avais plus entendu ce *nous* sectaire, ce pronom de clôture et d'exclusion. Longtemps que je n'avais pas vu apparaître l'esprit-de-parti. Mais ce retour au discours de ma jeunesse ne me rajeunissait pas. Tout au contraire : il s'en dégageait soudain une odeur rance de vieillerie, une discrète puanteur.

Cependant, il était clair que le langage de Guerra plaisait à un certain nombre de ministres. Ce sont des choses que l'on perçoit aisément dans un groupe, pour peu qu'on soit attentif, ces mouvements psychiques d'approbation, d'acquiescement intime, que traduisent des gestes presque imperceptibles : hochements de tête, demi-sourires, regards captivés (ou captifs ?).

Après avoir prôné un autre choix pour les postes en question à la Banque d'Espagne – choix purement théorique, par ailleurs : il ne proposa aucune alternative aux noms avancés par Solchaga –, le vice-président en termina abruptement en déclarant que son intervention, il en était conscient, n'aurait qu'une valeur testimoniale.

Il y eut un silence, qui s'épaissit quelque peu.

Felipe Gonzalez le brisa. D'une voix ferme et posée, il demanda s'il n'y avait pas d'autres commentaires.

Apparemment, il n'y en avait pas.

Ça ne manqua pas de me surprendre, car j'avais été sensible à la sympathie qu'avaient provoquée les paroles de Guerra chez certains ministres. Sympathie qui choisissait de rester informulée, de ne pas s'exprimer publiquement.

Ce qui permit au président du gouvernement de déclarer que la proposition du ministre de l'Economie était approuvée. Il faut dire que Carlos Solchaga n'avait pas l'air de douter le moins du monde de l'issue finale de sa proposition.

On passa à la suite.

Il y avait de quoi être surpris. J'étais surpris.

Car la proposition de Guerra n'était pas qu'une question de méthode, de nominations et de nomenclature. Ce n'était pas non plus une improvisation : sa façon déterminée de prendre la parole, dès l'ouverture de la séance, prouvait bien que c'étaient des propos mûrement réfléchis.

Proposer des militants – des hommes à *nous* – pour gouverner la Banque d'Espagne, au lieu et à la place de deux experts reconnus, professeurs ayant formé à l'Université bon nombre des meilleurs économistes espagnols – hommes de gauche, de surcroît, comme l'étaient Mariano Rubio et Luis Angel Rojo, au passé engagé dans l'antifranquisme, même s'ils n'étaient pas hommes de parti –, cela n'avait pas qu'une portée symbolique. Ce n'était pas seulement pour le plaisir de raviver stérilement la vieillerie chinoise sur les experts rouges (pour les maoïstes, on peut s'en souvenir, le pire révisionnisme s'exprimait dans le dicton : « Qu'importe qu'un chat soit noir ou blanc pourvu qu'il chasse les souris » ...), c'était aussi remettre en question, insidieusement, la politique économique du gouvernement.

Quel intérêt y aurait-il eu, en effet, à mettre des militants à la place des experts si c'était pour faire la même politique ? Subrepticement, par le biais de la question de la Banque d'Espagne, c'était la perspective d'une autre politique économique qui pointait. Sans oublier pour autant le bénéfice secondaire que l'appareil de Guerra obtiendrait en plaçant des fidèles à des postes clefs.

Ni dans ce cas ni dans d'autres, pourtant, tout au long de mes années au gouvernement, l'exigence d'une autre politique économique ne prenait la forme d'une alternative globale et cohérente à celle de Felipe Gonzalez et de Carlos Solchaga, mais plutôt celle d'une guérilla permanente, sporadique, difficile à combattre, à débattre même, à cause précisément de son manque de précision et d'élaboration articulée. Guérilla qui portait tantôt sur la politique industrielle ou sur les conventions collectives ; tantôt sur les mesures anti-inflationnistes ou sur le déficit public.

Cette sourde bataille sans ligne de front ni drapeaux déployés devenait plus aiguë, plus ouverte, plus dangereuse aussi, il est facile de le comprendre, pendant l'élaboration et la discussion du budget.

Dans ce domaine, après le remaniement ministériel de 1991, il est évident que les pressions de l'appareil et du groupe parlementaire socialistes ont conduit le président du gouvernement à des arbitrages et des concessions qui ont porté un préjudice considérable à la politique de rigueur budgétaire défendue par Carlos Solchaga.

L'incident que je viens de commenter était significatif d'un autre point de vue. Par sa façon d'insister sur le caractère purement testimonial de son intervention, Alfonso Guerra soulignait involontairement une certaine marginalité de son pouvoir, par rapport du moins à une question aussi cruciale que la politique économique. D'un autre côté, par la façon qu'il avait eue de ne pas même prendre la peine de répondre à Guerra, Felipe Gonzalez soulignait son autonomie de chef de gouvernement par rapport aux velléités de son propre parti, du noyau dur de sa direction, du moins, qu'incarnait Alfonso Guerra.

Il y avait donc de quoi être surpris.

J'ai jeté un coup d'œil à mes deux voisins à la table du conseil, pour voir leur réaction.

Le ministre de la Santé, mon voisin de gauche, ne bronchait pas. Pourtant, j'avais perçu le mouvement de sympathie qu'avaient provoqué chez lui les paroles de Guerra. C'était fini, il n'y avait plus rien à percevoir sur son visage, il avait retrouvé l'état d'inexpressivité dont je saurais au fil des vendredis qu'il lui était habituel.

Mon voisin de droite, Joaquin Almunia, était ministre des Administrations publiques. Il saisit mon regard, sans doute plein d'étonnement, d'interrogations, de curiosité, du moins. Il ne me dit rien, se bornant à faire un geste bref du visage et des mains qui pouvait s'interpréter ainsi : oui, mon vieux, c'est comme ça !

Quelques semaines plus tard, Almunia fut plus explicite. C'était pendant l'un des premiers conseils des ministres de la rentrée, en septembre. Pour une raison que j'ai oubliée – sans doute un voyage officiel à l'étranger –, Felipe Gonzalez ne présidait pas la réunion, cette fois-là. C'était Alfonso Guerra qui présidait le conseil. Et ce fut un désastre. Il ne maîtrisait pas les dossiers, intervenait lui-même à tort et à travers, était incapable de mener la discussion et de la faire avancer. Un vrai désastre, je le répète. Le conseil des ministres commençait à ressembler à une classe de terminale dont le professeur principal aurait été absent, livrée de ce fait à un pion inexpérimenté.

Au bout d'un certain temps de désordre et de brouhaha, je m'étais de nouveau tourné vers Almunia, négligeant mon voisin de gauche dont j'avais déjà appris à mesurer l'incapacité d'expression personnelle.

Ce jour-là, Almunia dit quelques mots.

– Toujours pareil, quand Felipe n'est pas là, murmura-t-il.

Il sourit brièvement.

– Heureusement, ça n'arrive pas souvent !

Il conclut, d'un air désabusé :

– Ça peut être encore pire...

Il avait raison, ce fut pire, aussitôt après ce bref commentaire chuchoté.

Le ministre de l'Industrie soumettait ce jour-là au conseil la grille des prix de l'énergie pour la saison d'automne. Il présenta son projet de décret de façon sobre et claire, justifiant certaines augmentations prévues, d'ailleurs peu importantes. Tout semblait décidé lorsque Alfonso Guerra lança une interpellation sur le prix proposé de la bonbonne de gaz domestique. Ne fallait-il pas faire un geste envers les familles de travailleurs, principaux consommateurs de ce produit ? Ne pouvait-on pas réduire le prix proposé de la bonbonne de gaz butane, dans l'intérêt des plus défavorisés ? Montrer ainsi la sensibilité sociale du parti socialiste au pouvoir ?

Une discussion byzantine s'ensuivit. La plupart des ministres guerristes foncèrent de l'avant, comme si les deux centimes de moins sur le gaz domestique étaient la clef de la stabilité sociale du pays, la preuve d'une longue tradition au service de la classe ouvrière. Les vannes de la rhétorique s'ouvrirent en grand : on aurait pu se croire à une réunion électorale. Le ministre de l'Industrie essaya calmement de ramener le débat à un niveau acceptable de rationalité économique. Rien n'y fit, le rouleau à paroles et à prières était lancé et bien lancé.

Je me permis d'intervenir pour faire quelques observations de sens commun. « En dehors de cette salle, dis-je, personne ne connaît la grille de prix proposée par le ministre de l'Industrie. Personne ne saura, donc, que vous avez réduit le prix prévu de la bonbonne de gaz. Car vous ne songez quand même pas à une campagne nationale du PSOE pour expliquer la portée de votre acte ? En somme, vous ne faites pas un geste politique adressé à la société, il ne s'adresse qu'à vous-mêmes… C'est une mesure de satisfaction intime ! »

À ma droite, Joaquin Almunia me regardait d'un œil ironique : ne t'avais-je pas prévenu que ça pouvait être pire ? À ma gauche, le ministre de la Santé avait enfourché le cheval blanc des charges de la brigade légère : les deux centimes de moins du gaz butane étaient l'objectif social de l'année !

Au bout de trois bons quarts d'heure de débat désordonné, le ministre de l'Industrie accepta, pour avoir la paix et passer à la suite, de limiter l'augmentation prévue du gaz domestique. Il eut la paix, effectivement, et la réunion du conseil put aborder le point suivant de l'ordre du jour. Inutile de dire que personne, ni journaliste, ni syndicaliste, ni honnête maîtresse de maison de famille modeste, ne remarqua, le lendemain ni jamais, le geste du gouvernement envers les classes travailleuses.

Au cours de ce débat, l'un des ministres guerristes eut un mot qui me paraît révélateur. À un certain moment, répondant aux arguments de cohérence et de rationalité économique du ministre de l'Industrie, il s'exclama : « Tout cela est fort bien, mais il faut nous laisser la marge du discours ! »

El margen del discurso…

Rien ne peut mieux définir l'essence démagogique et populiste du guerrisme.

Mais j'en reviens à mon premier conseil des ministres, quelques semaines avant cette bataille picrocholine du gaz butane.

Ce jour-là, le 15 juillet 1988, à cause d'un incident minime à propos de la nomination du gouverneur de la Banque d'Espagne, incident qui n'avait pas pris plus de trois ou quatre minutes de notre temps, j'avais littéralement buté sur le problème principal du pouvoir socialiste en Espagne.

Comme dans un roman bien ficelé, les personnages principaux de cette histoire, l'Histoire, se présentaient à moi dès le premier jour dans la complexité de leur relation, dans les ambiguïtés de leur partage du pouvoir. On disait de ce couple de jeunes Sévillans qui avaient ensemble conquis le pouvoir dans le parti socialiste et dans le pays, en quelques années – à une vitesse de météore, en vérité, si l'on pense aux épaisseurs et lenteurs habituelles du déroulement historique –, qu'ils étaient inséparables, qu'ils étaient comme « cul et chemise ». Mais en espagnol, l'expression équivalente est moins vulgaire, selon l'habitude de notre langue. On dit en espagnol comme ongle et chair, *uña y carne*. On pourrait dire, si l'on préfère une locution encore plus choisie, qu'ils étaient des alter ego. La question étant bien entendu de savoir qui était l'*ego* et qui l'*alter*.

Il nous reste encore quelques minutes de solitude, à Guerra et à moi. Bientôt va apparaître le troisième personnage de cette saynète du vendredi matin : Francisco Fernandez Ordoñez, le ministre des Relations extérieures. Pendant des mois, nous avons toujours été les premiers arrivés à la Moncloa. Dans un ordre variable pour ce qui concernait Ordoñez et moi-même, qui échangions sans cesse nos places de deuxième et de troisième.

Car le premier c'était toujours Alfonso Guerra.

Le ministre Ordoñez était aux antipodes de ce dernier. Il ne feignait pas d'être cultivé, il l'était vraiment, sans ostentation ni vantardise. Il n'était pas un homme de secte ni d'appareil, bien qu'il fût un vieux routier de la politique. Provenant du corps de l'inspection des finances, il avait été successivement ministre de la Justice et de l'Economie dans la première coalition gouvernementale de l'Espagne démocratique, l'UCD de Suarez. Il y représentait un petit groupe social-démocrate, ensuite fusionné avec le parti de Gonzalez qui absorba en quelques années tous les courants et mouvements de la famille socialiste. Il était certainement l'un des ministres les plus populaires de la démocratie espagnole, où il incarnait en quelque sorte l'évolution majoritaire, pour ne point dire massive, de la classe politique et de l'électorat, vers la constitution d'une hégémonie du PSOE. Ouvert, tolérant, d'une vive intelligence aux aguets, il est devenu un excellent ministre des Relations extérieures dans la phase de réinsertion de l'Espagne dans la communauté internationale démocratique.

Autant le vice-président Guerra restait immobile dans son fauteuil, comme l'araignée tissant sa toile matinale, autant Ordoñez ne tenait pas en place, allant de l'un à l'autre, volubile, donnant sans cesse des coups de téléphone dans le monde entier.

Bientôt, donc, dans quelques minutes, il va faire son entrée. Ce premier jour, il sera le dernier de notre tiercé du vendredi. Il dissipera aussitôt, par sa seule présence, par la chaleur communicative qui s'en dégage, l'ambiance un peu compassée, un peu tendue, qui régnait dans la salle des colonnes du palais de la Moncloa, entre Guerra et moi.

Le vice-président va mettre à profit ces derniers instants de tête-à-tête. Il a quelque chose à me dire, ça se voit.

– Sais-tu, me dit-il d'une voix suave qui ne présage rien de bon, sais-tu que les sondages indiquent que le nouveau gouvernement est considéré comme étant plus à gauche que le précédent ?

Je ne sais pas de quels sondages il parle. Dans la presse que j'ai lue, à de rares exceptions près, c'est surtout un certain immobilisme qui a été souligné et reproché à Gonzalez. Je ne sais pas encore que Guerra garde l'exclusivité sur les enquêtes et sondages du CIS, le Centre d'investigations sociologiques, institut de recherche officiel qui dépend de son autorité et dont il ne partage avec aucun ministre les rapports. Le contrôle de l'information, impossible par ailleurs dans un pays démocratique moderne, fait partie de sa stratégie de pouvoir personnel.

Il marque une pause, me regarde.

– Et ça, ajoute-t-il, malgré ta présence au gouvernement…

En somme, mon arrivée au ministère de la Culture aurait dû renforcer une image de droite de l'exécutif. Je ne sais pas à quel sondage il fait allusion. D'après la presse, les porte-parole des partis de droite m'accusent plutôt de représenter un courant du socialisme révolutionnaire ! Ils s'étonnent et se plaignent que le président du gouvernement ait livré la culture à un aussi mauvais sujet.

Mais je ne vais pas discuter avec Guerra. Son opinion sur la droite et la gauche me laisse froid. Je suis habitué, de toute façon, à être traité d'homme de droite par toutes sortes d'imbéciles.

Depuis que Carrillo m'a fait exclure, en 1964, du parti communiste pour crime de révisionnisme, je sais à quoi m'en tenir. Je sais qu'il est considéré de droite de s'en tenir à la réalité, de l'analyser rigoureusement, condition préalable à toute volonté sérieuse de réforme et de transformation. Par contre, être de gauche, c'est de proclamer de façon volontariste et dogmatique la rupture sociale, le bond en avant. Ou plutôt dans le vide.

Peut-être Alfonso Guerra cherche-t-il à me pousser dans une discussion, à m'obliger à me justifier. Mais je ne réponds surtout pas. Ce n'est pas avec lui que je vais rouvrir une discussion tranchée par l'expérience historique, au moins depuis Eduard Bernstein : l'expérience des désastres accumulés sur le dos des travailleurs du monde entier par les illusions des hommes qui se proclament de gauche.

Je dois dire, pour contrebalancer l'impression de malveillance ou de sarcasme que pourrait donner cette phrase du vice-président, qu'il n'y a aucune agressivité dans ses paroles. Il constate que je suis de droite comme il constaterait que je porte une cravate à rayures. Ou plutôt, comme s'il constatait chez moi un état fiévreux. Il semble prêt à contribuer à ma guérison, en tout cas. Il n'y a aucune hostilité perceptible dans son attitude. Pour preuve, la déclaration qu'il fera à l'hebdomadaire *Tiempo* quelques jours plus tard, le 20 juillet. Qu'il a peut-être déjà faite au moment de ce premier conseil des ministres, mais qui sera publiée quelques jours plus tard.

La journaliste de *Tiempo* lui pose la question suivante : « Avez-vous pensé que Jorge Semprún pourrait, dans quelques années, écrire sur les secrets du gouvernement, comme il l'a fait après son exclusion du parti communiste ? » Et Guerra de répondre : « Je serais enchanté si quelqu'un écrivait sur cette étape du gouvernement socialiste avec l'honnêteté littéraire et humaine avec laquelle Semprún écrivit cette autobiographie de Federico Sanchez. Je crois qu'il rendrait un fier service à la société espagnole... »

J'essaie ici de prendre au mot Alfonso Guerra, de suivre ses indications au pied de la lettre. J'essaie d'écrire sur l'étape du gouvernement socialiste que j'ai connue avec l'honnêteté littéraire et humaine qu'Alfonso Guerra me reconnaît.

Mais Francisco Fernandez Ordoñez vient d'entrer dans la salle des colonnes.

Grand âge, nous voici...

Les mots de Saint-John Perse me reviennent soudain en mémoire. Le début de ce poème, *Chronique*, dont le déploiement somptueux est rythmé par l'invocation du grand âge. *Grand âge, vous mentiez : route de braise et non de cendres...*

À mesure que se déroulait le conseil des ministres, une sensation d'étrangeté m'avait insidieusement envahi. Avant, j'étais habité par la curiosité, l'intérêt pour cette expérience nouvelle. Mais une fois assis à la table du conseil, alors que je regardais les hommes et les femmes qui composaient le gouvernement de Felipe Gonzalez, un sentiment diffus d'inquiétude – de vague malaise du moins – avait obnubilé ma curiosité aux aguets.

Le poème de Saint-John Perse, jailli dans mon souvenir, m'a soudain permis de comprendre de quoi il s'agit.

Je suis, de beaucoup, le plus vieux de cette assemblée. Peut-être de beaucoup trop. Le seul ministre qui, tout en étant plus jeune que moi, a atteint l'âge qu'on qualifie de respectable, c'est précisément Ordoñez. Or jusqu'à ce jour, j'avais toujours été le plus jeune, l'un des plus jeunes, partout. Le plus jeune à l'hypokhâgne de Henri-IV. Le plus jeune à *Jean-Marie Action* et au maquis du Tabou. Le plus jeune dans l'appareil clandestin de résistance du camp de concentration de Buchenwald. De même au Bureau politique du Parti communiste espagnol. Mais voilà, c'est terminé : tout a une fin. Je suis le plus vieux ministre de ce gouvernement, dont l'âge moyen tourne autour de la quarantaine.

Ça me colle un coup. Je me console avec les vers de Saint-John Perse.

Grand âge, nous voici. Rendez-vous pris, et de longtemps, avec cette heure de grand sens...

Les mots claquent silencieusement dans ma mémoire.

Ils me vont bien, d'une certaine façon. Non seulement parce qu'ils m'ont permis de comprendre l'exacte nature du malaise confusément ressenti – constatation sans amertume de mon grand âge – mais aussi parce qu'ils expriment assez justement la réalité.

Rendez-vous pris, et de longtemps... ?

Mais oui, malgré l'outrecuidance apparente du propos, si je me l'attribue. Car à travers les improvisations et les catastrophes de l'histoire : exil, lutte à mort pour la vie, ou la survie (ou simplement la survivance ?), un destin familial et social s'accomplit pourtant aujourd'hui. C'est irritant, sans doute, surtout pour moi-même, puisque l'accomplissement de ce destin semble réduire la part de mes mérites propres. Puisqu'il semble, cet accomplissement, produire la démonstration ironique des vérités du matérialisme historique, en faisant la part belle aux épaisseurs, aux conditions sociales d'un destin individuel.

C'est une tradition familiale que d'être ministre, en effet.

Mon grand-père maternel, Antonio Maura, l'un des chefs du parti conservateur – qui a gouverné longtemps l'Espagne, en alternance réglée et corrompue avec le parti libéral –, fut à plusieurs reprises Premier ministre du roi Alphonse XIII, grand-père de l'actuel. Extraordinaire orateur, grand cacique, partisan résolu d'une réforme autoritaire du système institutionnel d'une monarchie en crise, Antonio Maura a sans doute marqué profondément, pour le pire et pour le moins mauvais, sinon pour le meilleur, la vie politique espagnole du premier tiers de ce siècle. À la fin de sa vie, il fut anobli par le roi, mais refusa de porter le titre ducal qui lui avait été octroyé, cédant son usufruit à ses descendants.

Miguel Maura, l'un des plus jeunes fils de cet aïeul – et mon oncle le plus proche, car il fut le frère préféré de ma mère –, a été, en revanche, l'un des fondateurs de la deuxième République espagnole, en 1931. Membre du Comité révolutionnaire, incarcéré à la prison de Madrid, il la quitta en avril de cette année-là pour prendre possession de la sinistre Direction générale de la Sûreté, à la Puerta del Sol, et devenir le premier ministre de l'Intérieur du nouveau régime.

C'est de bonne guerre, donc – soyons plus précis : de bon privilège social –, que la troisième génération des Maura de ce siècle, même si c'est dans son grand âge et par filiation seconde, puisque maternelle, ait eu un représentant dans un gouvernement de la démocratie restaurée. Le seul régime où nous n'aurons pas été présents, en somme, c'est celui du général Franco.

Mais peut-être certains seront-ils choqués par cette divagation à propos de Saint-John Perse. Peut-être l'ont-ils prise pour un artifice littéraire. Ce n'en est pourtant pas un. Le 15 juillet 1988, vers dix heures du matin, dans le salon de la Moncloa, au début de mon premier conseil des ministres, je me suis vraiment souvenu de Saint-John Perse, lorsque j'ai pris conscience de mon grand âge.

Ce souvenir soudain est donc vrai : je n'admettrai pas qu'on en doute. Non pas que je méprise l'artifice littéraire. Il n'y a pas d'art sans artifice. Pas de mémoire vraie sans structure artistique du souvenir. Mais dans ce cas précis, c'est justement la vérité qui donne à ce souvenir une qualité proprement littéraire : la vérité de cet éclat silencieux et intime de superbe langue française dans ce conseil des ministres espagnol.

Ce n'est pas à cause de cela, bien entendu – l'argument serait futile –, que j'écris ce récit en français. Quelle que soit la langue dans laquelle je finisse par écrire, parfois après de longues hésitations, des va-et-vient, brouillons de livres changeant de langue comme un serpent change de peau, ma mémoire poétique est toujours bilingue. Au moins bilingue, devrais-je dire. Il m'arrive aussi de me souvenir et de me réciter quelques vers latins des *Amours* d'Ovide. Ou quelques vers allemands de Goethe, de Heine, de Hölderlin, de Brecht ou de Celan. Ou quelques strophes de Brodsky. Dans ce cas, ce sont des vers anglais de Joseph Brodsky, car je suis incapable de me réciter quoi que ce soit de lui en russe : voilà une langue que j'ignore. Ou qui m'ignore, plutôt. Qui n'a jamais daigné s'intéresser à moi.

Si j'écris ce livre en français – sans hésitations, de propos déterminé – c'est pour prendre mes distances, pour que la langue elle-même me sauvegarde. Le danger d'un essai de cette sorte, inévitablement, furieusement à la première personne du singulier, nourri de cette singularité, c'est celui d'une trop grande proximité avec l'événement, avec les personnages de l'histoire. D'une promiscuité de la mémoire. Un autre danger réside dans la tentation du pittoresque, qui peut mener tout droit à l'anecdote. Au cancan, même. Certes, anecdotes piquantes, cancans non dénués de sens, petites phrases meurtrières ou comiques constituent le sel de ces récits. Et reflètent aussi la vie confinée, endogame, narcissique, des cercles du pouvoir, où que ce soit. Partout, tout compte fait : il y a partout du pouvoir. Mais il faut en prendre et en laisser, et le fait d'écrire en français m'aide à en laisser, à faire le tri : m'oblige à prendre des distances avec la situation rapportée et analysée. Avec les personnages de cette histoire, moi-même y compris. Car je m'adresse à un lecteur hypothétique qui ignore les détails croustillants, qui ne peut être complice de mes clins d'œil ni de mes demi-mots : un lecteur français qui ne risque de s'intéresser qu'au sens global des événements, incapable qu'il sera, sauf rare exception, de saisir les singularités hispaniques. Le fait d'écrire en français ôtera sans doute de la chaleur, du mordant, au récit. Mais ce que je perdrai littérairement de ce côté, je pourrai le gagner du côté de la rigueur.

Quoi qu'il en soit, ce n'est pas parce que je suis à la Moncloa, entouré de ministres espagnols, que je devrais me souvenir d'un sonnet de Quevedo, d'une *soledad* de Góngora, sur le vieillissement. Ou d'un poème de Miguel de Unamuno. La mémoire soudaine de la poésie n'a rien à faire avec l'environnement immédiat, elle obéit à de tout autres mécanismes, à des pulsions toutes différentes.

Grand âge, vois nos prises : vaines sont-elles, et nos mains libres. La course est faite et n'est point faite ; la chose est dite et n'est point dite. Et nous rentrons chargés de nuit, sachant de naissance et de mort plus que n'enseigne le songe d'homme…

Grand âge, me voici.

III

De la culture et de son ministère

J'habitais au *Palace*, les premières semaines, l'appartement de fonction que j'avais visité, rue Alfonso XI, n'étant pas encore prêt. Je n'ai pu l'occuper qu'en septembre, après les vacances. Je n'en avais trop cure, j'aime bien la vie d'hôtel. J'aimais bien la vie au *Palace*, j'y avais des souvenirs. Il est arrivé que j'y sois heureux.

Avant, naguère, je m'arrangeais pour y arriver le soir, par le dernier avion de Paris. Le lendemain, avant toute chose, tout rendez-vous, je traversais la place de Neptune et entrais au Prado, dès l'ouverture des portes. Même pour un temps très bref. J'allais me poster devant les Bosch et les Patinir. Ou dans la salle de la peinture noire de Goya. Quelques instants à rêver devant la *Judith* de la Maison du Sourd : la journée en était éclairée, sombrement illuminée.

Autrefois, jadis, encore plus loin dans le passé, j'arrivais au *Palace* avec Domingo Dominguín pour y rencontrer Ernest Hemingway. C'était vers le milieu des années 50. J'avais connu Hemingway à El Escorial, chez Antonio Ordoñez, qui se remettait d'une blessure récente : une corne de taureau lui avait transpercé la cuisse, lors d'une course à Madrid. Ordoñez était le beau-frère de Domingo.

Le repas avait été plaisant, malgré la voix criarde, les propos intempestifs de Mary, la dernière femme de Hemingway. Celui-ci s'inquiétait à l'idée que je fusse journaliste. Il ne voulait pas de journaliste espagnol dans les parages. Domingo m'avait présenté sous l'un de mes faux noms de la clandestinité : Larrea. J'aurais bien aimé dire à

Hemingway pourquoi j'avais choisi ce faux nom. C'était assez littéraire, ça l'aurait amusé. Mais je ne pouvais pas lui dire que c'était un faux nom, bien sûr. Domingo avait prétendu que j'étais sociologue, que je préparais le concours pour obtenir une chaire à l'université de Madrid.

Je ne devais pas avoir une tête de sociologue, ou bien Hemingway se méfiait-il des sociologues autant que des journalistes. Ça n'avait pas l'air de le rassurer, en tout cas, que je fusse sociologue. Il gardait un œil circonspect. Jusqu'au moment où je l'ai fait rire en lui rappelant la définition de la sociologie par José Bergamín : « Une science vague, sans domicile connu. » En espagnol, la formule est plus riche : polysémique, diraient les pédants. *Una ciencia vaga, sin domicilio conocido. Vaga*, en espagnol, ne veut pas dire seulement « vague », mais aussi « fainéante ». Une science vague et fainéante, donc, la sociologie. Sans domicile connu, de surcroît.

Hemingway s'est alors déridé. Je ne sais pas si c'était à cause de la définition de la sociologie, ou à cause de l'auteur de celle-ci, Bergamín. Il l'avait connu à Madrid, pendant la guerre civile. À l'hôtel *Florida*, avec André Malraux. Son regard alourdi par l'âge et une évidente tristesse physique a pétillé brièvement. José Bergamín ? Il se souvenait de Bergamín. Je lui ai dit que c'était un ami de mon père, sans autre détail. Ce qui était vrai, de toutes les façons. Car Bergamín avait vraiment été un ami de mon père. Et il avait aussi été un ami de ce Juan Larrea dont j'avais usurpé le nom, pour les besoins de la clandestinité. Et qui aurait pu être mon père, du moins par l'âge. Mais je ne suis pas entré dans tous ces détails, évidemment.

C'était au début du repas, à El Escorial, et Hemingway s'était déridé. Plus tard, la glace rompue, je lui ai parlé de ses livres sur l'Espagne : les taureaux, la mort, les femmes, les garçons de café, les nourritures : l'allègre et désespérée faculté des Espagnols à persévérer dans leur être, archaïque et révolté, ouvert et clos, hautain et convivial. Je lui ai parlé de *Pour qui sonne le glas*. De l'influence que sa littérature avait eue sur toute une génération d'écrivains espagnols : antidote décapant et salubre contre la rhétorique impériale du castillan des premiers temps de l'époque franquiste.

Il s'est alors convaincu que je n'étais pas journaliste. Je ne sais pas s'il a cru que j'étais vraiment sociologue, mais il s'est détendu. La suite du repas a été plaisante. Malgré Mary Hemingway.

Nous nous sommes revus plusieurs fois. Dans un restaurant madrilène que Hemingway aimait bien, *El callejón*. Et aussi au *Palace*, au bar de l'hôtel. J'y arrivais avec Domingo Dominguín. Le vieil Ernest était seul, triste et barbu. Nous nous asseyions ensemble, nous parlions longuement.

Hemingway et Domingo étaient connus de tout le monde, à l'époque. Du monde fréquentant le *Palace*, en tout cas. Domingo n'était pas aussi célèbre que son frère Luis Miguel, certes. Il n'avait jamais été aussi bon torero que Luis Miguel, d'abord, et puis il s'était retiré de la course depuis des années. Un après-midi, dans l'arène, il s'était trouvé face à un taureau difficile. Il n'y a rien au monde de plus dangereux qu'un taureau difficile : plus dangereux que le diable. Un taureau retors, assez malin pour brider la noblesse naturelle, brute, de sa charge pure et nette sur le leurre rouge. Assez malin pour chercher l'homme derrière le leurre, le corps de l'homme derrière le chiffon rouge. Il était face à une bête de cette sorte, Domingo. Le public se gaussait de sa difficulté à maîtriser la situation. À maîtriser la mort. Le public lui criait de s'approcher davantage de la bête. Davantage de la mort. Le public exigeait qu'il s'approchât, à grands cris insultants, mettant en cause son courage, sa virilité, son honneur. Domingo, qui avait le ventre et les cuisses couturés de cicatrices, avait compris soudain que le public voulait sa mort, cet après-midi-là. Sa mort aurait compensé en quelque sorte l'absence de spectacle. Car il n'y a pas de spectacle possible avec un taureau difficile et retors. Il n'y a que le travail de la mort. D'un seul coup, soudain, Domingo avait décidé qu'il ne mettrait plus jamais les pieds dans une arène, pour exhiber son futur cadavre devant des imbéciles par milliers. Qu'il n'y mettrait plus jamais les pieds, du moins, vêtu de lumière. Il avait quitté la course, à tout jamais.

Mais si Domingo était moins célèbre que Luis Miguel, son frère qu'il chérissait, il était plus populaire. On l'aimait davantage. Peut-être, en partie, parce qu'il était moins célèbre, moins bon torero. On n'aimait pas toujours chez Luis Miguel l'arrogance de son succès : l'aura charmeuse d'ange de la vie qui l'accompagnait dans le travail de la mort.

Quoi qu'il en soit, tout le monde connaissait Hemingway et Domingo Dominguín, au bar du *Palace*. On s'arrêtait souvent devant eux, pour les saluer. Les plus curieux, parfois, me regardaient avec insistance, essayant de savoir qui j'étais. S'ils devenaient trop insistants, trop insinuants, Ernest Hemingway me présentait d'une phrase, dans son espagnol fluide mais chargé d'accent yankee. « Larrea, un sociologue. » Et il ajoutait dans un grand rire la définition de Bergamín, sans citer la source, bien entendu. « La sociologie, vous savez bien : une science vague et fainéante, sans domicile connu ! » Il le disait en espagnol, avec un seul mot pour « vague » et « fainéante ». Je traduis une fois de plus pour que l'aimable lecteur français ne perde pas la saveur de cette ironie castillane et polysémique. Les gens riaient à la plaisanterie de Hemingway, même quand ils n'en comprenaient pas vraiment le sens. Ou le non-sens. De toute façon, même si les gens n'avaient pas ri, Hemingway aurait ri tout seul. Cette définition de la sociologie avait l'air de l'amuser beaucoup.

Un jour, profitant de la totale impunité que me conférait le fait d'être en leur compagnie, Domingo me présenta sous mon nom de Larrea à l'une des personnes qui s'étaient approchées de notre table pour saluer don Ernesto. C'était un commissaire de police, habitué des courses de taureaux. Ça l'amusait beaucoup, Domingo, de présenter à un commissaire de police, à l'automne 1956, un membre du Bureau politique du parti communiste clandestin.

Mais en 1988, quand je suis devenu ministre, Hemingway était mort. Domingo aussi. Ils s'étaient suicidés tous les deux. Ils s'étaient fait sauter la cervelle, tous les deux. Ça m'avait étonné. Je parle de Domingo, bien sûr : ça m'avait étonné de la part de Domingo, qui était l'être le plus vital que j'aie jamais connu. Inventif comme la vie même. Imprévisible comme la vie même. Mais peut-être, comment savoir ? peut-être était-ce précisément à cause de cette hardiesse vitale qu'il avait découvert la tentation de la mort. Un soir de solitude ? Comment savoir ?

De la part de Hemingway, cela ne m'avait pas étonné, en revanche. Cinq ans auparavant, à Madrid, on sentait déjà la mort rôder autour du vieil Ernest. Je ne parle pas de la mort accidentelle, qui avait toujours rôdé autour de lui. Je parle de la mort qui montait comme une brume vespérale, du fond de lui-même. Certes, il faisait le faraud, au bar du *Palace*. Il faisait le fanfaron, se vantant d'exploits sexuels assez invraisemblables. Il connaissait tous les mots espagnols argotiques pour parler de sexe, le vieil Ernest. Malgré la vérité crue et criante de ses mots espagnols, ses exploits sexuels étaient peu crédibles. Surtout quand il prétendait les avoir accomplis, la nuit précédente, avec Mary. Car il était évident qu'il n'y avait plus d'exploit sexuel possible avec Mary. Ni exploit, ni enjeu, ni échange sexuel avec Mary, c'était visible. Il était évident que ce couple avait dépassé le temps du désir, le territoire de la tendresse charnelle, même.

Hemingway avait beau faire, la mort rôdait dans son regard. Car il ne parvenait plus à écrire et il n'y a pas de pire façon de mourir pour un écrivain que de ne plus parvenir à écrire. C'est sa seule façon de mourir, en vérité : quitte à en devenir immortel. On peut survivre à la disparition du désir, sans doute. On ne peut pas survivre à la disparition de l'écriture quand on est écrivain. Hemingway, certes, a encore écrit après ces matinées au bar du *Palace*, cinq années avant sa mort. Mais ce sont des textes de commande, qu'il refusait ensuite de reprendre dans des recueils. C'est *The Dangerous Summer*, aussi. Un reportage sur une saison tauromachique dominée par la rivalité entre Luis Miguel Dominguín et son beau-frère, Antonio Ordoñez. Mais l'ombre de la mort planait sur ce texte, publié en volume beaucoup plus tard. Non seulement l'ombre de *Mort dans l'après-midi*, écrit si longtemps auparavant, et tellement meilleur que le reportage sur l'été dangereux. Non seulement l'ombre de la mort cernant les corps de Dominguín et d'Ordoñez, au cours de cet été de 1959. L'ombre de la mort de l'écriture, surtout. *The Dangerous Summer* est un texte où Hemingway se force à écrire comme Hemingway : il y parvient rarement. Il n'y parvient qu'en répétant des moments et des tours d'écriture qu'il avait déjà réussis, longtemps auparavant. C'est une réussite funéraire d'écriture, quand réussite il y a, rien d'autre, que le texte de *The Dangerous Summer*.

Au bar du *Palace*, même quand il se vantait d'exploits sexuels douteux – je veux dire : à propos desquels on pouvait avoir des doutes, même s'ils étaient moralement impeccables : conjugaux –, Hemingway n'est jamais tombé dans le triste travers de la vantardise de l'écriture. Quand il parlait de son métier, rarement, c'était toujours avec précision et humilité. Avec une nostalgie certaine aussi.

Un jour, je me suis engouffré dans un grand silence de Hemingway, après l'une de ses réflexions désabusées sur l'art d'écrire. Je lui ai demandé s'il connaissait l'essai de Claude-Edmonde Magny sur le roman américain. Non, ça ne lui disait rien. Pourquoi lirait-il des livres sur le roman américain, d'ailleurs, s'exclamait-il. Mon métier, c'est d'écrire des romans américains, pas de lire n'importe quelle merde sur le roman américain, s'est-il écrié. Justement, ce n'était pas une merde, lui ai-je rétorqué. Il y avait un chapitre sur lui, passionnant. Ça l'avait radouci instantanément. Un chapitre sur lui ? Et alors ? Je lui en ai dit le titre : Hemingway ou l'exaltation de l'instant. Mais quelqu'un s'est approché de notre table. Un médecin venait examiner Hemingway, qui ne se trouvait pas bien depuis de longs jours. En nous quittant pour suivre le docteur, Hemingway s'est tourné vers moi. « L'exaltation de l'instant ? a-t-il demandé. Il faudra que vous m'en parliez la prochaine fois, Larrea ! »

Mais je n'ai plus jamais revu Ernest Hemingway.

En 1988, quand je suis devenu ministre, il était mort. Domingo aussi. Au *Palace*, dans la belle salle centrale du rez-de-chaussée, sous la rotonde au vitrail multicolore, il m'est arrivé de penser à eux. À cette vie, à ces deux morts. À cette mort, à ces deux vivants. Domingo s'était tiré une balle dans la tête à l'autre bout du monde, à Guayaquil. Des années plus tard, j'ai rencontré la femme avec laquelle Domingo partageait alors sa vie. Si tant est qu'on puisse vraiment partager sa vie avec une femme. Ou avec qui que ce soit. Si tant est qu'on puisse partager sa vie avec quelque chose d'autre que la mort.

Quoi qu'il en soit, cette femme qui avait cru partager sa

vie avec Domingo, à qui, du moins, la vie de Domingo était apparemment échue en partage, m'a montré la lettre qu'il lui avait écrite, juste avant de se tirer une balle dans la tête.

J'ai tremblé de tout mon corps en lisant cette lettre.

Domingo Dominguín citait une phrase que j'avais écrite en exergue de l'un de mes romans. Délibérément, il rappelait cette phrase où il était indirectement question du bonheur de vivre. Car vivre peut ressembler à un bonheur, parfois : ce n'est pas impensable. Il avait transcrit cette phrase que j'avais écrite en dédicace de *Quel beau dimanche !* : « Pour les soleils partagés », et il s'était tiré une balle dans la tête. À Guayaquil, à l'autre bout du monde. Si l'on croit, du moins, que le monde commence par notre bout à nous. J'ai tremblé de tout mon corps, en lisant la lettre de Domingo à la femme avec laquelle il n'avait plus que la mort à partager. Je regardais cette jeune femme en tremblant : nous n'avions plus que la mort de Domingo à partager.

J'habitais donc au *Palace*, au mois de juillet 1988.

Mais Domingo était mort et Madrid avait changé. C'était ma façon de vivre à Madrid qui avait changé, plutôt. Mes rapports avec la ville de mon enfance qui avaient changé. Ce n'était pas la première fois, d'ailleurs, qu'ils changeaient. J'ai connu diverses façons de vivre à Madrid, depuis que j'y suis revenu, en 1953, dans la clandestinité politique.

Autrefois, lors de ce premier retour, ma vie était une longue flânerie, une promenade interminable. À première vue, du moins. En apparence, en tout cas.

Je marchais dans les rues, je m'accoudais au comptoir des cafés, j'entrais dans les musées, les librairies. Mon itinéraire de l'un à l'autre de ces endroits pouvait sembler capricieux, mais il obéissait à une stratégie bien réfléchie, à un emploi du temps rigoureusement programmé. J'avais tous les jours un certain nombre de contacts et de réunions à assurer. Je les assurais, dans tous les sens du terme : en les menant à bien et en les rendant sûrs pour les militants concernés.

Quand je me demande, faisant à l'occasion retour sur moi-même, pour quoi j'ai été doué dans la vie, une certitude au moins s'impose à moi : j'ai été doué pour la clandestinité. C'est le métier où j'ai le mieux réussi, quels que soient les bons points que par ailleurs on veuille bien m'accorder. J'ai été un excellent clandestin. Je n'arrivais donc jamais aux rendez-vous, qu'ils eussent été fixés dans la rue ou dans quelque lieu clos, à la va-vite, à la dernière minute. Je n'y arrivais jamais directement en taxi. Je préférais y arriver à pied, un peu en avance, pour traîner dans les parages, humer l'air du quartier. On repère toujours quelque chose d'inhabituel dans un endroit que l'on connaît bien : promeneurs insolites, voitures suspectes : des signes. On a le temps de s'esquiver, dans ce cas, de s'évanouir. Ainsi, la flânerie devenait une stratégie de défense, de survie.

J'avais survécu. Les hommes de la police politique franquiste n'avaient jamais réussi à me suivre, à me prendre au piège.

Pourtant, quelques semaines après mon arrivée à Madrid, j'avais eu un instant de doute. Un sursaut d'émotion rétrospective. J'assistais à une réception diplomatique. J'avais un verre à la main, je trouvais le temps long, lorsque j'ai remarqué un homme qui s'approchait de moi.

Il devait avoir une quarantaine d'années, du mauvais côté de la quarantaine. Sa moustache était typiquement espagnole. Il portait des vêtements gris. Je ne parle pas de leur couleur, dont je ne me souviens pas. Je parle de leur banalité : des vêtements passe-partout, fonctionnellement gris. D'un gris fonctionnaire. Son sourire était plus avenant que sa tenue, avais-je constaté. Car cet inconnu s'avançait vers moi en souriant. Il avait vraiment l'air heureux de me rencontrer. Il se précipitait parmi la foule de cette réception diplomatique, arborant en guise de viatique un large sourire bienheureux.

Il était en face de moi, s'est présenté.

– Monsieur le ministre, a-t-il dit, permettez-moi de me présenter... Je suis l'inspecteur principal Untel...

Il m'a dit son nom que je n'ai pas retenu. Son nom n'a d'ailleurs aucune importance. Pour l'histoire que je raconte, en tout cas, il n'a aucune importance. Sa fonction, en revanche, en a une : inspecteur principal. Ça ne m'a pas étonné outre mesure, qu'il fût de la police, cet homme qui s'approchait de moi avec un sourire béat.

J'ai hoché la tête, marmonné que j'étais enchanté, et

attendu la suite. Car il y avait une suite, c'était prévisible.

Il m'a balancé la suite.

– Je suis heureux de vous rencontrer, monsieur le ministre... Il y a des années, alors que je venais de passer le concours d'entrée dans la police, mon premier travail a été de vous suivre !

J'ai sursauté. Ce type se vantait : aucun policier de l'époque franquiste n'avait jamais réussi à me suivre. Voilà une chose dont je croyais être sûr.

– Me suivre ? lui ai-je dit. C'était en quelle année ?

Il m'a dit l'année, j'ai éclaté de rire, soulagé.

– 1971 ? Ça n'avait plus d'intérêt, cette année-là ! Aucun mérite, non plus ! C'était trop tard pour me suivre... J'avais un vrai passeport, je voyageais légalement... Je ne faisais plus attention, vous savez !

Il n'en disconvenait pas. Il ne prétendait pas à un exploit policier. Tout simplement, m'a-t-il dit, il avait été convoqué un jour à la Direction générale de la Sûreté, en 1971. Il venait de réussir son concours d'entrée dans la police. On lui avait montré des photos de moi, on lui avait dit que j'arriverais à Madrid le lendemain, par un vol en provenance de Paris, à telle heure. On lui avait expliqué qui j'avais été : Federico Sanchez. J'avais un passeport en règle, lui avait-on dit. Il fallait simplement m'avoir à l'œil, identifier si possible les personnes que je rencontrerais, en faire la liste. Surtout ne pas intervenir, me laisser aller et venir.

J'ai haussé les épaules. J'ai pensé que la police franquiste s'était davantage intéressée à moi que je ne l'aurais cru, après la disparition de Federico Sanchez. J'ai failli demander à ce policier souriant, tellement heureux de me raconter sa petite histoire, s'il se souvenait des personnes que j'avais rencontrées pendant mon séjour à Madrid. Mais je n'en ai rien fait. Je n'allais quand même pas commencer une vraie conversation avec lui. Il m'avait raconté la petite histoire qui lui tenait à cœur, ça suffisait.

D'ailleurs, je n'avais pas besoin qu'il me dise les noms de ceux que j'avais rencontrés lors de ce séjour à Madrid, en 1971. J'ai toujours fréquenté les mêmes amis, à Madrid.

Domingo Dominguín était encore vivant, en 1971 : je l'avais sûrement rencontré, à moins qu'il ne fût absent de Madrid. Et j'avais rencontré Javier Pradera, certainement. Il n'y a pas de voyage à Madrid au cours duquel je n'aie pas rencontré Pradera, durant toutes ces années. De si longues années d'amitié : une vie tout entière de discussions, de rires, de colères, de complicités. J'avais connu Javier Pradera en 1955, une nuit d'été. Il faisait encore chaud, malgré l'heure tardive. Un ami commun nous avait présentés. Je portais alors ce nom de Larrea que j'ai déjà mentionné. Je savais qui il était, connaissais sa réputation à l'Université, malgré son jeune âge. Je l'ai invité à boire un verre sur l'une des terrasses en plein air de la Castellana. Nous avons parlé jusqu'à quatre heures du matin. Nous n'avons pas cessé de parler ensemble depuis lors. Depuis près de quarante ans. Durant toute la période de mon activité politique clandestine, il aura été mon meilleur collaborateur, le plus lucide. Ensuite, lorsque je fus exclu du PCE, que lui-même abandonna peu après, Pradera devint directeur littéraire d'une des plus prestigieuses maisons d'édition espagnoles, Alianza Editorial. Membre de la rédaction du quotidien *El País* depuis sa fondation, il est devenu l'un des leaders d'opinion les plus écoutés, les plus influents, de la démocratie espagnole. Je n'avais pas fait un mauvais choix, en somme, cette lointaine nuit d'été où je mis à l'œuvre toutes mes batteries dialectiques pour l'attirer auprès de moi dans le travail clandestin !

Non, je n'avais vraiment pas besoin de cet inspecteur de police pour me souvenir des amis que j'avais sans doute rencontrés, en 1971.

Je lui ait dit que j'étais enchanté de l'avoir connu, je l'ai congédié.

Mais quelques minutes plus tard, il était de nouveau là. Je l'ai vu soudain revenir vers moi, toujours aussi enjoué. Il n'était pas seul, cette fois-ci. Un deuxième policier l'accompagnait. Un homme qui avait aussi une allure de policier, du moins. Ce deuxième homme était plus âgé. Et il avait un visage connu. C'est-à-dire : je ne reconnaissais pas ce visage, mais il m'était vaguement familier. Je ne l'identifiais pas, mais il me semblait l'avoir déjà vu.

De toute façon, accompagné ou bien seul, ça m'agaçait qu'il revînt vers moi. Je m'apprêtais à l'accueillir fraîchement.

– Monsieur le ministre, a-t-il dit tout excité, je vous présente le commissaire Ballesteros…

J'ai fait un vague geste de salutation et j'ai dit entre mes dents un gros juron. Je savais bien que ce visage ne m'était pas inconnu. Le commissaire Ballesteros commençait déjà à faire parler de lui, dans la police politique de Franco à la fin de mon époque de clandestinité. Je savais qu'il avait continué à travailler dans les renseignements généraux, sous le nouveau régime.

Le commissaire Ballesteros n'était pas du tout souriant, lui. Il était impassible, me regardant d'un œil froid. Je pouvais y distinguer cependant une lueur de respect. Ou de considération, sans doute professionnelle.

Le plus jeune inspecteur n'arrêtait pas de jacasser, tourné vers Ballesteros.

– Je disais au ministre, justement, que mon premier travail dans la police avait consisté à le suivre…

Un sourire mince, aussitôt disparu, a éclairé le visage fermé du commissaire.

– Oui, a-t-il dit, le ministre est quelqu'un que nous avons beaucoup suivi…

Je n'ai même pas eu le temps de m'exclamer.

– Ou plutôt, a ajouté Ballesteros, quelqu'un que nous avons beaucoup *essayé* de suivre…

Il a fortement appuyé sur le verbe « essayer ».

Je n'ai pu m'empêcher de rire joyeusement.

– Commissaire, lui ai-je dit, c'est le meilleur compliment que vous puissiez me faire !

Et j'ai tourné les talons.

Je me suis éloigné du commissaire Ballesteros, spécialiste renommé du renseignement sous tous les régimes, et de l'inspecteur dont le nom n'a pas encombré ma mémoire.

La transition démocratique s'est caractérisée en Espagne, on l'aura assez souligné, par son caractère graduel et pacifique. Elle aura été une *transition de velours*, pour reprendre le terme par lequel Vačlav Havel qualifiait la révolution antitotalitaire de Prague, en 1989. La transition espagnole de la dictature à la démocratie est le seul exemple historique que je connaisse conforme au modèle hégélien, c'est-à-dire, produite selon le concept de l'*Aufhebung* : du maintien-dépassement dialectique du passé dans la mise en œuvre (en présence et au présent – ou en préséance ? –) de l'avenir.

Certes, dans toute grande révolution politique – inutile de longuement gloser sur Tocqueville – il se produit maintien et dépassement des formes et des structures de l'ancien régime. Mais c'est à travers et en dépit – ou à cause ? – d'une rupture révolutionnaire violente toujours sanglante, prolongée aussi, dans la plupart des cas, que ce maintien-dépassement se réalise.

En Espagne, malgré quelques déclarations rhétoriques de la gauche traditionnelle – le parti socialiste ayant été arraché au giron maternel et aux topiques de cette tradition par Felipe Gonzalez, assez vite pour éviter le pire et faire que ce soit irréversible ; pas encore assez profondément, à mon avis, pour que cet arrachement soit vraiment créateur de nouvelles valeurs, d'une nouvelle culture politique –, malgré quelques rodomontades, donc, au début de la transition, d'une partie de la gauche, le cours des choses a été déterminé par la volonté, très largement majoritaire, des citoyens : une volonté de réforme progressive, pacifique et modérée, réaffirmant constamment les valeurs sécurisantes de la continuité dans le processus parfois bouillonnant des changements.

Cette maturité du peuple espagnol, son extraordinaire intelligence politique auront été le facteur historique principal de cette période cruciale. Qui aura eu ses protagonistes, sans doute, ses figures de premier plan : des personnalités qui auront incarné les aspirations populaires et auront ainsi été capables de leur donner des formes concrètes. Mais rien n'aurait été possible, tout, du moins, aurait été plus difficile, certainement plus violent, si le peuple espagnol n'avait pas à chaque occasion électorale massivement opté pour la réforme contre la rupture, pour la modération contre l'extrémisme, pour les chances de l'avenir contre les mérites du passé, même les plus héroïques.

C'est ainsi que s'explique dans la première phase, constituante, de la transition l'appui majoritaire à la coalition du centre droit d'Adolfo Suarez. C'est ainsi également que se comprend, quelques années plus tard, lorsque la coalition centriste se délite, lorsque la société espagnole ressent dans ses profondeurs le besoin objectif d'un nouvel élan du processus démocratique, le raz de marée électoral du parti socialiste en 1982, qui lui a permis de renouveler sa majorité absolue par deux fois consécutives, en 1986 et 1989.

Finalement, la disparition du PC comme force politique déterminante – disparition qui s'est produite bien avant l'effondrement du système étatique communiste à l'est de l'Europe, qui est donc due à des facteurs principalement internes – s'explique par la même perspicacité collective des Espagnols. Contrairement aux pronostics tranchants de tant d'observateurs de la gauche française, le PC n'aura pas résisté à l'appel d'air de la démocratie. Il est tombé en poussière, comme une momie extraite de l'ambiance raréfiée des tombeaux. Son passé, pour héroïque qu'il fût, n'intéressait plus : il s'articulait difficilement aux réalités sociales. L'avenir qu'il annonçait intéressait encore moins : ce n'était plus de l'utopie, c'était du cauchemar. Dans l'entre-deux, le PC s'épuisa en manœuvres d'appareil, combats de chefs et virages opportunistes. Il s'était imposé en Espagne, de 1936 à 1939, par la force des baïonnettes de la guerre civile, il se vit congédié de la scène politique par la volonté du peuple.

Mais l'« invention d'une tradition démocratique », pour reprendre le titre d'un essai de Victor Pérez Diaz, l'un des intellectuels les plus lucides de l'Espagne actuelle, « a été fortement aidée par un effort collectif, en partie conscient, en partie inconscient, pour oublier certaines périodes de l'histoire et en réinterpréter d'autres. Le passé franquiste n'a guère été dénoncé mais recouvert d'une chape de silence. Toute allusion à une participation personnelle dans la guerre civile a été soigneusement évitée. Les symboles de la guerre ont été ignorés, aussi bien ceux des vainqueurs que ceux des vaincus. L'Eglise a oublié ses saintes croisades, les communistes et les anarchistes leur révolution, la peine de mort a été abolie. Le pays s'est peint un autoportrait pacifique, fait de dialogue, de réconciliation et de tolérance mutuelle... »

Le fait est que cette amnésie collective, en partie

instinctive, spontanée, en partie délibérée, politiquement orchestrée par les partis qui ont conduit la *transition de velours*, est l'une des données essentielles de cette dernière décennie. Il n'y a eu en Espagne ni épuration, ni commissions d'enquête, ni polémique politique massive autour de la guerre civile de 1936-39, qui reste pourtant l'événement historique majeur de ce siècle.

C'est ainsi que je pouvais rencontrer le commissaire Ballesteros à une réception diplomatique et trouver tous les matins dans la presse la signature de journalistes qui avaient déjà été actifs, influents et craints dans la presse fasciste.

Cette procédure d'amnésie massive a sans doute été positive dans la période constituante de la transition, lorsqu'il s'agissait de l'établissement et de la consolidation du système démocratique. Sans cette retenue collective – si peu conforme, par ailleurs, aux topiques et stéréotypes de l'âme espagnole, de son goût prétendu de la violence et de la mort –, ce ne sont pas les valeurs et les problèmes de l'avenir qui auraient été au premier plan des stratégies politiques et morales, mais les mythes du passé.

Toutefois, au moment où l'effondrement du système communiste coïncide avec une nouvelle crise, qualitativement nouvelle à bien des égards, de la démocratie parlementaire dans la plupart des pays occidentaux ; au moment où la tendance à l'intégration européenne supranationale coïncide avec l'explosion des tendances nationalistes, dont les effets, difficilement maîtrisables, peuvent être ou négatifs ou positifs – négatifs quand ils mènent à la prolifération barbare des étatismes ethniques, des bureaucraties identitaires ; positifs, en tant que symptômes de la disparition d'un empire totalitaire –, à ce moment précis et crucial de l'histoire contemporaine, la question peut se poser de façon nouvelle.

Le consensus pacificateur qui a prévalu jusqu'à présent, et dont les résultats ont été positifs dans leur ensemble, sera-t-il suffisant pour aborder la période qui commence, qui est celle de l'institutionnalisation réelle et dynamique de la démocratie, à présent confirmée ? La démocratie, précisément, n'est-ce pas le système qui se nourrit et se développe en fonction de ses conflits internes, assumés et gérés dans la transparence sociale d'une participation citoyenne ? Le moment n'est-il pas venu de maîtriser collectivement le *retour du refoulé*, de sortir de notre amnésie volontaire des enjeux de la guerre civile, pour les aborder enfin – sans esprit de retour, de revanche ni de rancune, bien évidemment – avec la volonté d'une avancée sociale qui ne tienne compte ni des mythes révolutionnaires du passé ni des silences ou mises entre parenthèses du présent ?

Le matin, quoi qu'il en soit, je sortais de ma chambre, en ces jours de juillet 1988, et il y avait deux policiers dans le couloir du *Palace*. Ils étaient là pour me protéger, ce qui ne manquait pas de me surprendre à chaque fois, du moins au début. Ou de susciter en moi un certain malaise : il me fallait m'habituer à être protégé et non plus poursuivi par la police.

L'un de ces hommes allait rester dans le couloir du *Palace* toute la journée, toute la nuit, ensuite – l'un étant multiple, bien entendu : plusieurs policiers se relayant pour monter la garde –, surveillant les allées et venues. L'autre allait m'accompagner, ne me perdant jamais de vue. Même au ministère, si je me déplaçais d'un bureau à l'autre, si je gagnais la salle à manger privée du dernier étage, cet officier de sécurité se déplacerait avec moi.

Cette constante protection policière, pour discrète qu'elle parvînt à se montrer – ou plutôt, à se rendre invisible –, pour personnellement sympathiques que fussent, et ils le furent, les hommes chargés de l'assurer, a été certainement l'un des aspects les plus exaspérants de ma vie de ministre. Seules la servilité, l'obséquiosité de certains l'auront été autant, surtout quand elles étaient gratuites, ne prétendant même pas à l'obtention d'une faveur ou d'un passe-droit, mais exprimant simplement une âme de valet, que ce fût quelque écrivain illustre ou quelque riche financier qui en fît l'étalage nauséabond.

Quelles que fussent mes opinions à ce sujet, il n'était pas possible de tourner les règles de sécurité générale, établies en fonction de la possibilité permanente d'attentats terroristes de l'ETA, sauf à y dépenser un temps et une astuce considérables : ça n'en valait pas la peine. J'ai dû vivre près de trois ans dans les inconvénients de cette protection rapprochée, qui limitait de façon parfois cocasse mais toujours gênante la spontanéité de la vie quotidienne.

Mon seul recours, dans ces conditions, c'était de m'évader à Paris, les fins de semaine, fût-ce pour vingt-quatre heures. À Paris, j'avais réussi à me passer d'escorte, pour mes voyages privés. Ainsi, je retrouvais l'anonymat des transports en commun, de leur comédie humaine toujours renouvelée. Je retrouvais le goût des promenades, des moments de flânerie dans les librairies et les galeries de peinture, des conversations dans les cafés avec les amis d'avant et de toujours. La vie redevenait fugitivement personnelle, retrouvant ses opacités, ses secrets, ses improvisations.

Malgré les inconvénients de cette protection policière permanente, mon arrivée au ministère fut plutôt joyeuse. Pour moi, je veux dire. Je me mis au travail avec un entrain qui me surprenait moi-même. Dont le motif et le moteur étaient une curiosité de tous les instants, à tous égards, de ma nouvelle situation.

J'arrivais à mon bureau tôt le matin, bien avant la plupart des fonctionnaires de haut rang. La pièce était vaste, meublée et arrangée discrètement, sans luxe exagéré ni faute de goût flagrante. Il y régnait surtout une fraîcheur appréciable, en ces jours de canicule madrilène – chaleur tombant comme un couperet sur les passants, dès le soleil haut levé dans le ciel – et un silence cossu, grâce à une climatisation bien réglée et aux doubles vitres de la grande baie sur la plaza del Rey. Je n'ai pas touché au décor que j'avais hérité de mon prédécesseur, Javier Solana. Peut-être parce que je n'ai jamais considéré que c'était un lieu privé, que j'eusse à baliser ou à investir des signes de mon identité.

Chaque jour, je trouvais sur mon bureau le dossier de la correspondance, classée et enregistrée par le secrétariat, le portefeuille de la signature et la revue de la presse quotidienne.

Je commençais par cette dernière.

Ainsi, dès le 14 juillet, deux jours après ma prise de fonction, le quotidien économique *Expansión* s'en prenait à l'existence même du ministère de la Culture. Sous le titre *le*

Ministère inexplicable, l'éditorialiste du journal développait une argumentation dont l'essentiel tenait en ces lignes :

« Inexplicable est la perduration dans l'organigramme gouvernemental du portefeuille échu en partage à Jorge Semprún, cette vieillerie du ministère de Culture. Parce que les ministères des Affaires culturelles ne sont explicables que dans deux sortes de pays : les sous-développés, où seul l'État a les moyens de subvenir aux besoins culturels, et les dictatures – qu'elles soient de droite ou de gauche – où le pouvoir, par crainte de la subversion idéologique, contrôle et surveille la culture, la rendant officielle pour mieux l'asservir. »

Dans cet éditorial, une question de fond est posée, que l'on ne peut éluder : quels sont les rapports entre l'État et la culture dans un pays démocratique ? Plus précisément : quel est le rôle de l'État dans ce domaine ? Doit-il même en avoir un, au-delà de l'indispensable gestion du patrimoine ?

Mais l'argumentation esquissée pour en conclure à l'inutilité d'un ministère de la Culture dans les pays démocratiques est bien peu rigoureuse.

Il est faux, tout d'abord, d'associer l'existence d'un tel ministère à l'inexistence de la liberté ou de la richesse nationale, comme si seulement les pays pauvres ou totalitaires pouvaient en justifier le besoin.

En Espagne, en tout cas, le ministère de la Culture est une création de la démocratie. C'est Adolfo Suarez, après la victoire de son parti – coalition de partis, plutôt –, l'Union du centre démocratique, qui obtint la majorité absolue des sièges parlementaires aux premières élections libres de 1977, qui créa ce département ministériel. Auparavant, sous la dictature, il existait un ministère de l'Information et du Tourisme, qui comprenait une Direction générale de la Culture populaire et des Spectacles, chargée tout particulièrement de la censure et de la propagande. Et qui accumulait dans ses archives les dossiers policiers de tous les écrivains, artistes et intellectuels suspects de non-conformisme.

Le ministère de la Culture n'est donc pas en Espagne une « vieillerie », mais bien au contraire une « nouveauté ». Qui n'a cessé d'évoluer, par ailleurs, depuis sa création, en juillet 1977.

Le ministère créé par Suarez portait un nom, en effet, qui marquait à la fois la rupture avec le passé et la continuité, trait typique de l'époque de transition où il avait été conçu. La rupture était signifiée par le mot même de culture, la continuité par le deuxième terme de son appellation officielle : car c'était un ministère de la Culture et du Bien-Être. Or toute allusion au bien-être, de la part d'une instance d'État, est suspecte, on le sait. Ou devrait le savoir. Toute volonté étatique de s'occuper nominativement du bien-être des citoyens est germinalement dangereuse. Le bien-être comme le bonheur sont devenus dangers potentiels ou avérés à partir du moment où ils ont été proclamés idées neuves en Europe.

Dans les circonstances concrètes de 1977, au moment où le processus de démocratisation se mettait en marche en Espagne, l'assemblage de la culture et du bien-être avait un sens précis. Il dénotait la survivance dans la conception du ministère d'un certain nombre de fonctions d'encadrement social héritées de la tradition paternaliste de l'État corporatif qui avait prévalu, sous des formes radicales au début, édulcorées par la suite, pendant toute la durée du franquisme. D'où la référence à la « culture populaire » dans l'organigramme de l'ancien régime : la culture conçue comme une prestation sociale.

Au long des années de la transition, le ministère, comme un serpent qui change de peau, se débarrassa des vestiges du passé.

D'abord, il se débarrassa du Bien-Être dans son appellation officielle. Ensuite, il se débarrassa de l'imposant édifice que Manuel Fraga Iribarne, trépidant ministre de Franco, actuel président du gouvernement autonome de Galice, et meilleur soutien de Fidel Castro en Espagne – pour être objectif, il faut aussi rappeler le mérite historique de Fraga : il a réussi à faire entrer la plus grande partie de la droite espagnole, orpheline de Franco, travaillée par ses mythes autoritaires et ses rancœurs sociales, dans le système démocratique parlementaire –, que don Manuel, donc, avec son habituelle mégalomanie, avait fait construire sur la Castellana. Le bâtiment fut cédé au ministère de la Défense, auquel sa sévérité solennelle et rébarbative convenait sans doute mieux.

Pour finir, déjà installé plaza del Rey, au cœur de Madrid, lorsque j'en assumai la direction en 1988, le ministère avait vu son organigramme encore concentré ou recentré, pour ne plus concerner que les affaires culturelles proprement dites. Ainsi, le secrétariat d'État aux Sports avait été rattaché au ministère de l'Education et les instituts de la Jeunesse et de la Condition féminine à celui des Affaires sociales nouvellement créé.

Hasard symbolique ou clin d'œil du destin ? Le fait est que l'édifice où étaient installés les services de mon ministère avait été construit sur l'emplacement d'un ancien cirque. Dans mon enfance, c'est là que se dressait le chapiteau permanent du cirque Price, que j'avais si souvent fréquenté avec mes frères. Ensuite, lorsque le cirque fut démoli, un immeuble y avait été élevé, d'une modernité relativement sobre, pas trop incongrue dans le paysage urbain environnant. Il abrita les services d'études et de publications de la Banque Urquijo.

Même objectivement innocent, cet emplacement ne manquait pas de piquant. Il pouvait servir d'avertissement. Car les jeux du cirque et les impératifs de rentabilité constituent deux limites, deux obstacles où peuvent se briser des politiques culturelles. Aux deux extrémités du champ d'action étatique où se déploient procédures d'intervention et moyens d'investissement, le cirque d'une politique conçue principalement sur le mode du spectacle et de la fête, d'un côté, et de l'autre la rigidité des exigences de rentabilité du marché culturel, sont à la fois des révélateurs et des butoirs.

En fin de compte, il était absurde que l'éditorialiste d'*Expansión* – quotidien économique par ailleurs fort sérieux, dont j'ai choisi le texte pour la concision radicale de ses formulations, parmi d'autres articles de la même eau – qualifiât de « vieillerie » le ministère de la Culture, le considérant comme la rémanence d'un passé de dictature et de sous-développement... Emportée – c'était une dame – par une flamme libérale tout à fait respectable, elle argumentait de façon abstraite, sans tenir compte des réalités historiques.

De ce point de vue, la question à se poser en Espagne est exactement l'inverse : pourquoi la démocratie espagnole a-t-elle éprouvé le besoin de créer un ministère des Affaires culturelles, précisément, alors qu'elle s'attelait, sous une majorité politique de centre droit d'abord, de gauche ensuite, à la tâche de la modernisation économique et sociale du pays ? N'est-ce pas précisément pour rompre avec la tradition d'incurie et d'autoritarisme qui a prédominé en Espagne, durant la plus grande partie de ce siècle, dans les rapports des pouvoirs publics avec les réalités culturelles ?

De fait, les traditions nationales jouent un rôle considérable, sinon déterminant, lorsqu'on analyse objectivement le rôle de l'État dans le domaine culturel.

En Grande-Bretagne, par exemple, il aurait été impensable jusqu'à aujourd'hui qu'une administration centrale se chargeât des affaires culturelles, au-delà de la gestion du patrimoine public des beaux-arts. En règle générale, la tradition politique anglo-saxonne tend à décharger l'État, à lui interdire même toute fonction décisive dans ce domaine, qui est censé correspondre à la société civile : associations, universités, fondations, guildes et corporations, individus enfin.

Certes, ce modèle anglo-saxon est désormais en crise – c'est particulièrement sensible aux États-Unis – et il semble bien que les sociétés libérales devront s'orienter vers la recherche de nouveaux ajustements, de dialectiques nouvelles entre les initiatives publiques et privées.

Quoi qu'il en résulte, T. S. Eliot a parfaitement exprimé le point de vue britannique traditionnel dans un texte aujourd'hui classique, *Notes toward the Definition of Culture*, qui date de 1948.

« Quant à l'intervention de l'État, y écrit-il à la fin du chapitre cinq, où il aborde la question du rapport entre culture et politique, ou de quelque organisme quasi officiel subventionné par l'État pour venir en aide aux arts et aux sciences, nous ne pouvons que constater la nécessité d'une telle aide, dans les conditions actuelles. Un organisme comme le British Council est à notre époque d'une valeur inappréciable, de par sa capacité d'envoyer à l'étranger des représentants des sciences et des arts, et à inviter des représentants étrangers dans notre pays – *mais nous ne devrions pas accepter comme permanentes, normales et saines les circonstances qui ont rendu nécessaire cette orientation* » (c'est moi qui souligne).

En face de cette tradition sociétaire anglo-saxonne, il existe une autre tradition. L'intervention de l'État dans le domaine culturel y est considérée précisément comme saine et normale. Et c'est la France qui incarne en Europe cette tradition étatique mieux que tout autre pays.

Il s'agit d'une tradition ancienne, sans doute, mais que la Révolution de 1789 a renforcée et codifiée définitivement. Quelle que soit, en effet, et elle n'est pas négligeable, la part de l'héritage de l'Ancien Régime ; quelle que soit l'importance, décisive sur certains points, de l'ultérieure configuration napoléonienne des pratiques du centralisme étatique, la Révolution française aura joué dans ce domaine, comme dans tant d'autres de la vie politique et sociale, un rôle déterminant.

Cette vérité historique a été quelque peu oubliée lors de la polémique franco-française sur l'*État culturel*. Malgré la pertinence de certains de ses traits critiques, il semble bien que l'essai de Marc Fumaroli manque son but pour l'essentiel, dans la mesure même où il fait commencer les débuts de l'intervention étatique à la création gaullienne du ministère des Affaires culturelles pour André Malraux.

Pour se convaincre de la nécessité de remonter le cours de l'histoire de la France, si l'on veut avoir une vision globale de cette question, il suffit de se rapporter au beau travail d'Edouard Pommier sur *l'Art de la liberté : Doctrine et débats de la Révolution française*.

Un auteur de l'époque, cité par Pommier, après avoir rappelé que sous la monarchie les arts sont soutenus par le besoin de jouissance et le goût du luxe, proclame en 1791 que « sous l'empire de la liberté, ils s'élèvent, s'étendent et fleurissent par l'enthousiasme de la gloire et par l'amour de la chose publique ». Il semble évident qu'avec de telles proclamations s'inaugure un style rhétorique dont la descendance est longue.

Personne, aujourd'hui, parmi les thuriféraires et les prébendiers de l'action culturelle de l'État, n'oserait pourtant aller aussi loin dans l'optimisme idéologique – donc béat – que notre auteur du XVIIIe. Commentant les travaux de Winckelmann sur la prééminence de l'art grec, il affirme en effet : « L'auguste assemblée de nos représentants n'a qu'à vouloir, et les mêmes merveilles qui ont illustré les plus beaux siècles de la Grèce vont s'opérer parmi nous... »

Que le génie s'octroyât par décret de l'Assemblée nationale était une trouvaille, certes. N'oublions toutefois pas qu'à la même époque la Révolution faisait graver sur la pierre du grand portail de l'église de Houdan l'inscription suivante : « Le peuple français reconnoît l'existence de l'Être suprême et de l'immortalité de l'âme », ce qui est encore plus osé.

Pour le dire à l'emporte-pièce : dans la conservation du patrimoine, la politique des arts et l'invention de la fête comme moyen d'expression culturelle, c'est la Révolution de 1789 qui inaugure une tradition à laquelle, positivement ou négativement, sont contraints de faire référence depuis lors tous les responsables politiques français.

En Espagne, la tradition nationale a plutôt été celle du centralisme bureaucratique, exaspéré par les réalités et les rhétoriques impériales, codifié par les retards et les obstacles de toute sorte aux entreprises de modernisation. Une tradition étatique, en somme, qui mêlait de façon néfaste le dirigisme et le désintérêt, l'arrogance et l'incurie, la censure morale et l'absence de principes.

Pendant des siècles, les seules forces qui ont fait contrepoids à ce centralisme sûr de lui, dominateur et tatillon, sont celles des entités régionales et locales, des identités nationalistes. De surcroît, c'est dans cette sorte de régions périphériques – la Catalogne et le Pays basque, principalement – qu'a commencé le processus tardif de l'industrialisation de l'Espagne. Tous ces facteurs historiques ont aggravé les déséquilibres régionaux, les contentieux culturels et politiques. Il a fallu attendre les années 30 de ce siècle et la proclamation de la deuxième République, pour que la réforme du centralisme bureaucratique soit abordée de façon conséquente et positive, au moyen de la concession d'un statut d'autonomie à la Catalogne et au Pays basque. Mais la victoire franquiste et la longue période dictatoriale qui s'est ensuivie signifièrent une régression brutale dans l'évolution engagée.

Dans ce contexte historique, il n'y avait rien d'étonnant à ce que le ministère de la Culture – représentant supposé du centralisme honni – fût également mis en question par les nationalismes périphériques. Par le nationalisme catalan, en particulier, le plus vivace culturellement.

À peine avais-je mis le pied sur l'aéroport de Madrid, ce lundi 11 juillet 1988 où je pris possession de mon nouveau poste, que je fus obligé de répondre aux questions des journalistes à ce sujet : quelle était ma réaction aux déclarations de Jordi Pujol, président du gouvernement autonome de la Catalogne, la *Generalitat* ?

Quelques heures auparavant, en commentant le remaniement ministériel et ma nomination à la Culture, Pujol avait réclamé en quelque sorte le dépérissement de l'État. Du moins à Madrid et dans le domaine culturel. Il avait proclamé, en effet, que la pleine et entière application des dispositions de la Constitution de 1978 concernant l'autonomie des gouvernements régionaux entraînait à son avis la disparition du ministère de la Culture de Madrid. Le transfert des compétences culturelles aux gouvernements autonomes – établi par la Constitution, effectivement – aurait vidé de contenu la fonction d'un organe central de l'État. En conclusion, et malgré quelques mots aimables à mon égard, le président Pujol demandait une nouvelle fois la suppression du ministère de la Culture.

C'était en quelque sorte une demande rituelle.

Pendant toutes mes années aux affaires, à chaque discussion parlementaire du budget de la Culture, les minorités nationalistes catalane et basque commençaient par présenter un amendement global au projet, proposant le retrait de la provision budgétaire, vu l'obsolescence présupposée du ministère. À la suite de quoi, invariablement, une fois formulée cette pétition de principe – tout aussi invariablement repoussée par le vote de l'Assemblée –, les groupes parlementaires nationalistes demandaient des augmentations substantielles des subventions destinées aux besoins de leurs gouvernements autonomes respectifs.

Il est clair que l'on peut et que l'on doit faire de la Constitution une lecture différente de celle qu'en font parfois certains courants des partis nationalistes. On peut y voir clairement inscrits, dans le domaine de la culture, et à côté des droits autonomiques, des devoirs qui engagent l'État dans l'essence même de sa centralité. Quels que soient les transferts de compétences aux autorités des autonomies, ils n'épuisent pas l'essence de cette centralité étatique – ou la centralité de cette essence – mais ils représentent sa légitime dispersion, en fonction des traditions historiques d'un pluralisme profondément enrichissant.

Le danger de la lecture partiale de la Constitution réside dans le renversement aberrant du rapport intra-étatique actuel : l'État des autonomies deviendrait autonomie des États. Ainsi, le dépérissement de l'État central plus ou moins ouvertement souhaité par les nationalismes – dépérissement à commencer par son maillon le plus faible, le plus anodin en apparence : celui des Affaires culturelles – aboutirait à un renforcement des structures étatiques des régions autonomes : le centralisme bureaucratique de l'Espagne traditionnelle se transformerait alors en prolifération d'entités étatiques jalousement recentrées sur l'identité de leur différence assumée ou présumée, culturelle ou ethnique. Dans une perspective d'universalisme démocratique – la seule acceptable –, la réduction de l'État, la mise entre parenthèses de certaines de ses fonctions historiques ne peuvent se concevoir qu'au bénéfice de la société civile et non à son détriment. Or la multiplication des instances étatiques et des bureaucratismes régionaux porterait un rude coup à cet universalisme concret, donc à la société civile.

Mais l'analyse juridique, constitutionnaliste, des différentes lectures des textes organiques de 1978 sur la forme de l'État espagnol n'est pas l'essentiel. L'essentiel c'est que cette forme – encore en évolution, le processus prévu pour la mise en place du système des autonomies n'étant pas encore terminé, d'où les possibilités de crise, d'involution même, avec la montée en puissance des enchères et des enjeux de la négociation – est l'un des acquis primordiaux de la transition démocratique.

Dans la continuité de celle-ci, le seul accroc, le seul moment de rupture est constitué par l'invention de la forme autonomique de l'État espagnol. La réinvention, plutôt. Car c'est l'une des réalisations principales de la république de 1931 qui se voit ainsi réhabilitée et rétablie. Réalisation des forces démocratiques de gauche, par ailleurs, durement acquise jadis contre la droite extrémiste, et même contre une bonne partie de la droite parlementaire.

Ainsi, la monarchie constitutionnelle de 1978 a repris, en les réaménageant et les approfondissant, certes, les concepts de base des statuts d'autonomie obtenus sous la république par les communautés catalane et basque.

En Catalogne, la rupture avec la procédure générale de continuité étatique aura été symbolisée par l'arrivée au pouvoir – avant même toute consultation électorale – du dernier président de la *Generalitat* en exil, Josep Tarradellas. De la sorte, la seule autorité légitime de la république de 1931 qui aura survécu – symboliquement et charnellement – à la défaite militaire et au long exil est celle de la *Generalitat* catalane, en la personne de son président. Dont la légitimité avait des racines historiques bien différentes de celles de toutes les autres instances de la démocratie restaurée.

En fin de compte, malgré la longue persistance au Pays basque du terrorisme d'ETA (l'un des derniers vestiges du franquisme, dans la mesure même où il n'a cessé de reproduire – en les réaffirmant dans la volonté paranoïaque de les détruire par la violence – les valeurs négatives d'exclusion nationaliste et idéologique du régime antérieur), malgré la confusion partielle entre les autonomies historiques – Catalogne, Pays basque, Galice – surdéterminées par l'existence d'une identité culturelle propre, et les autonomies nouvelles, de caractère plutôt administratif, malgré les problèmes parfois complexes que pose le fonctionnement concret de l'État des autonomies, ce dernier représente un acquis crucial, l'une des plus grandes réussites de la transition démocratique.

Et ce à un double titre.

En premier lieu parce que l'État des autonomies représente la meilleure solution au problème séculaire de l'unité de l'Espagne dans sa diversité. Ensuite, mais c'est tout aussi, sinon plus, important, parce que la profonde décentralisation autonomique, la réaffirmation des identités régionales qui en découle, constituent un atout d'importance dans la perspective de l'intégration européenne.

Par l'une de ces ruses, en effet, dont est coutumière la Raison – ou la Déraison – historique, le retard espagnol, l'archaïsme même sur certains points, en ce qui concerne la structure de l'État-nation moderne, peut devenir un facteur positif, dynamique, dans l'apport de notre pays à la construction d'un ensemble européen où les éléments de supranationalité, en expansion logique et nécessaire, exigeront d'être rééquilibrés par l'approfondissement des entités et des identités régionales et nationales.

Debout, dans la nef de l'église de Figueras, j'écoutais le prêtre qui déclamait l'oraison funèbre de Salvador Dalí. Qui la déclamait pour la troisième fois, d'ailleurs. Il l'avait dite d'abord en catalan, en castillan ensuite, puis en français. Nous y étions.

Jordi Pujol, président de la *Generalitat*, et moi-même, nous écoutions pour la troisième fois l'oraison funèbre de Salvador Dalí : en français, désormais. Nous ne savions pas – j'imagine que le président Pujol ne le savait pas non plus – que le prêtre officiant allait encore nous déclamer son texte en anglais et en allemand. J'ignorais ce que le curé de Figueras voulait démontrer, par ce plurilinguisme funéraire et forcené. Peut-être tout simplement qu'il était polyglotte : après cette performance, ce serait chose faite. Personne n'en douterait plus. Peut-être se prenait-il pour le pape de Rome, se croyait-il sur la place Saint-Pierre, lors d'une cérémonie *urbi et orbi*.

Quoi qu'il en fût des véritables desseins du prêtre polyglotte, nous étions le mercredi 25 janvier 1989 dans l'église de Figueras. Nous assistions à l'office funèbre pour Salvador Dalí. Jordi Pujol y représentait le gouvernement autonome catalan, j'y représentais le gouvernement espagnol. De ce fait, j'étais en quelque sorte l'héritier de Dalí, car le peintre avait fait un dernier pied de nez à l'opinion publique catalane en léguant tous ses biens à l'État espagnol. L'ouverture de son testament, la veille de cette cérémonie funèbre, avait provoqué un tollé considérable chez certains hommes politiques et intellectuels de l'extrémisme nationaliste, qui reprochaient avec véhémence à l'État espagnol cette « nouvelle spoliation des richesses culturelles de la Catalogne ».

Je regardais du coin de l'œil le président Pujol, j'entendais le prêtre entamer la quatrième version de son oraison funèbre, j'avais envie de crier. Ou de hurler de rire, ça dépendait. J'avais envie de manifester mes sentiments avec violence, en tout cas.

En septembre 1975, le général Franco avait confirmé de sa signature la peine de mort prononcée contre cinq jeunes antifascistes par ses tribunaux d'exception. Il ne restait au général que quelques semaines à vivre, mais il faisait son métier jusqu'au bout. Son métier était de maintenir l'ordre, à n'importe quel prix. Il l'avait maintenu au prix de cinq vies, cette fois-là.

Dans le dégoût général, l'étonnement horrifié, une seule voix s'était élevée en Espagne, en ce mois de septembre 1975, pour féliciter publiquement le général Franco : la voix de Salvador Dalí. Il l'avait félicité d'avoir fait exécuter cinq jeunes antifascistes. Car s'il est arrivé à Salvador Dalí d'être un grand peintre, il ne lui est jamais arrivé d'être un homme respectable.

Je regardais du coin de l'œil le président Pujol, qui avait été arrêté et maltraité par la police franquiste. Je me souvenais des cinq antifascistes assassinés en 1975. Je me souvenais du télégramme envoyé par Salvador Dalí à Francisco Franco. Je pensais aux jours à venir, à la polémique qui s'annonçait sur le legs de Dalí à l'État espagnol. J'avais mis à profit le temps et la distance que m'octroyait mon indifférence à cette cérémonie, à cette oraison funèbre répétitive et plurilingue, pour décider de la conduite à tenir dans cette affaire.

Nous étions debout, rangés dans l'ordre mystérieux mais rigide du protocole, dans la nef de l'église de Figueras, et le prêtre attaquait sa cinquième et dernière version, allemande, de l'oraison funèbre de Salvador Dalí.

J'ai regretté l'absence de deux amis.

Celle de Luis Buñuel, tout d'abord. Absence irrémédiable, certes, Luis Buñuel était mort bien avant le compagnon de sa folle jeunesse, cet éblouissant Dalí doué de toutes les grâces et tous les dons artistiques. Ils avaient été trois inséparables, à la fin des années 20, à la *Residencia de Estudiantes* de

Madrid : Buñuel, Dalí, Lorca. Et sans doute peut-on retracer autour de ces trois noms le destin d'une des générations d'écrivains et d'artistes les plus riches en talents du XXe siècle.

J'ai regretté l'absence de Buñuel, de toute façon. Il aurait apprécié l'humour noir de la situation. Il aurait été ravi de me voir dans le rôle d'héritier de Salvador Dalí, en tant que représentant ès qualités de l'État espagnol. Je pouvais imaginer une rencontre au café de Flore, quelque temps après l'enterrement de Dalí. Je pouvais imaginer le récit qu'il en aurait fait, nos rires homériques pour ponctuer ce récit. Mais l'absence de Luis Buñuel était irrémédiable, ce jour de janvier-là, à Figueras, alors que le prêtre palabreur, ayant terminé la version ultime de son oraison, abordait à vive allure le rituel funéraire encore à accomplir.

J'ai regretté l'absence d'Eduardo Arroyo, également.

Il n'y avait aucune raison pour qu'il fût présent, bien entendu. J'ai pourtant regretté son absence. Il aurait pu prendre la place du prêtre polyglotte : son oraison funèbre de Salvador Dalí aurait été superbe, charriant le sarcasme et la colère, faisant flamboyer les vérités sur l'Espagne de cette époque. Je me rappelais le récit par Arroyo d'une nuit mondaine et libertine dans une propriété des environs de Paris où Salvador Dalí, de longues années auparavant, avait tenu son rôle de pitre patenté, de provocateur institutionnel. Et probablement était-ce un souvenir déplacé, dans un tel lieu et à semblable occasion – certains détails du récit d'Eduardo étaient plutôt croustillants –, mais je dois avouer qu'il m'a rempli d'aise.

Toutefois, ni Luis Buñuel ni Eduardo Arroyo n'étaient présents à Figueras. J'y étais avec le président Pujol et quelques dizaines de personnalités qui m'étaient inconnues pour la plupart, ou indifférentes quand il m'arrivait de les connaître. Moins drôle, sans aucun doute.

À l'issue de la cérémonie, j'ai échangé quelques mots avec le président de la *Generalitat*. Je lui ai fait comprendre que j'étais décidé à traiter la question du legs de Dalí dans l'intérêt mutuel des deux parties. « Même si l'État est propriétaire des tableaux, lui ai-je annoncé, la Catalogne gardera dans ses musées la part qui lui correspond naturellement de l'héritage dalinien. Nous ferons un partage équitable, soyez-en assuré ! »

La première lueur de son regard exprimait la surprise. Mêlée de satisfaction, sans doute. Surprise tout de même. Comme s'il s'était attendu à me voir lui annoncer ma décision d'exécuter les clauses du testament de Salvador Dalí au pied de la lettre, pour disposer à ma guise dans les musées de l'État de l'œuvre du peintre.

Mais cette lueur de joyeuse surprise fut aussitôt remplacée par un regard dubitatif. Méfiant, plutôt. Lui disais-je mes vraies intentions ? N'essayais-je pas de désarmer sa vigilance par cette proclamation de bonne volonté ? Le président Pujol avait soudain l'expression du paysan obligé de ruser avec les avatars du climat et de la concurrence sur le marché : un regard calculateur, pesant soigneusement le pour et le contre. Un regard de confiance réduite aux acquêts.

Sa méfiance ne concernait pas seulement la crédibilité de ma déclaration. C'était une méfiance à un niveau plus profond, plus essentiel. Ne valait-il pas mieux, tout compte fait, pour le nationalisme catalan, que l'État se montrât arrogant et annexionniste, dans la question de l'héritage de Dalí ? Ainsi se justifierait une propagande habituée à charger Madrid de tous les péchés, à en faire le bouc émissaire des difficultés catalanes.

Quelques jours après cette conversation lors des obsèques de Salvador Dalí, je fus obligé de me rendre à Barcelone. La polémique lancée par les milieux extrémistes du nationalisme catalan avait pris, en effet, un tour inconvenant. Pour un peu on nous aurait accusés d'avoir falsifié le testament de Dalí, ou de le lui avoir extorqué, profitant de son état mental déficient. Dans ces circonstances, le président Jordi Pujol se gardait bien de calmer le jeu. Il lui aurait suffi pour cela de rendre publics les propos que je lui avais tenus à Figueras. Mais sans doute ne voulait-il pas calmer le jeu. Sans doute voulait-il, tout au contraire, faire monter les enjeux. En Espagne, c'est une vieille tactique des nationalismes périphériques que celle qui consiste, de la part des secteurs modérés majoritaires, à faire monter les enchères de la négociation avec Madrid – toujours ouverte, tant que le processus de transfert des compétences aux autonomies ne sera pas terminé – en utilisant la pression exercée par les courants extrémistes desdits nationalismes.

J'aurais, certes, pu faire le gros dos, laisser passer l'orage et attendre que les événements démontrent la bonne foi et la générosité du ministère de la Culture. Il me semblait, pourtant, que l'occasion était excellente pour une opération politique qui dépassât la question circonstancielle du legs dalinien et qui permît de reprendre l'ensemble du contentieux entre le pouvoir central et la *Generalitat*, dans le domaine culturel.

Je me déplaçai donc à Barcelone, au début du mois de février 1989.

La question fut réglée aisément. J'eus une longue entrevue avec le président Pujol, suivie d'une réunion de travail avec Joan Guitart, le *conseller* de Culture de la *Generalitat*. Ils furent bien obligés de se convaincre du sérieux de mes propositions. Nous décidâmes de créer une commission mixte d'experts qui se chargerait d'établir un inventaire complet des biens constituant l'héritage de Dalí et de préparer un partage équitable des toiles, tenant compte des besoins et des possibilités des divers musées concernés, à Madrid et en Catalogne.

La conférence de presse tenue après ces accords mit fin, ou du moins une sourdine, aux campagnes extrémistes en cours.

Mais ce retour au calme du côté de la Catalogne n'empêcha pas la question de rebondir, à Madrid cette fois-ci.

Le lendemain du jour où la presse avait fait connaître les résultats de mon entrevue avec les dirigeants de la *Generalitat*, ma secrétaire entra dans mon bureau. En trombe, et visiblement affolée. Elle m'annonça que le vice-président voulait me parler au téléphone. Je fus frappé par l'émoi que cette annonce, somme toute banale, provoquait chez elle. Puis je me souvins qu'elle avait travaillé, quelque temps auparavant, à Ferraz, au siège du PSOE. Je compris que cet affolement – que jamais n'avait provoqué le fait de me mettre en communication avec Felipe Gonzalez lui-même – était dû à l'autorité, certainement auréolée de crainte, dont Alfonso

Guerra jouissait sur le personnel administratif du PSOE. On devait l'y respecter comme la peste ou le bon Dieu : seigneur des mouches et des appareils, sans doute, dont on devait guetter sourires et froncements de sourcils !

Quoi qu'il en fût, j'avais le vice-président au téléphone.

Il commença par une question sans importance. Tellement peu importante qu'elle ne justifiait vraiment pas qu'il s'en occupât personnellement. Mais ce n'était qu'une entrée en matière. Une fois la question réglée, il observa une seconde de silence. Puis il me balança la phrase suivante.

– J'ai lu la presse, me dit-il. Alors, on se déculotte devant les Catalans ?

En espagnol : *¡Nos bajamos los pantalones ante los Catalanes ?*

J'avais eu le pressentiment, le connaissant alors un peu mieux, qu'il allait me parler de l'héritage de Dalí. Mais jamais je n'aurais pu supposer qu'il allait le faire de cette façon, avec une telle grossièreté.

Je lui fis poliment observer que ce qu'il disait n'avait pas de sens, que personne ne baissait culotte devant personne, que nous avions tout intérêt – et par « nous » j'entendais le gouvernement, la démocratie espagnole – à régler la question de la façon que j'avais amorcée.

Il n'entama aucune discussion. En fait, il ne voulait pas discuter, il voulait faire peur. C'est ainsi, sans doute, par ces méthodes, qu'il maintenait l'ordre, la discipline et le silence dans les rangs de l'appareil du PSOE. C'est ainsi, sans doute, qu'Alfonso Guerra avait bolchevisé le PSOE, depuis la victoire électorale de 1982. Mais je devrais y mettre les guillemets. Il avait donc « bolchevisé » le PSOE, mais dans un contexte social démocratique, ce qui évitait les trop graves dégâts : on pourrait toujours « débolcheviser » le PSOE sans bouleverser la société.

Le vice-président n'entama pas de discussion, donc. Il grommela quelques mots et raccrocha. Car il ne voulait pas discuter, ni convaincre. Il voulait faire peur. Par malheur pour lui, j'avais connu de vrais bolcheviks. Je les avais parfois respectés, parfois haïs. Mais ils ne m'avaient jamais fait peur. Ce n'était pas ce « bolchevik » de salon qui allait me faire peur ni me faire changer d'avis et de politique.

Je raccrochai aussi et je réfléchis au malheur que représentait pour la démocratie espagnole – qui ne sera définitivement consolidée que le jour où la question des nationalismes périphériques sera réglée, dans le sens de leur participation, de leur coresponsabilité dans la conduite des affaires centrales de l'État – le fait d'avoir à la vice-présidence du gouvernement un homme capable d'une semblable grossièreté. D'un tel aveuglement politique.

« Alors, on se déculotte devant les Catalans ? »

Un an plus tard, fin janvier 1990, lorsque le protocole du partage du legs dalinien fut signé par le *conseller* Guitart et par moi-même, le quotidien *El País* publia un éditorial dont j'extrais quelques lignes : « Le partage du legs de Dalí, réalisé par un accord entre le ministère de la Culture et le gouvernement de la *Generalitat* de la Catalogne, a résolu de façon assez satisfaisante la querelle testamentaire ouverte à la mort du peintre de l'Ampourdan... Il n'était pas facile d'arriver à un accord, car le point de départ était empoisonné... Ceux qui voulaient provoquer une nouvelle et absurde confrontation entre la Catalogne et le reste de l'Espagne, entre Barcelone et Madrid, se trouvent maintenant avec une démonstration exemplaire de concorde et de dialogue. Nombreux sont ceux qui désireraient étendre la “recette Dalí” à tous les domaines des relations entre les autonomies et l'administration centrale de l'État... »

Le règlement de cette question, rendue épineuse par l'affrontement des passions nationalistes, qu'elles fussent autonomistes ou centralistes, nous permit de débloquer décisivement les relations entre Madrid et Barcelone. Une réunion eut lieu dans cette dernière ville, où je me rendis avec le sous-secrétaire et tous les directeurs généraux du ministère de la Culture, pour rencontrer nos homologues de la *Generalitat*. L'accord global qui en résulta, portant sur une période de plusieurs années, était une base de travail sans précédent entre l'Administration centrale et une autonomie historique.

Alfonso Guerra réagit aussi à cet accord au moment où il fut conclu. Mais à l'époque – printemps de l'année 1990 – il ne m'adressait plus la parole. J'avais publiquement pris position sur le cas de Juan Guerra, son frère, accusé de trafic d'influence et d'enrichissement frauduleux, et il avait rompu tout rapport avec moi. Il s'adressa donc à Joaquin Almunia, ministre des Administrations publiques, dont dépendait la relation avec les gouvernements autonomes, pour protester une nouvelle fois contre ma politique, qu'il considérait « capitularde » devant le nationalisme catalan. Almunia me transmit les inquiétudes centralistes du vice-président, tout en me disant de n'y prêter aucune attention. « C'est toi qui as raison », me dit-il.

Mais je n'en suis pas encore là. J'en suis à mon arrivée à Madrid, en juillet 1988.

L'une de mes premières matinées au ministère, je trouvai un gros dossier sur mon bureau. Il provenait des archives franquistes héritées de l'ancien ministère de l'Information et il me concernait.

Le dossier contenait plusieurs dizaines de documents, en bonne partie d'origine policière, qui retraçaient mes activités depuis qu'elles étaient publiques. C'est-à-dire depuis que Federico Sanchez, exclu du parti communiste en 1964, avait laissé la place à cet autre moi-même que je suis parfois : moi-même. Comptes rendus de voyages ou de conférences, photocopies d'articles publiés ici ou là – particulièrement dans la revue intellectuelle antifranquiste *Cuadernos de Ruedo Ibérico*, imprimée à Paris sous l'amicale garantie éditoriale de François Maspero –, informations anodines sur les films d'Alain Resnais ou de Costa-Gavras dont j'avais écrit les scénarios : tout cela se mêlant dans le désordre. Une chose était certaine, en tout cas : le ministère de l'Information de Fraga Iribarne ne me perdait vraiment pas de vue.

En tête de ce dossier figurait une note biographique dont je ne m'interdirai pas le plaisir de citer quelque extrait.

« SEMPRUN MAURA, JORGE – COM. »

(Ces trois dernières lettres sont évidemment là pour communiste.)

« Fils de José María Semprún Gurrea, dont Manuel Azaña écrit le 27 juin 1937 dans ses Mémoires (*Cahiers de la Pobleta*, Œuvres complètes, t. IV, Editions Oasis, Mexico 1968, pp. 633-634) :

« “Ces jours-ci j’ai également vu M. Semprún, ministre plénipotentiaire à La Haye. Il a été marié avec une sœur de Miguel Maura, que j’ai souvent entendu vanter les mérites de son beau-frère. Quand la République fut proclamée, Maura, ministre de l’Intérieur, le nomma gouverneur civil de Tolède, dans l’intention probablement de se servir de lui comme intermédiaire officieux auprès de l’Archevêque. Je n’ai pas connu personnellement Semprún jusqu’en 1935 ; cette année-là, il vint me rendre visite et m’apporta certains de ses livres. Depuis, nous avons parlé quatre ou cinq fois. C’est un homme parfaitement informé, cultivé et intelligent. Catholique et loyalissime à la République. J’ai lu certains de ses articles récents dans des revues étrangères qui traitent de la situation de l’Eglise catholique en Espagne, d’une argumentation très juste et très sereine. ”

« (Le communiste Jorge Semprún Maura est donc petit-fils de don Antonio Maura). »

Je ne peux m’empêcher d’être satisfait du début de cette note biographique que le ministère franquiste de l’Information avait concoctée sur moi. Je trouve, en effet, que je figure dans ce fichier quasi policier en fort belle compagnie. Je trouve tout à fait plaisant que mon père soit ici présenté par une citation de Manuel Azaña, tirée, de surcroît, d’un texte admirable, celui de ses Mémoires au jour le jour, écrits dans les tragiques circonstances de la guerre civile.

Car Azaña est sans doute l’un des intellectuels espagnols les plus intéressants de ce siècle. Orateur exceptionnel, romancier, essayiste lucide, ironique et érudit, mémorialiste et critique littéraire (inconnu ou méconnu en France, où l’un de ses livres seulement, *la Veillée à Benicarlo*, a été traduit en 1939, livre devenu introuvable car il fut pilonné par les nazis et n’a jamais été réédité), Azaña a superbement incarné une politique de réforme ininterrompue, s’appuyant sur une majorité citoyenne : hégémonique dans sa volonté, pluraliste dans ses modes d’expression et d’articulation politique. Il n’aura jamais sacrifié les exigences de la liberté aux postulats du radicalisme égalitaire – lequel est forcément minoritaire, et souvent verbal, pour ne point dire verbalisant –, si fréquent dans la gauche espagnole, jadis et naguère.

J'étais dans la fraîcheur de mon bureau ministériel, ce jour de juillet 1988, et les souvenirs affluaient, proches ou lointains, suscités par la lecture de ce document franquiste.

Le 14 avril 1931, la République avait été proclamée en Espagne. C'était un événement considérable, une véritable révolution politique. Mais cela se passa de la façon la plus simple, la plus pacifique du monde. Aux premières élections locales convoquées après quelques années de dictature militaire – bien imprudemment mise en place par le roi Alphonse XIII lui-même –, les Espagnols donnèrent une large majorité aux listes républicaines. Sagement, le roi évita l'affrontement, instruit sans doute par la désastreuse expérience récente du pouvoir militaire : il abdiqua.

L'Espagne a une réputation bien méritée de violence politique. Depuis plus d'un siècle – depuis les bouleversements de la campagne populaire contre Napoléon –, guerres civiles, *pronunciamentos* et grèves insurrectionnelles s'y sont succédé. Quelques périodes d'interruption furent imposées par des gouvernements dictatoriaux et par l'épuisement mutuel des forces combattantes. Pourtant, le passage d'une monarchie autoritaire et corrompue à une république parlementaire, en 1931, et celui, plus de quarante ans plus tard, de la dictature franquiste à une monarchie constitutionnelle – c'est-à-dire, dans les deux cas, le passage à la démocratie – se produisit de façon pacifique.

Ainsi, quasiment à l'improviste, à la suite d'élections dont l'enjeu était en apparence limité et alors que les tentatives révolutionnaires – grèves générales violentes, insurrections locales de certaines garnisons républicaines – avaient échoué tout au long de l'année précédente, la monarchie s'effondra comme un château de cartes le 14 avril 1931. Les foules étaient dans la rue, les prisons s'ouvrirent, Madrid était une fête, pas une vitre ne fut brisée.

Mon oncle Miguel Maura quitta la prison de la Moncloa et devint ministre de l'Intérieur du gouvernement provisoire. Rue Alfonso XI, ma mère fit ondoyer au vent des beaux quartiers l'oriflamme tricolore républicaine à tous les balcons de l'appartement. Quant à nous, les aînés des enfants, nous remontions sans arrêt la manivelle du gramophone pour que s'y jouât une *Marseillaise* ininterrompue et vibrante. Cela ne manqua pas de provoquer une réaction d'hostilité chez nos voisins. Volets de bois ou de fer se fermèrent avec fracas aux alentours, la musique de Rouget de Lisle et les trois couleurs de l'enseigne triomphale étant sans doute insupportables aux familles bourgeoises du district du Retiro.

Plus tard, au long du long exil, les trois couleurs – le sang et l'or traditionnels, auxquels s'ajoutait le violet du drapeau des Communes de Castille soulevées pour leurs libertés marchandes contre l'empereur Charles V – ont toujours été présentes dans les domiciles familiaux. À Saint-Prix, dans le logement vétuste et délabré de la rue Auguste-Rey où mon père, Semprún Gurrea, vécut dans les difficultés de l'Occupation ; rue de Reinebourg, ensuite, dans l'aisance relative retrouvée à la Libération, les contacts avec l'Espagne et avec la fortune qui y avait été abandonnée étant redevenus possibles, le même petit fanion claquait de ses vives couleurs sur une paroi blanche. Fanion qui acheva de se faner à Rome, dans l'appartement du *largo* Generale Gonzaga où mon père est mort, sans avoir revu l'Espagne, sans avoir voulu y retourner du vivant de Franco.

À Buchenwald, un jour d'avril 1945 – quatorze ans, presque jour pour jour, après la proclamation de la République –, nous sommes montés vers la place d'appel pour le premier rassemblement de la liberté derrière un drapeau tricolore fait de chiffons cousus ensemble. Les rouges espagnols de Buchenwald, survivants des batailles de l'Ebre et de la Cité universitaire de Madrid, survivants des maquis des Glières, de l'Ardèche ou de l'Auxois, au pas cadencé, épaule contre épaule : quelques dizaines de fantômes derrière le fantomatique drapeau des batailles perdues, des illusions sans avenir.

Et puis, comme s'il fallait une dernière touche romanesque au roman d'une vie, voici que j'avais vu réapparaître le drapeau de la République lors de mon premier conseil des ministres du royaume d'Espagne, en juillet 1988.

L'affaire peut se dire en quelques mots.

C'est l'ancien ministre de l'Intérieur, José Barrionuevo, devenu pour lors titulaire du portefeuille des Transports, qui apporta le drapeau à la réunion du Conseil. Quelque temps auparavant, en effet, on avait découvert dans un local de police, sous des tas de dossiers poussiéreux, les archives privées du dernier président de la République, Manuel Azaña. Celui-ci, chef de l'un des partis républicains autour duquel il parvint à regrouper la majorité de gauche, socialistes compris, durant la première législature des Cortès de 1931 ; persécuté par la droite revenue au pouvoir de 1933 à 1935, fut, en effet, élu président de la République en 1936, après la victoire électorale du Front populaire.

Azaña assuma cette charge dans la tourmente de la guerre civile avec un sens de la mesure, une hauteur de vues et une volonté constante de reconstruire la cohésion nationale qui font de lui un exemple de lucidité et de passion pour la justice. Et ce à travers les péripéties d'une guerre sans doute juste mais néfaste, non seulement par sa férocité fratricide, plutôt même par la visée totalitaire de signe apparemment contraire des forces les plus dynamiques des deux camps.

Réfugié en France après la défaite de la République, Azaña vint s'installer à Pyla-sur-Mer, où faillit le surprendre la rapidité de l'avance allemande de 1940. Fuyant ce danger, il s'établit à Montauban où un maire socialiste permettait aux réfugiés antifascistes de trouver un havre temporaire, et ce malgré la mise en place du régime de Vichy. Ainsi, à quelque distance de l'*Hôtel du Midi* où Azaña séjourna jusqu'à sa mort, vivait un groupe d'exilés allemands, pour la plupart d'entre eux juifs. C'est là que Hannah Arendt attendait le visa qui lui permettrait de gagner les États-Unis, en lisant Proust, Montesquieu et Simenon. C'est de ce même groupe que faisait partie la famille Cohn-Bendit, qui réussi à survivre à la guerre et aux persécutions, puisque c'est à Montauban qu'est né, en 1945, Daniel Cohn-Bendit.

Manuel Azaña est mort à Montauban, en novembre 1940. Sa tombe dans le cimetière de cette ville, comme celle d'Antonio Machado à Collioure, celle de Pablo Picasso à Vauvenargues, comme les morts espagnols sans sépulture de l'*Affiche rouge*, comme ceux que commémore le monument du plateau des Glières, que Malraux a évoqués dans l'une de ses oraisons funèbres, comme la fumée désormais invisible sur la cheminée des crématoires de Mauthausen et de Buchenwald, marque les frontières ténues mais ineffaçables de l'apport espagnol à la figure spirituelle d'une Europe ouverte au pluralisme de ses identités et vouée à l'universalité de sa raison pratique.

À Pyla-sur-Mer, les nazis se saisirent des papiers et des objets personnels qu'Azaña n'avait pu emporter dans sa retraite. Livrés ensuite aux autorités franquistes, les documents finirent par disparaître sans laisser de trace, jusqu'à leur découverte, quarante ans plus tard, dans un dépôt oublié, alors que Barrionuevo était ministre de l'Intérieur. Parmi les objets retrouvés il y avait le drapeau – lourd de soie brodée – du bataillon de la garde présidentielle, que Manuel Azaña avait réussi à conserver par-devers lui en exil. C'est ce drapeau tricolore que j'ai vu se déployer devant moi, le jour de mon premier conseil des ministres.

Les documents, en effet, avaient été confiés aux Archives historiques nationales, mais l'enseigne de la garde et quelques objets d'usage domestique ayant appartenu à l'ancien président de la République n'avaient pas trouvé preneur. Je veux dire : il n'était pas facile de décider quelle institution ou fondation aurait pu les recueillir. Barrionuevo, en abandonnant son ministère, et donc la garde de cette relique, l'avait apportée à la Moncloa, pour que la présidence du gouvernement décidât de son sort ultérieur.

J'avais pensé, en voyant se déployer dans la salle du conseil les trois couleurs du drapeau de soie, que le hasard était significatif, le symbole ajusté. Car c'était bien la raison démocratique – exclusive passion intellectuelle d'Azaña – à laquelle Felipe Gonzalez était fidèle, qu'il s'efforçait inlassablement de mettre en œuvre, dans des circonstances historiques concrètes où la monarchie parlementaire avait été le meilleur système politique pour la défense et l'illustration de la *res publica*.

Quelques jours auparavant, lors d'une brève cérémonie au palais de la Zarzuela, les nouveaux ministres du gouvernement avaient prêté serment sur la Constitution. À tour de rôle, devant le roi Juan Carlos, la reine Sophie et le président du Conseil, Felipe Gonzalez, nous nous sommes avancés vers le pupitre sur lequel était ouvert un exemplaire richement imprimé de la Constitution. Le chef du protocole nous appelait l'un après l'autre, d'une voix forte et solennelle. Quand mon tour est venu, j'ai eu l'impression qu'il prononçait mon deuxième nom de famille, Maura, avec une emphase particulière. Comme si ce nom m'inscrivait dans une certaine tradition, une certaine continuité historique. Comme si la proclamation de ce nom rendait moins surprenante la présence d'un ancien responsable de la clandestinité communiste en ce lieu et dans cette circonstance. Mais je ne me sentais lié par aucune tradition. Je ne me sentais lié que par mes convictions personnelles. Je me suis incliné une seconde, comme l'exigeait le protocole, devant le roi et la reine d'Espagne, pendant ma marche vers le pupitre où s'exposait la Constitution. J'ai adressé un bref regard à Felipe Gonzalez. Il souriait, j'ai senti la chaleur complice de son œil attentif. Une certaine fierté amicale, même. J'ai poursuivi ma marche jusqu'au pupitre. J'ai regardé le ministre de la Justice, Múgica Herzog, qui était en tant que garde des Sceaux du royaume le dépositaire légitime de nos serments. Je me suis souvenu dans un éclair de notre rencontre à San Sebastián, trente-cinq ans plus tôt. J'ai étendu ma main droite sur les pages du texte constitutionnel et j'ai lu le serment. J'ai juré de défendre la Constitution et d'accomplir les devoirs de ma charge dans la loyauté envers le roi. *Con lealtad al Rey*. J'ai dit les mots rituels d'une voix tranquille, en mon âme et conscience, en connaissance de cause. La loyauté au roi Juan Carlos était l'expression historiquement circonstancielle d'un choix fondamental : loyauté à l'homme qui avait jeté le corps du roi, le sien propre – symboliquement, sur les écrans nocturnes de la télévision, multipliant ainsi ce corps jusqu'aux limites de l'ancestrale sacralisation, par l'artifice des médias modernes –, au-devant des chars des putschistes, dans la nuit du 23 février 1981. Ce n'était rien d'autre, rien de plus – rien de moins, non plus – que la loyauté à l'essence même de la démocratie.

Si le début de la note biographique trouvée dans les archives de l'ancien ministère franquiste de l'Information m'enchante, sa fin me rend hilare. La référence à mon aïeul Antonio Maura, en effet, qu'elle vienne de droite ou de gauche, m'aura toujours fait rire. Parfois jaune, mais rire quand même.

À droite, cette référence est faite la plupart du temps sur le ton de la surprise scandalisée : comment un si grand homme, conservateur, bon catholique, serviteur de l'ordre, a-t-il pu avoir un communiste pour descendant direct ? Cette filiation, alors, aggrave mon cas : je suis un traître. Un lâcheur, du moins. N'aurais-je pas pu rester à ma place, dans le cocon maternel de ma classe et de mon clan ? Parfois, en revanche, cette ascendance me lave de tout soupçon, autorise, en tout cas, à espérer le salut de mon âme.

À gauche aussi, mes origines sociales auront été évoquées de différente façon, selon les cas. En 1956, au mois de juillet, dans une école de cadres de l'Allemagne de l'Est, l'Edgar André Schule du SED, située près d'un lac aux environs de Berlin, le Comité central du Parti communiste espagnol se réunissait pour tirer les enseignements du XXe Congrès du PCUS. J'y fus coopté au Bureau politique et dans ma biographie de présentation à ce poste, il était dit que j'appartenais à une famille de la grande bourgeoisie apparentée à l'aristocratie. Et il est vrai que, par les Maura, j'ai des liens de cousinage avec au moins une duchesse, et non des moindres : celle de Medina Sidonia.

Un frisson léger mais perceptible parcourut les rangs de la vieille garde communiste réunie cette année-là à l'Edgar André Schule. Parfois héroïques et fraternels, parfois odieux et suffisants, ces vieux bonzes – la direction du parti communiste ne s'est rajeunie que plus tard : en 1956, j'étais à trente-trois ans son plus jeune membre – savaient tous quels étaient mes vrais noms. Le fantôme des Maura, de l'ennemi de classe, pour le dire selon les formules canoniques, se glissa furtivement parmi nous. Mais il s'y glissa de façon positive : gratifiante. N'était-ce pas une preuve du progrès des idées communistes que d'avoir arraché aux turpitudes sociales le rejeton d'une telle famille ?

Quelques années plus tard, tout rentra dans l'ordre. Le rappel de ces mêmes origines fut un argument de plus en ma défaveur, dans le procès qui précéda mon exclusion. J'étais fatalement retombé dans l'enfer desdites origines, j'avais rejoint les ennemis de classe. Il n'y avait rien à espérer, il n'y aurait jamais rien à espérer d'un individu tel que moi.

Celui, cependant, qui en Espagne a manié avec le plus grand raffinement, la plus grande perversité aussi, la référence à mes origines est un écrivain. Ce qui ne saurait étonner, les écrivains véritables étant toujours les plus raffinés et les plus pervers dans le maniement littéraire du rapport aux origines. Et Manuel Vazquez Montalbán, puisqu'il s'agit de lui, est un écrivain véritable. Ancien communiste lui aussi – mais peut-être l'adjectif est-il inapproprié : il me semble parfois que les notules politiques que Montalbán dépose comme des crottes matinales dans les journaux espagnols, lorsqu'il fait monter en neige sa feinte colère sociale et sa mauvaise conscience, révèlent plutôt la ferveur aveugle, borgne dans le meilleur des cas, du néophyte –, il a avec moi, qui fais partie de son passé, une relation complexe. Un brin sadomasochiste, en tout bien tout honneur littéraires. Il me suffisait, en tout cas, de voir sous quel nom il me désignait pour deviner le traitement qu'il allait m'appliquer. S'il m'appelait Federico Sanchez, je savais que le miel de la tendresse humaine, virile néanmoins, le respect amical, la complicité d'anciens combattants allaient se déverser à flots. S'il me nommait tout simplement par mon nom – le pseudonyme qui figure à mon état civil : Jorge Semprún –, je savais d'avance qu'il s'efforcerait de paraître objectif, pesant le pour et le contre, gardant à la fois ses distances et sa proximité avec moi. Mais s'il rajoutait mon deuxième nom de famille, Maura, à son appellation, je savais qu'il allait être agressif, injuste, hargneux même : glacialement éloigné. Ainsi avais-je fini par décrypter ses articulets à mon sujet, pendant mon époque ministérielle, en commençant par repérer le nom de code qu'il m'y donnait : si je voyais les cinq lettres de Maura, je m'épargnais l'inutile lecture de son texte, texticule plutôt.

Je lisais la presse, ce qu'elle disait de moi, de ma nomination au ministère, dans la solitude matinale de mon bureau, en ces jours de juillet 1988, et j'étais déconcerté.

D'abord, bien entendu, parce que je n'avais pas l'habitude d'une image publique de moi-même. Les critiques littéraires, habituellement – celles qui sont pertinentes, en tout cas, fût-ce dans la négativité –, ne mettent pas en cause ni en avant votre intimité. Elles l'ignorent ou la contournent, en règle générale. Dans l'immédiateté des publications périodiques, leur objet n'est pas l'être de l'écrivain mais son œuvre. Le retour sur l'intimité de l'auteur, dans l'analyse de son rapport à l'œuvre, explicite ou masqué, n'est concevable que sous la forme de l'essai ou de la biographie. Dans l'épaisseur et l'opacité chatoyantes de la durée, donc. À l'exception, certes, des écrivains dont la vie devient, pour des raisons de conjoncture sociale, objet d'intérêt scandalisé, d'admiration tantôt identificatrice, tantôt jalouse, quelle que soit, par ailleurs, la qualité de leur écriture.

Une seule fois, en 1977, lorsque j'avais publié mon *Autobiografía de Federico Sanchez*, j'avais été confronté à une image publique de moi-même. Mais c'était une situation exceptionnelle. 1977 était l'année des premières élections démocratiques, l'année de l'arrivée à Madrid de *Guernica* de Pablo Picasso, l'année du prix Nobel de littérature à Vicente Aleixandre – qui avait dédicacé à Jacques Grador, vingt-cinq ans auparavant, le tiré à part de son discours de réception à l'Académie espagnole, *l'Amour, la poésie* –, celle donc où j'avais écrit mon premier livre en espagnol. Je revenais ainsi, provisoirement du moins, sans engagement définitif ni contrat de fidélité, à la langue de mon enfance.

L'*Autobiographie* s'était vendue en Espagne à des centaines de milliers d'exemplaires, expérience pour moi nouvelle et par ailleurs unique. Le livre avait provoqué une discussion approfondie dans le monde politique, les médias et la société espagnole, pendant des mois. Il avait exercé une influence indéniable sur le cours des choses. Le monopole de légitimité anti-franquiste que le PC de Carrillo prétendait s'attribuer de façon à la fois opportuniste et arrogante, dans les ambiguïtés d'une idéologie tous azimuts, avait été battu en brèche par les effets de cette publication.

Mais dans la polémique qui s'ensuivit, c'est Federico Sanchez qui était visé. C'est lui qui fut mis en cause, cela ne me concernait qu'indirectement. Ou à titre posthume : ce personnage était bien mort pour moi. Je ne l'avais ressuscité provisoirement que par souci d'exactitude historique. En somme, Federico Sanchez réglait ses comptes avec l'histoire avec plus de dix ans de retard sur moi. Je les avais déjà réglés depuis longtemps lorsqu'il a fait sa réapparition. Pour moi, les thèmes qu'il abordait dans cette autobiographie – ou que j'abordais à sa place – étaient quasiment de la préhistoire : dans ma conscience et mon savoir, le communisme était de la préhistoire, même s'il allait encore pendant quinze ans déterminer en dernière instance l'histoire mondiale.

En tout cas, l'image de moi-même que la polémique suscitée par Federico Sanchez faisait apparaître était vraiment publique. Elle ne concernait en rien ma vie privée, mes goûts, ma solitude orgueilleuse ou fragile. Elle me concernait, sans doute, mes faits et gestes, mon action politique sous les espèces de Federico Sanchez. C'était bien de moi qu'il s'agissait, mais nullement de mon intimité. Je pouvais rester en deçà ou au-delà de toute cette agitation. Même les insultes, qui ne manquèrent pas, ne s'en prenaient qu'à ma figure politique. Qu'on me traitât ici ou là de « révisionniste » ou de « social-traître » ne me touchait absolument pas : mon savoir intime de moi-même n'en était pas entamé.

Mais en 1988, lorsque je devins ministre de la Culture, la

situation était tout autre. Federico Sanchez n'était plus là en tant qu'intermédiaire ou intercesseur : bouc émissaire. Il n'était plus là pour prendre les coups, les rendre à l'occasion. Son fantôme fut évoqué, certes. Des journalistes rappelèrent son existence passée. Mais la relation entre nous s'était inversée. Autrefois, c'était lui le protagoniste. Je me trouvais moi-même à l'arrière-plan de sa vie, de ses faits et gestes. En 1988, il n'était plus qu'un avatar de ma propre existence, un épisode de moi-même. C'était de moi qu'il était question. À moi qu'on en voulait, parfois. Les articles des journaux, nombreux, me concernaient vraiment. Qu'ils fussent élogieux, étonnés, sceptiques, irrités, insultants, c'était vraiment à moi qu'ils s'en prenaient : *ad hominem*.

C'était une expérience tout à fait nouvelle. Assez déconcertante, je dois dire.

D'une certaine façon, la lecture des journaux faisait naître en moi un sentiment symétrique, mais renversé, de celui que provoquait – qu'a toujours provoqué – la connaissance des dossiers de police.

L'image de vous-même qui s'ébauche dans un dossier de police est toujours déconcertante. D'abord, par la disproportion qui s'y manifeste entre les moyens utilisés et le résultat obtenu. Les services de renseignement de l'État-Major, de la Sûreté générale, des ambassades de Franco avaient envoyé au cabinet du ministre de l'Information, pendant des années, des notes confidentielles à mon sujet : mes faits et gestes y étaient minutieusement consignés, mais ma vérité leur échappait. Même composé de petites vérités juxtaposées les unes aux autres, même établi sur des faits incontestables, un dossier de police ne saisit pas votre vérité. Parce qu'il vous enferme dans un « faire », qu'il vous réduit à une série arbitraire d'« actes ». Un dossier de police est déroutant parce qu'il ne concerne qu'indirectement l'être que vous êtes : l'être qui est en vous, quoi que vous fassiez. Car vous pouvez oublier des actes que vous aurez commis, ou les passer sous silence, ou les tenir pour nuls et non avenus, ou les désavouer même, mais vous ne pouvez ni désavouer ni oublier que vous êtes. Quelle que soit l'angoisse, parfois, à vous demander qui vous êtes, précisément parce que l'irrémédiable de votre être est oppressant, vous ne cessez jamais d'avoir la certitude d'être : quels que soient le malaise ou le désintérêt que cette obscure jouissance suscite en vous.

Les dossiers de police, donc, ne concernaient que mes actes. Et de surcroît, envisagés exclusivement d'un point de vue politique : mes actes d'hostilité au régime franquiste. En revanche, en 1988, les articles de la presse ne concernaient que moi. Moi-même, je veux dire : mon identité. Quoi que j'eusse dit ou fait au cours des premières semaines ministérielles, toute parole et tout acte se voyaient renvoyés à une sorte de stéréotype, à une idée préconçue de ce que j'étais censé être. Idée différente, contradictoire même, selon le journal ou le journaliste.

L'un des procédés les plus fréquents de ceux qui critiquaient ma nomination consistait à m'expulser de mon espagnolité, à faire de moi un étranger. Après tant d'années vécues en France, pouvais-je encore être vraiment espagnol ? D'ailleurs, n'avais-je pas écrit en français la plupart de mes livres ? Quelle mouche avait piqué Felipe Gonzalez lorsqu'il avait donné le ministère de la Culture à un écrivain français ?

Le terme qui revenait le plus souvent pour me qualifier était celui d'*afrancesado*, qui veut littéralement dire *francisé*, mais dont la signification historique est plus complexe. Depuis l'époque des Lumières et de la Révolution française, *afrancesado* est un terme qui sert à disqualifier comme étranger tout partisan des idées modernes. De surcroît, l'*afrancesado* de la tradition conservatrice est quelqu'un dont le goût de la liberté se mêle à celui du libertinage.

Mais l'histoire des mots et des phrases qu'Espagnols et Français ont échangés par-dessus les Pyrénées comme des armes de jet pour exprimer leur réciproque méfiance, leur ancestrale hostilité, est une longue histoire, bien antérieure aux épisodes révolutionnaires et napoléoniens.

San Luis rey de Francia es/el que con Dios pudo tanto que para que fuese santo/le perdonó el ser francés, ce petit quatrain anonyme (« Saint Louis, roi de France, a été/auprès de Dieu si puissant/ que pour en faire un saint/Il lui pardonna d'être français ») que j'ai trouvé dans mon enfance dans un livre de lectures historiques montre bien l'ancienneté de ce sentiment populaire d'hostilité. Les Français n'ont pas été en reste, tout au long des siècles. Et sans doute doit-on à Montesquieu la formule la plus lapidaire sur les relations entre nos deux pays : il savait gré aux Espagnols « qui, méprisant tous les autres, font aux seuls Français l'honneur de les haïr ».

Quoi qu'il en soit de l'évolution de ces relations, qui n'est pas mon propos (Shlomo Ben-Ami, historien de l'Espagne contemporaine, grand ambassadeur d'Israël à Madrid après l'établissement par le gouvernement de Felipe Gonzalez des relations diplomatiques entre nos pays, s'y est essayé dans un travail aussi érudit que divertissant, *L'Image de l'Espagne en France*), il est clair que d'un certain point de vue le terme *afrancesado* ne me gênait pas. Bien au contraire, je pouvais le prendre pour un titre de fierté. Luis Buñuel a fait de même : tout au long de sa vie, il a proclamé sa qualité d'*afrancesado*. Nous étions en très bonne compagnie, par ailleurs, dans l'histoire des idées et des arts, depuis près de deux siècles. De José Marchena à Pablo Picasso, la lignée n'en est pas négligeable.

Mais pour les journalistes d'une certaine presse qui l'utilisaient, le terme d'*afrancesado* ne renvoyait pas à une analyse historique sérieuse de l'introduction de la modernité en Espagne. Ils l'employaient uniquement sur le plan de l'invective, dans un contexte d'exclusion et d'intolérance, qui leur évitait d'avoir à juger mes paroles et mes projets en fonction de critères objectifs. Ils prétendaient uniquement m'enfermer dans l'enfer supposé de mon être-autre, être-différent.

Je dois dire qu'ils me faisaient plutôt pitié. Je voyais leurs signatures, tous ces Dupont-Durand accumulés, et ils me faisaient rire. Je pouvais remonter la filiation de mes noms de famille jusqu'à l'aube des temps historiques et ils prétendaient m'exclure de l'Espagne. J'entendais Don Quichotte dire à Sancho Pança le nom des Gurrea d'Aragon parmi ceux des nobles familles de l'époque, je savais que le sang des Gurrea coulait dans mon sang et les Dupont-Durand qui me traitaient d'*afrancesado* avaient bonne mine.

Ils me faisaient pitié, tout simplement.

Néanmoins, ce thème de mon étrangeté à l'Espagne aura été l'un des leitmotive de la presse de droite et des hebdomadaires à sensation. Ceux-ci – la plupart d'entre eux, en tout cas – constituent une spécificité hispanique, qui réunit sous une même couverture des genres aussi divers que le magazine d'information, l'organe de presse du cœur et de cancans et la feuille de chantage au service de quelque lobby financier. Pendant toute la durée de mon ministère, j'aurai été la cible de campagnes sporadiques portant sur ce thème de l'*afrancesado*. Parfois, elles gardaient un ton politique, parfois elles en prenaient un qui était directement personnel, assez nauséabond.

Il y avait une heure délicieuse, dans ma journée ministérielle. Les premiers temps, du moins, au cours de ce mois de juillet de mon arrivée à Madrid. Une deuxième heure délicieuse, devrais-je dire plutôt. Celle du matin, lorsque j'arrivais avant tout le monde, l'était d'abord. Je m'installais dans mon bureau, à l'aise dans la fraîcheur ronronnante de la climatisation, j'épluchais les journaux. Une gouvernante affable m'apportait du café très fort, de l'eau minérale glacée. Elle insistait pour que je me nourrisse : des biscuits, un toast ? Je ne voulais rien, juste du café très fort qu'elle préparait elle-même. C'était une femme très maternelle, bien qu'elle fût sans doute plus jeune que moi. Mais la capacité maternelle ou maternante de certaines femmes, même pour des hommes plus âgés qu'elles, est infinie.

La deuxième heure délicieuse, donc, était celle de la sieste. Après le déjeuner, en été, la vie semblait s'interrompre. Pas de rendez-vous, pas de coups de fil, aucun appel de directeur général ayant un problème urgent à résoudre. Je déjeunais à quatorze heures, dans la salle à manger privée du ministre, au dernier étage de l'édifice. Ensuite, le temps m'appartenait, jusqu'à dix-sept heures, à peu près. Le temps devant soi, la solitude sont des biens précieux. Ils le sont toujours, en toute circonstance, bien plus encore dans une vie publique, la vie d'un homme public.

Une heure délicieuse : j'en profitais pour faire le point.

Quelques dossiers émergeaient, dans l'ensemble des problèmes du ministère, qui exigeaient une prise en charge urgente. Il fallait s'y atteler aussitôt. Les maîtriser, du moins, pour prendre les décisions après les vacances imminentes.

Ainsi, une semaine après mon arrivée, le 19 juillet, j'eus une première entrevue avec le baron Heinrich Thyssen. La venue en Espagne de sa collection privée, l'une des plus importantes du monde, pour une durée de dix ans, avait été négociée par mon prédécesseur au ministère de la Culture, Javier Solana. C'était une opération brillante, à tous les points de vue, mais elle n'était pas encore formellement conclue. Il fallait terminer le délicat travail juridique de la mise au point définitive du contrat de location par l'État espagnol. Il fallait également décider des travaux d'aménagement du palais de Villahermosa – situé sur la place de Neptune, en face du musée du Prado – que le gouvernement espagnol avait cédé pour abriter la collection Thyssen-Bornemisza.

Au déjeuner de prise de contact, qui se déroula dans ma salle à manger privée du ministère – le traiteur qui s'occupait de nous fut prié ce jour-là de mettre les petits plats dans les grands –, assistèrent le baron Thyssen et sa femme, Carmen Cervera (une Espagnole ravissante et enjouée, qui aura été tout du long, jusqu'à sa récente conclusion définitive, la bonne fée de cette aventure), ainsi que le duc de Badajoz, beau-frère du roi Juan Carlos, lié à cette opération dès le début, homme de bon conseil et de grande courtoisie, déjà atteint par le cancer qui devait l'emporter, mais y faisant face avec le courage désinvolte du grand seigneur.

De mon côté se trouvaient Miguel Satrústegui, sous-secrétaire du ministère, qui avait piloté l'entreprise jusqu'alors pour le compte de l'État, et l'avocat Rodrigo Uría, conseil du ministère. Ce dernier, qui devint en outre un ami cher durant mes années au gouvernement, est sans doute le personnage clef de toute cette affaire. Car il y aura eu trois ministres de la Culture à s'en occuper : Javier Solana, qui conçut l'opération sur les conseils de Satrústegui ; moi-même, qui en conclus la première phase, celle de la location pour dix ans, qui décidai de l'aménagement du palais de Villahermosa et qui préparai la cession définitive à l'Espagne de la collection Thyssen-Bornemisza, avec l'aide du ministre de l'Économie, Carlos Solchaga ; et finalement le ministre Solé

Tura, qui put rafler la mise et s'en attribuer le mérite. Il y aura eu également, durant ces années, plusieurs sous-secrétaires du ministère en charge de ce dossier. Mais il n'y aura eu qu'un seul conseil juridique, de bout en bout, Rodrigo Uría, dont la souriante patience, la vive intelligence et le sens de l'État auront fait merveille.

Dès notre première rencontre, un courant de sympathie et d'estime s'établit entre Heinrich Thyssen et moi-même. De ma part, c'est facile à comprendre : qu'un homme aussi riche voue une telle passion perspicace à l'art, qu'il fasse de sa collection de peinture le centre et l'orgueil de sa vie, c'est déjà digne d'intérêt. Mais qu'il souhaite, de surcroît, faire de cette jouissance privée un plaisir collectif, une joie sociale, c'est encore plus remarquable. C'est sans doute exemplaire.

Autre chose aussi : il y a chez Heinrich Thyssen un non-conformisme assez réjouissant, un sens de l'humour assez iconoclaste, qui rendent son commerce plaisant. En fin de compte, un homme qui aime tant les beaux tableaux et les jolies femmes ne peut pas être totalement aliéné par sa fortune.

Une fois mis en marche le processus final du contrat de location – qui fut signé en décembre, au cours d'une cérémonie fort joyeuse au ministère –, il fallut s'occuper de l'édifice de Villahermosa. Ancien palais d'une famille de la noblesse, il avait été occupé précédemment par les bureaux de la banque Lopez Quesada, qui y avait introduit des modifications exigeant une restructuration complète des espaces intérieurs, en vue de leur future utilisation comme musée.

Les Thyssen avaient pensé confier cette tâche à un architecte en vogue, plutôt enclin aux grands travaux d'un urbanisme monumental, avec pléthore de colonnades et de clochetons, sans aucune expérience de l'aménagement ni de la planification des lieux de mémoire. Ma crainte était que ce brillant mondain ne nous livrât un édifice conçu pour épater le visiteur intimidé : où n'aurait brillé que sa propre gloire, alors qu'il nous fallait la modestie d'une architecture s'effaçant devant la glorieuse sérénité des œuvres, les mettant en valeur au lieu de valoriser l'astuce du designer.

Pour les convaincre d'abandonner leur idée, je proposai

aux Thyssen de les emmener à Mérida, où Rafael Moneo – c'était mon candidat – avait construit un musée d'antiquités romaines qui me semblait exemplaire par sa rigueur conceptuelle et sa beauté méditative, c'est-à-dire propice à la méditation.

La visite du musée de Mérida décida immédiatement Heinrich Thyssen et Carmen Cervera à confier à Rafael Moneo la responsabilité des travaux du musée de Villahermosa. Le résultat est aujourd'hui visible pour tout un chacun : c'est une réussite architecturale indiscutable.

L'installation en Espagne, désormais définitive, de la collection Thyssen-Bornemisza, a été une décision d'État, financée par des crédits spéciaux. Elle n'a donc pas été à la charge du budget du ministère de la Culture. Sur un plan strictement artistique, la collection a un intérêt particulier. Pour Madrid, je veux dire. Certes, l'ensemble d'œuvres qui la constituent a un intérêt en soi, une valeur universelle. Dans n'importe quelle capitale du monde, cette valeur serait perceptible. Mais à Madrid, d'une certaine façon, la collection acquiert une valeur ajoutée. D'abord, par l'emplacement du musée qui l'abrite : en face du Prado, à quelques centaines de mètres du Reina Sofía, musée de l'art contemporain. Cela configure un espace assez exceptionnel, dont on peut imaginer des perspectives d'avenir pleines de possibilités d'expansion.

Une deuxième raison rend la collection Thyssen-Bornemisza particulièrement intéressante pour Madrid. Et c'est qu'elle est complémentaire, miraculeusement complémentaire, des fonds du Prado et du Reina Sofía. Comprenant des toiles qui vont du Quattrocento italien à l'expressionnisme abstrait américain, de Ghirlandajo à Pollock, en somme, elle permet de combler des lacunes qui, pour des raisons historiques, se manifestent dans les collections du Prado et du musée d'Art contemporain qui lui sont voisins.

Le jour où, après la période d'austérité budgétaire inévitable des prochaines années, le pouvoir politique espagnol se décidera à financer une circulation par galeries souterraines, analogue à celle du Grand Louvre, entre les trois édifices, ce triangle de musées deviendra un lieu magique.

Cela dit, en juillet 1988, au moment où il me fallut commencer à m'occuper de ce dossier, il était impossible de ne pas constater que, tout en étant une aubaine pour l'Espagne, l'installation de la collection Thyssen-Bornemisza à Villahermosa portait un préjudice considérable au musée du Prado. En fait, le palais de Villahermosa avait été acquis pour le Prado, pour en agrandir les espaces d'exposition. Comme tous les musées du monde, le Prado manque de place pour exposer en permanence toutes les œuvres dont il dispose dans ses collections. Dans les caves du musée, parfaitement aménagées, des centaines sinon des milliers de toiles sont conservées. Parfois prêtées pour des expositions, ces œuvres sont pour la plupart de second choix, mais pour la plupart aussi fort intéressantes pour une vision historiquement plus large et plus fouillée à la fois de la peinture européenne.

Ainsi, l'attribution au Prado des nouvelles salles de Villahermosa aurait permis un redéploiement de ses collections. Faire le deuil de cette possibilité n'était pas chose aisée pour la direction du musée, on peut le comprendre.

C'est le 26 juillet que je fis la visite du Prado de fond en comble. Littéralement : des caves où sont installées les réserves et la machinerie complexe de la climatisation et de la maintenance aux greniers où se trouvent les ateliers de restauration.

J'y passai ma journée, ce fut un vrai bonheur.

J'ai vécu mon enfance à quelques centaines de mètres du Prado, dans cette rue Alfonso XI où j'allais revenir, un demi-siècle plus tard. Le dimanche, souvent, mon père emmenait les trois frères de ma classe d'âge – Gonzalo, Alvaro, moi-même – en visite au musée. Les salles en étaient toujours quasiment vides à l'époque. On pouvait rester indéfiniment devant les tableaux, sans être pressés de toute part. Pas de troupeaux d'écoliers bruyants et inattentifs. Pas de cohortes de touristes – je ne dirai pas de quelle nationalité : elles se valent toutes à peu près, quand elles se déplacent précisément en cohortes – engrangeant avidement du savoir ou battant des performances sportives dans l'efficacité des parcours. Pas de badauds attirés par la rutilante publicité des loisirs culturels. Pas d'invasion d'honorables représentants des classes moyennes en expansion, ayant atteint le revenu *per capita* qui leur permettrait d'inscrire la fréquentation des musées dans un désir programmé et valorisant.

Le Prado était alors un lieu austère, désert, à l'ambiance un peu raréfiée, qui ne vivait que pour la peinture, par la peinture. D'une vie, certes, effacée, monacale, dans l'identité immobile des heures évanescentes.

Au bout d'un certain temps, nous finissions par avoir l'impression de devenir plus irréels, plus désincarnés que les personnages eux-mêmes, sévères ou souriants, des tableaux historiques et des portraits. Comme si notre souffle de vie avait été aspiré par eux, comme si leur regard éternel réduisait à néant notre éphémère apparence charnelle.

Mais je ne suis pas en train de plaider pour le bon vieux temps des musées vides, délicieusement réservés – sans contrainte, mais sans hypocrisie – à une élite dont les âmes auraient tinté comme du cristal, au moindre heurt de la réalité.

Certes, la massification culturelle de nos sociétés de marché – les meilleures possibles, de toute façon, les plus aptes à y voir se déployer les conditions de la liberté et de la justice : combien de millions de morts faudra-t-il encore pour que cette évidence emporte la conviction ? –, les processus de fonctionnement de nos démocraties de masse et de marché ne manquent pas de poser de nouveaux problèmes. Excitants pour l'esprit, d'ailleurs.

Je n'en dirai qu'un mot, pour l'heure.

Rien ne me paraît plus superficiel, plus dérisoire souvent, que la tendance actuelle de tant d'écrivains, d'artistes, d'intellectuels, y compris parmi les plus accomplis, à la diatribe ou à la plainte élégiaque sur le déclin de la culture et la défaite de la pensée. Notons d'abord que c'est une mode, un tic à l'occasion, une façon de montrer qu'on est dans le coup : un comportement grégaire, en somme, alors que tous ceux qui se livrent à cet exercice critique, imposé par les circonstances et le savoir-vivre élitaire – quoi de plus conformiste qu'une élite ? –, s'imaginent être des originaux, voués au sacerdoce de la vraie culture.

Ce n'est pas le moment, sans doute, d'une digression, pour

brillante et convaincante qu'elle puisse être, sur l'origine de cette mode. Je n'oublie pas que je suis en train de visiter le musée du Prado, le 26 juillet 1988, et que je ne puis vraiment pas me distraire trop longtemps. On finirait par s'en apercevoir autour de moi. Ça la ficherait mal, un ministre perdu dans ses pensées !

Un mot cependant pour rappeler que depuis l'invention de l'écriture, et à plus forte raison de l'imprimerie, toute avancée technologique, dont la conséquence est immanquablement l'extension du savoir, et donc du domaine des libertés – pour le pire autant que pour le meilleur, certes : tout accroissement des pouvoirs de l'homme sur le monde fait monter en puissance les pouvoirs du Mal, inhérent à la liberté de l'homme, on devrait le savoir au moins depuis Emmanuel Kant –, toute avancée technologique, donc, a provoqué, avec la démocratisation culturelle, dont la massification est une caricature épiphénoménale, la même complainte sur la décadence et l'oubli de l'Être, quels que soient les atours idéologiques dont elle se pare.

Dans ce long processus évolutif – l'invention de l'imprimerie ne date pas d'hier –, il y a eu des moments d'accélération, de rupture, de bond qualitatif, bien évidemment. Pour rester au plus proche historiquement, je signalerai l'apparition de la presse à grand tirage, dite populaire, à la fin du siècle dernier. Et l'invention de la télévision, au milieu du XXe siècle. Il y en aura d'autres, d'encore plus étonnants, car le bouleversement créatif des technologies est l'un des fondements de notre civilisation.

Tous ces bouleversements ont des conséquences bien visibles, qui modifient notre paysage culturel, notre univers mental. T. S. Eliot, il y a déjà bien des années, s'est plaint de ce que la poésie classique anglaise ne serait bientôt plus comprise par personne. Elle joue, en effet, disait-il, sur la référence normative à la mythologie de l'Antiquité. La méconnaissance de cette dernière, générale désormais, rend à terme la poésie anglaise incompréhensible pour un lecteur contemporain.

Au risque de froisser la susceptibilité des âmes délicates, je dirai que la désuétude d'une poésie dont la pleine compréhension exigerait la connaissance du Bottin mondain de l'Olympe, des cancans et des coucheries des dieux grecs, ne me semble pas terrifiante pour l'esprit contemporain. Je m'en consolerai aisément en constatant que le mythe d'Antigone, le mythe d'Œdipe continuent d'agir dans la conscience collective, malgré, et parfois grâce aux séries de la télévision.

En un mot, donc : à l'époque de Jean Jaurès, les thèses de doctorat s'écrivaient en latin, chose aujourd'hui impensable. Cela prouve, sans doute, un recul de cette langue, qui fut la *lingua franca* de la communication culturelle, comme l'anglais l'est aujourd'hui. Qui oserait dire que cette obsolescence du latin doctoral soit la preuve d'un réel déclin culturel ?

Mais il faut que je me hâte.

Le directeur du Prado, Alfonso Pérez Sanchez, commence à se rendre compte, me semble-t-il, que je ne prête plus une attention suffisante à ses explications.

Pour conclure, donc, provisoirement. Mon évocation des charmes du Prado d'antan, désert et abandonné, n'est pas un réquisitoire contre les dangers de la modernité démocratique des marchés du tourisme et de l'art. Mais sans doute serait-il possible – et voilà une noble entreprise pour un ministère de la Culture ! – d'appliquer dans ce domaine, et dans ce domaine seulement, le précepte marxien qui définit l'égalité communiste : *De chacun selon ses capacités, à chacun selon ses besoins*...

On supposera donc à tout un chacun, citoyen d'Athènes ou barbare, la même capacité de compréhension artistique : les musées seront donc ouverts à tous, sans autres restrictions que celles imposées par la sécurité et la conservation des œuvres. Mais on ne peut supposer à tout le monde les mêmes besoins, cela semble obvie. Il faut donc rétablir l'inégalité des besoins – un écolier en visite obligée n'a pas le même besoin de la *Judith* de Goya qu'un historien d'art, un peintre ou un passionné – pour que l'égalité d'accès ne lèse pas les uns au bénéfice de n'importe qui. C'est-à-dire de personne.

Je me demande quelle tête ferait le directeur du Prado si je lui tenais ce langage sur-le-champ.

Je ne lui tiens pas ce langage. Je lui dis, au terme de ma

visite, qu'il faut trouver pour le Prado un édifice voisin qui remplace la perte du palais de Villahermosa. Ce sera pour moi une préoccupation permanente, tant que je serai ministre, lui dis-je.

J'habitais au *Palace*, en juillet 1988.

Domingo Dominguín était mort et Madrid avait changé. Ma façon de vivre à Madrid avait changé, en tout cas. Mon rapport avec la ville avait changé. Vue de la voiture officielle, la ville était tout autre : plus anonyme, plus distante. Je ne pouvais pas baisser les vitres à l'épreuve des balles de la voiture blindée pour respirer les effluves de Madrid, écouter ses rumeurs profondes. Tout était éloigné, aseptisé.

Avant, la ville s'ouvrait comme un livre d'images au hasard de mes longues marches. J'en prenais connaissance et possession de façon quasiment charnelle. J'avais fini par savoir toutes les saveurs de la ville, par en explorer les recoins surprenants. Je distinguais l'ombre des arbres, leurs essences, dans les avenues et les parcs. Je connaissais les bistrots où l'on servait le café le plus aromatique, la bière la plus fraîchement amère. Je savais à quel comptoir il fallait s'accouder le lundi matin pour les plus pertinents commentaires sur les matches de football de la veille.

Pendant des années, Madrid a grandi sous mes pas, s'est étendue vers les lointaines périphéries que la croissance urbaine englobait.

C'était fini, Madrid avait changé. Ma façon d'y vivre, d'en vivre, avait changé.

Le soir, pourtant, parfois, dans la fraîcheur parcimonieuse et provisoire d'une brise du nord, il m'arrivait de retrouver l'ambiance d'autrefois. À cause des amis d'autrefois, bien entendu. J'en retrouvais certains à dîner, sur la terrasse en plein air d'un restaurant que nous fréquentions depuis quelques années, *La Ancha*. Je m'y retrouvais dans l'ambiance caractéristique des interminables conversations nocturnes : l'esprit de Madrid.

Je veux parler d'une vertu intime qui fait de l'esprit madrilène un pessimisme actif, plein de vitalité : une capacité illimitée d'ironie, une tolérance passionnée. Dans ce sens, est madrilène celui qui sait qu'il y a des choses pour lesquelles il vaut la peine de vivre – de mourir, donc, à l'occasion : cela peut revenir au même – sans qu'il vaille la peine d'en faire tout un plat...

Ces lignes sont extraites du catalogue d'une exposition d'Eduardo Arroyo. Deux ans auparavant, en 1986, il avait exposé un ensemble de toiles sous l'appellation générique *Madrid-Paris-Madrid*.

J'avais écrit l'un des textes de présentation : ces lignes en sont traduites, à vrai dire, puisque j'avais écrit ce texte en espagnol.

La peinture d'Arroyo me semble, en effet, emblématique de l'école de Madrid. Je ne parle pas ici d'une école de peinture, soyons précis. Je parle d'une école de vie, de vision, de valeurs. Je parle d'un coup d'œil impitoyable et tendre, d'un lexique artistique populaire et sophistiqué. Je parle d'une façon de ne jamais se prendre au sérieux, tout en prenant très au sérieux les gestes et les actes de la vie. Je parle de l'essence madrilène de Madrid, qu'Eduardo Arroyo incarne tout autant dans sa vie que dans sa peinture, qui en fait un peintre, un homme, tellement singulier.

Le jeudi 7 juillet 1988, le lendemain de mon dîner à la Moncloa avec Felipe Gonzalez, j'étais de retour à Paris. Ce soir-là, nous allions fêter l'anniversaire de Grazia Eminente, la femme d'Arroyo.

Celui-ci, à un moment donné, m'invita à venir les rejoindre en Sardaigne, pour les vacances d'été. Je lui dis que je ne pourrais pas cette année-là, sans lui dire pourquoi. Y avait-il dans ma voix un accent particulier ? Eut-il une intuition subite, lorsqu'il me regarda dans les yeux ? Le fait est qu'il répliqua instantanément, pointant le doigt vers moi : « Toi, tu vas devenir ministre de la Culture ! »

J'en demeurai bouche bée, ne trouvant même pas le moyen de démentir. C'est vrai que la presse espagnole avait parlé d'un remaniement ministériel probable. Mais c'était encore imprécis. Et mon nom ne figurait dans aucun pronostic. Ma nomination fut une surprise totale.

Eduardo tomba dans mes bras, dans une explosion de joie. Personne ne comprenait autour de nous pourquoi nous nous tapions dans le dos avec de grands rires idiots et interminables. On nous regardait sans comprendre, avec une sorte de tendresse compatissante pour la folie espagnole. Soudain, Arroyo redevint sérieux.

– Dis-moi, me dit-il, avec quelque gravité. Tu sais à quoi tu t'exposes ? Tu te souviens que nous sommes un étrange pays ? Plein de cons ? Plein de provinciaux pervers et jaloux ?

Puis, sans transition, il recommença à rire.

– Ça vaut le coup, quand même, ça vaut le coup !

En juillet, en tout cas, Arroyo ne faisait pas partie de nos veillées à *La Ancha*. Il était en Sardaigne, il rejoignit notre groupe en automne.

Une nuit, vers la fin du mois, sans Eduardo Arroyo, avant la dispersion vacancière, quelqu'un murmura soudain quelques mots. Peut-être Javier Pradera. Peut-être Juan Benet, qui était présent. Quelqu'un murmura soudain qu'il ne nous manquait que Domingo. Nous nous regardâmes et c'était vrai. Domingo nous manquait. J'ai regardé Juan Benet et je me suis souvenu d'une nuit lointaine, à la fin des années 50. Nous dînions tous les trois : Domingo, Benet et moi. Enfin, Larrea, Agustin Larrea. C'était l'été, également, la nuit, également, dans un bistrot du village de Fuencarral. Nous mangions des côtelettes d'agneau et buvions du vin rouge. Beaucoup de vin rouge. Quelque temps auparavant, Domingo et moi avions exploré le terrain vague où quelques traces perpétuaient la mémoire d'un cimetière abandonné, saccagé. Un cimetière effacé où étaient enfouis les corps d'un certain nombre de combattants des Brigades internationales qui avaient défendu Madrid contre le fascisme. Un cimetière rouge effacé par le temps du mépris, l'oubli délibéré. Nous mangions donc de l'agneau et buvions du vin, Domingo, Juan Benet et moi, Larrea. Soudain, je ne sais plus pourquoi, mais toutes les occasions sont bonnes quand on a beaucoup bu et qu'on est heureux, soudain nous nous sommes mis à parler de Faulkner, Benet et moi. D'*Absalon, Absalon*, précisément. Benet en parla avec une telle fougue, une telle précision que l'idée me vint, absurde sur le moment, que cet ingénieur des Ponts et Chaussées était un écrivain manqué. Il ne manqua pas de le devenir, quelques années après.

À *La Ancha*, toute une vie plus tard, plusieurs morts plus tard, quelqu'un murmura qu'il ne nous manquait que Domingo. Nous nous regardâmes et c'était vrai. Il avait été notre ami, parfois même le lien entre nous. Il nous manquait, en effet.

I

Du corps du roi et de la modernité : à propos d'une visite du Prado

La reine d'Angleterre marmonne soudain quelques phrases d'une voix basse, presque inintelligibles. Elle parle pour elle-même sans doute. Sa Gracieuse Majesté a l'air revêche. Pas contente, vraiment. Elle est campée devant *Les Ménines* de Velázquez et semble fâchée. Sa Gracieuse Majesté est vêtue d'un manteau de demi-saison d'un rose pastel. Elle porte l'un de ses habituels et inimitables chapeaux. Elle serre sous son bras gauche son sac à main, d'un geste de ménagère en route vers le marché.

Le parcours du musée du Prado fait partie de tout programme de visite officielle d'un chef d'État étranger à Madrid. Cette fois-là, en automne 1988, c'était Elisabeth II qui visitait notre pays. Il semblait même que ce fût la première visite officielle d'une souveraine britannique. Ou d'un souverain, le sexe ne fait rien à l'affaire. Il semblait bien, au dire des spécialistes, que cette visite officielle d'Elisabeth II fût la première dans l'histoire des relations entre les deux nations.

Philippe II avait envoyé l'Invincible Armada vers les côtes anglaises et anglicanes, mais une mer houleuse et l'impéritie bureaucratique des amiraux espagnols avaient piteusement dispersé la flotte de débarquement papiste. Plus tard, échange de mauvais procédés, la Couronne britannique nous envoya Horatio Nelson. Aux Canaries, devant Santa Cruz de Tenerife, en 1797, nous réussîmes à le blesser, à lui faire perdre un bras. Le fait de devenir manchot n'en fit pourtant pas un écrivain célèbre, mais cela ne l'empêcha pas de jouir de l'amour de lady Hamilton. Il faut dire que, bataille navale pour bataille navale, tout le monde n'a pas la possibilité de perdre un bras à Lépante, lieu emblématique du triomphe de la Chrétienté romaine sur l'Infidèle.

Quelques années après Tenerife, Horatio Nelson prit sa revanche à Trafalgar, mais au prix de sa vie. Depuis, à l'occasion, l'équipe de football de la perfide Albion battait celle d'Espagne pour nous rappeler sportivement notre déclin impérial. Et le drapeau anglais continua de flotter sur le rocher de Gibraltar, ce qui était, quoi qu'on en pensât, nettement moins offensant et grave pour l'orgueil national.

D'une façon ou de l'autre, Sa Gracieuse Majesté était en visite officielle. Les services du Protocole avaient mis à la disposition d'Elisabeth II une antique et majestueuse Rolls Royce qui avait déjà beaucoup servi. En particulier à transporter le général Franco et certains de ses illustres hôtes, entourés alors des cavaliers maures de la garde prétorienne. Malgré l'inépuisable motricité de l'automobile britannique, Sa Gracieuse Majesté était quelque peu en retard, ce matin-là. Nous l'avions attendue devant la porte d'honneur du musée du Prado.

Le parcours type de la visite officielle du Prado suivait un itinéraire très précis à travers les salles consacrées au Greco, à Velázquez et à Goya. Était-ce pour des raisons de sécurité ? Ou bien parce que le conservateur originairement chargé d'établir cet itinéraire avait succombé aux délices de la fierté nationale ? Le fait est que j'ai toujours accompagné chefs d'État ou de gouvernement le long d'un trajet immuable.

Le seul à s'en plaindre, ou, plutôt, à exprimer discrètement quelque regret, fut le général Jaruzelski, à l'époque président élu de la République polonaise. Il aurait aimé contempler aussi les Ribera et les Zurbarãn du Prado, murmura-t-il à la fin. Mais il était trop tard pour combler ce désir, inexprimé jusque-là.

Un peu avant, son regard s'était tourné vers moi. Nous traversions sans nous y arrêter une salle qui se trouvait entre le segment Velázquez et le segment Goya de notre parcours du combattant. Je lui avais montré une toile naturaliste qui s'y exposait : le paysage du col de Somosierra. « C'est par là que Napoléon s'est frayé un passage vers Madrid, en 1808, lui avais-je dit, avec ses lanciers polonais. »

Il m'avait regardé mais je ne pouvais distinguer l'expression de ses yeux, derrière ses lunettes noires. Sans doute se demandait-il pourquoi je lui parlais de Napoléon et des lanciers polonais. Y avait-il un sens caché à cette allusion ? Quelque sous-entendu ? Il n'y en avait aucun, bien sûr. Ce n'était qu'un gag intime. Mais je n'étais pas plus intime avec le général Jaruzelski que je ne l'avais été avec Eve, autrefois. L'intimité avec le général Jaruzelski était même difficile à concevoir. Bien plus difficile qu'avec Eve, en tout cas, ma compagnonne de route d'autrefois. Mais le général a dû comprendre qu'il n'y avait aucun sous-entendu dans mon allusion aux lanciers polonais de Napoléon. Juste le rappel d'un fait historique.

Je ne voyais toujours pas l'expression de ses yeux, derrière les lunettes noires. Je me demandais si c'était vrai qu'il avait des troubles de la vue depuis son séjour dans un camp soviétique du Grand Nord sibérien : qu'il y aurait été aveuglé par la réverbération du soleil sur la neige. Je ne voyais pas son regard derrière les lunettes noires qui avaient en quelque sorte symbolisé sa présence énigmatique et autoritaire, après le coup de force militaire de décembre 1981.

Je me suis souvenu de Joseph Czapski et de Gustav Herling : de leurs récits sur les camps du Grand Nord sibérien où furent enfermés les Polonais, après le partage de leur pays entre Hitler et Staline. Je ne voyais pas le regard de Jaruzelski mais un semblant de sourire est apparu soudain sur ses lèvres. Il a semblé s'animer. Il s'est excusé, avec une courtoise ironie, pour les hauts faits ou méfaits guerriers de ses compatriotes, les lanciers polonais de Napoléon. Nous avons plaisanté une seconde à ce sujet. Mais la visite officielle se poursuivit, nous avions encore les toiles de Goya à contempler, en écoutant les explications du directeur du Prado.

Le jour de Sa Gracieuse Majesté Elisabeth II, outre le parcours habituel, nous inaugurâmes une exposition organisée à l'occasion de cette visite. *Un siècle de peinture britannique* :

tel en était le thème. Mais la reine d'Angleterre parcourut les salles à toute vitesse et en silence, sans demander aucune explication. Il faut dire qu'une bonne partie des tableaux provenait des collections royales : elle n'avait rien à demander à leur sujet, nulle surprise n'était prévisible. Nous traversâmes donc les salles de peinture anglaise en silence, et quasiment au pas de course.

C'est alors que j'ai pensé à Anthony Blunt.

Une idée m'a traversé – si tant est que les idées traversent le cerveau, l'espace de la mémoire, comme les piétons et les voitures traversent les carrefours –, l'idée m'a traversé, sans doute saugrenue, inconvenante en tous les cas, de poser une question à Sa Gracieuse Majesté à propos de Blunt. C'est elle qui l'avait anobli, c'est sous son règne que Blunt était devenu conservateur en chef des collections royales. Mais c'est bien avant son règne, dans les années 30, dans les cercles douillets de l'Université britannique, qu'Anthony Blunt était devenu un espion soviétique. En même temps que MacLean, Burgess et Philby, ce groupe de brillants universitaires qui sont devenus espions soviétiques par idéalisme haineux et élitiste, par désœuvrement, pour épater le bourgeois et subvertir la démocratie honnie non seulement par leurs mœurs mais aussi par leurs actes : dans le secret de leurs actes les plus intimes, les plus authentiques. Brillants universitaires qui se sont – en toute bonne conscience, sans aucun reniement, nulle expression autocritique postérieure – couverts de honte et de sang.

Nous passions devant des toiles de Constable et de Gainsborough provenant des collections royales et j'ai pensé à Anthony Blunt. Je me suis souvenu d'un texte superbe de George Steiner à propos de Blunt : *Le Clerc de la trahison (The Cleric of Treason).*

L'idée m'est alors venue de poser à Sa Gracieuse Majesté une question sur son ancien conservateur en chef, sir Anthony Blunt. C'était l'occasion ou jamais. Mais je n'ai pas saisi l'occasion, elle ne se reproduira plus jamais.

Nous traversions au pas de charge les salles de peinture britannique et le souvenir soudain de Blunt m'a amené à penser à Nicolas Poussin, c'est facile à comprendre. La toile de ce dernier, *Les bergers d'Arcadie*, m'est alors revenue en mémoire. J'ai rêvé un instant sur l'inscription *Et in Arcadia ego...*, en évoquant fugitivement les commentaires qu'elle a provoqués – y compris les miens, à propos d'une toile de Valerio Adami – tout au long de l'histoire de l'art. Petit voyage à travers l'Arcadie, en somme, de Poussin à Adami, en passant par Panofsky et Lévi-Strauss.

Quelques mois plus tard, de longs mois plus tard, lors d'un cours estival organisé à l'Escurial par l'université de Madrid, Jorge Lozano m'a demandé de participer à un séminaire sur le secret. J'ai accepté, préparant une conférence qui en abordait les thèmes autour du cas d'Anthony Blunt, précisément. Le destin du militant marxiste devenu espion par goût du secret : pouvoir du secret et secret du pouvoir contre la réalité honnie du monde, ses apparences rutilantes : n'y avait-il pas forcément dans cette pulsion une conception mortifère de l'action politique ? La mort n'était-elle pas une dernière instance de ce goût frénétique pour le secret du pouvoir ? Dans ce contexte, j'avais imaginé une réflexion sur la relation de Blunt avec les mystères de *Et in Arcadia ego...* Ensuite, au cours du débat qui suivit ma conférence, Louis Marin – qui participait au séminaire, avec Jean Baudrillard et d'autres illustres professeurs – nous raconta une anecdote significative, qui semblait me donner raison. Je veux dire, qui semblait confirmer la justesse de ma divagation à propos de Blunt et du sens qu'aurait pu avoir à ses yeux *Et in Arcadia ego...* Louis Marin nous dit, en effet, qu'il avait fréquenté Anthony Blunt à Londres, alors qu'il y faisait un séjour d'études et de recherche. Un jour, revenant en train vers la capitale anglaise de quelque réunion ou colloque provincial, Blunt lui parla pendant tout le trajet ferroviaire du tableau de Nicolas Poussin, de l'inscription obscure et flamboyante : polysémique, *Et in Arcadia ego...* Il était assez impressionné par cette coïncidence, Louis Marin. Moi aussi : assez satisfait, même, d'avoir vu ou divagué juste.

Mais ce n'est pas la seule fois – celle dont je parle, à l'occasion d'une visite officielle de la reine d'Angleterre – que je me suis souvenu d'Anthony Blunt, au cours de mon expérience ministérielle. Une autre fois encore, je m'en suis souvenu. Mais devant le *Guernica* de Picasso, cette fois-là, dans la salle du Casón del Buen Retiro, une annexe du Prado, où la toile s'exposait dans une vitrine à l'épreuve des balles.

Ce jour-là, je n'accompagnais pas Elisabeth d'Angleterre mais Raïssa Gorbatcheva. Nous venions de faire le parcours traditionnel au Prado : le Greco, Velázquez, Goya. Elle avait été insupportable. C'est-à-dire je l'avais trouvée insupportable. Elle avait minaudé, fait l'intéressante. Elle s'était extasiée devant les toiles du Greco, mais pour n'en dire que des banalités. Elle les disait d'une façon intense, certes, les yeux levés au ciel de la culture kitsch. En vérité, Raïssa Gorbatcheva ne faisait que répéter en russe, mais avec ferveur, ce que le directeur du Prado lui avait dit précédemment en espagnol. Dans l'aller retour de la traduction du texte, celui-ci n'y gagnait rien. Il acquérait seulement un trémolo culturaliste du pire effet. Du moins pour moi, mais peut-être suis-je trop exigeant. Ou trop difficile à impressionner.

Cela dit, ce ne sont pas les commentaires enfiévrés des toiles du Greco qui m'ont rendu Raïssa Gorbatcheva insupportable. C'est plutôt sa conduite, marquée par un populisme démagogique. Parfois, comme si elle était saisie d'une inspiration subite, elle nous abandonnait, la reine Sophie d'Espagne et moi-même, qui l'accompagnions ce jour-là, et elle forçait le cordon de sécurité pour s'organiser à bon compte un petit bain de foule. Il était facile de remarquer que ces impulsions vers le bon peuple de Madrid ne se produisaient qu'aux endroits du Prado où les caméras de la télévision, les photographes de presse et le public avaient été groupés par le service d'ordre. De ce point de vue-là, du point de vue du souci et du soin de son image, Raïssa Gorbatcheva m'a semblé être une vraie professionnelle. Et les vrais professionnels de leur propre image m'ont toujours paru insupportables. Comiquement ou pathétiquement insupportables. Ou les deux à la fois.

Mais nous étions parvenus devant le *Guernica* de Pablo Picasso, dans l'annexe du Prado.

Raïssa Gorbatcheva n'en avait visiblement rien à dire. Elle regardait à peine, virevoltante, offrant sa mince silhouette aux lointains flashes des photographes. *Guernica* ne l'inspirait visiblement pas. Elle avait à peine regardé, elle avait hâte de partir, visiblement.

C'est alors que j'ai encore une fois pensé à Anthony Blunt.

Au mois de juillet de l'année 1937, Blunt, jeune espoir de la critique d'art britannique et marxiste, avait visité le pavillon de la République espagnole à l'Exposition universelle de Paris. On y montrait le *Guernica* de Pablo Picasso. Au même moment, Kim Philby – un autre brillant universitaire qui a probablement patronné le recrutement de Blunt par les services secrets soviétiques – était correspondant de guerre du *Times* en Espagne. Du côté des armées franquistes, pour surprenant que cela puisse paraître à première vue. Mais il fallait cacher son jeu, brouiller les cartes, préparer l'avenir. Il y est tellement bien parvenu, Kim Philby, qu'il s'est fait décorer par Franco en personne, en hommage à son objectivité journalistique.

Anthony Blunt, sa probable recrue dans les services soviétiques, était à Paris, lui. Il a contemplé le *Guernica* de Picasso et proclamé que c'était un tableau raté : pas de véritable composition, aucun sens historique, surtout. Pablo Picasso « appartient au passé », a déclaré Blunt dans l'un de ses articles de l'*Observer*.

Mais Raïssa Gorbatcheva n'en avait visiblement rien à faire, de la toile de Picasso. Elle avait hâte de reprendre un bain de foule et de flashes, dehors. J'ai pensé fugitivement à Anthony Blunt. Je me suis demandé si elle connaissait l'existence d'Anthony Blunt, agent soviétique. C'était probable. Peut-être même avait-elle connu dans l'entourage de son mari l'officier du KGB, vieilli sous le harnais, qui avait été autrefois l'agent traitant du brillant groupe d'espions et d'universitaires britanniques. Ces coïncidences-là font le charme romanesque de la vie, sont le sel du récit, me suis-je dit, en observant le manège médiatique de Raïssa Gorbatcheva.

Est-ce ce jour-là que l'idée m'est venue d'organiser la confrontation de Pablo Picasso et de Francisco Goya ? De placer en face de *Guernica*, dans cette salle du Retiro, les *Fusillades du 3 mai* ? Ce n'est pas impossible.

Je regardais les virevoltes de Raïssa Gorbatcheva, je me souvenais des sombres sottises qu'Anthony Blunt avait écrites à propos de *Guernica* et cette idée m'est venue, si je me souviens bien.

À son retour en Espagne – ou plutôt, à son arrivée, la toile n'y ayant jamais été exposée jusque-là –, *Guernica* a été installée dans le bâtiment du Buen Retiro, une annexe du Prado. Et anciennement musée des reproductions. Une sorte de casemate vitrée protégeait le tableau des agressions possibles, dans une Espagne dont la mémoire était loin d'avoir été pacifiée. Du même coup, la contemplation du tableau en était devenue bien aléatoire. Personne ne peut affirmer avoir eu une vision raisonnablement ajustée de *Guernica*, pendant que la toile a été exposée à Madrid, dans l'annexe du Prado, tellement le bunker vitré à l'épreuve des balles et des explosions en éloignait le spectateur, déformant l'approche mentale et la perspective.

Guernica était là, disait-on, parce que tel avait été le désir de Pablo Picasso, une fois la démocratie restaurée en Espagne : le désir de voir sa toile exposée au Prado. Mais c'était un sophisme, une argutie compréhensible, mais assez pitoyable, que de dire que *Guernica* était au Prado. Car l'annexe du Retiro n'était le Prado que de façon formelle, purement administrative. Pablo Picasso n'en aurait rien eu à faire, de cette annexe du Retiro. Il ne devait même pas savoir que l'ancien musée des reproductions était devenu une annexe du Prado. Son désir n'était pas que sa toile s'exposât au Prado de cette façon sournoise, purement administrative. Le Prado, pour lui, n'était pas une entité bureaucratique, ce n'était que le lieu idéal d'un échange, d'une confrontation. D'un affrontement, même, pourquoi pas ? Il voulait être au Prado pour se voir confronté à Velázquez et à Goya, tel était son violent désir. Que l'on sache enfin à quoi s'en tenir, qu'on voie d'où il venait, de quelle tradition. Que l'on comprenne enfin vers quoi cette tradition avait obstinément cheminé, comment sa peinture en était, sous la rupture, l'achèvement. Ce n'était pas pour rire, ni pour jouer, qu'il s'était colleté avec les *Ménines* de Velázquez : il y avait dans cet acharnement pictural un enjeu d'une extrême gravité.

Je suis sûr et certain que tel était le désir de Pablo Picasso parce qu'il m'en a parlé lui-même, explicitement, lors d'une longue conversation à La Californie, quelque temps avant la célébration de son quatre-vingtième anniversaire.

Cela n'a d'ailleurs rien d'extraordinaire, ce désir du Prado chez Pablo Picasso. Les peintres français ont bien le désir du Louvre. André Malraux l'a fort bien dit, dans son discours à Saint-Paul-de-Vence, lors de l'inauguration du Musée Imaginaire : « L'art n'est évidemment pas devenu une religion, mais il est devenu foi. Le sacré de la peinture n'est plus un sacré des dieux, c'est un sacré des morts. Cézanne et Van Gogh, croyants, tiennent plus à l'entrée de leurs tableaux au Louvre qu'à l'ensevelissement de leurs corps dans la terre chrétienne. Pour Cézanne comme pour Van Gogh, Degas, Matisse ou Braque, le lieu sacré c'est le Louvre. »

Pour Picasso, c'est le Prado. Son corps peut bien être enseveli en terre d'exil, à Vauvenargues, pourquoi pas ? pourvu que son *Guernica* s'expose au Prado.

C'était donc un mauvais argument que de s'opposer au transfert – prévu dès avant mon arrivée au ministère – de *Guernica* dans une salle du nouveau musée d'art contemporain, le centre Reina Sofía, en invoquant le désir du peintre d'être au Prado. Il n'y était pas, de toute façon. Et sans doute le mieux aurait été d'y installer la toile, dès son arrivée en Espagne. D'installer *Guernica* dans une salle du Prado, de façon à ce que le visiteur s'y heurtât en quittant la peinture noire de Goya, par exemple. Je sais que cette solution idéale était difficile à réaliser. Peut-être même pratiquement irréalisable, surtout dans la hâte et le tumulte de l'arrivée du tableau en Espagne. Il y aurait eu des problèmes de réaménagement des espaces du musée, toujours insuffisants, par ailleurs. Il y aurait eu le problème majeur de la sécurité : comment protéger la toile de façon efficace dans une salle du Prado ? Irréalisable, sans doute, du moins dans l'urgence du moment, cette solution aurait été pourtant la plus appropriée, du point de vue de la peinture : d'une lisibilité nouvelle de la tradition picturale espagnole. De sa relation avec la modernité.

Ensuite, commence la peinture moderne... C'est par ces mots que se termine l'essai d'André Malraux sur Goya. Or il se trouve que la relation de l'Espagne avec la peinture moderne est complexe : en quelque sorte biaisée, ou perverse.

Pervertie, peut-être. Cela ne tient pas aux artistes eux-mêmes, bien évidemment. De Goya, que Malraux considérait inaugural, à Tápies, Millares, Saura, Arroyo, Oteiza et Chillida – pour ne rien dire des générations postérieures, toujours riches en talent – en passant par Picasso, Dalí, Gris, Miró et Julio Gonzalez, il ne semble pas bien nécessaire de produire une longue argumentation sur l'apport de l'Espagne à la peinture et la sculpture contemporaines.

Pourtant, malgré ce fait massif, incontestable, la société espagnole dans son ensemble n'a pas eu un rapport simple avec l'art moderne, jusque récemment. Nos régimes politiques y sont pour beaucoup, certes. À l'exception d'une brève époque – de 1927 à 1936, en gros : de la fin de la monarchie traditionnelle à la période républicaine –, l'Espagne officielle n'a rien fait pour que la peinture moderne, y compris celle des artistes espagnols eux-mêmes, soit présente dans les musées de l'État. C'est seulement grâce à l'initiative privée – collectionneurs ou fondations –, relayée parfois par des collectivités locales, que ce désert n'a pas été absolu. Le musée Picasso de Barcelone et le musée d'art abstrait – bouleversant – de Cuenca sont la preuve de ce que j'avance.

Une partie de ce retard est irrattrapable, certes. Quels que puissent être les efforts de l'État espagnol dans l'avenir, c'est en France que l'œuvre de Pablo Picasso sera à tout jamais le mieux représentée. Ce qui est, d'ailleurs, parfaitement logique. Parfaitement moral aussi, dirais-je. Le jour où Jack Lang et moi-même avons présidé à Paris à la cérémonie de présentation au public des tableaux de la deuxième dation Picasso – résultant de l'héritage de Jacqueline Roque –, un journaliste espagnol m'a demandé, croyant m'embarrasser, d'un ton impertinent et péremptoire : « En tant que ministre de la Culture, ça ne vous fait pas honte que tous ces Picasso échappent à l'Espagne ? » J'ai répondu à ce jeune homme qui en est resté coi : « Ce qui me fait honte, en tant que ministre et qu'Espagnol, c'est que Franco soit resté si longtemps au pouvoir... C'est ça qui a chassé d'Espagne tant de Picasso... »

L'idée me vient, donc, pendant que Raïssa Gorbatcheva prend la pose pour de lointains photographes, de mettre en scène autour de *Guernica* la rencontre de la peinture espagnole et de la modernité. La sienne propre, en premier lieu. Avant de bouger la toile de Picasso, de la sortir de cette casemate rébarbative où elle se trouve au Retiro, dans l'annexe purement administrative du Prado, pour la transférer au musée d'art contemporain Reina Sofía, peut-être doit-on faire bouger la peinture espagnole autour d'elle. Peut-être doit-on exaucer le vœu de Pablo Picasso en organisant sa rencontre avec Velázquez et Goya. En l'organisant ici même, dans cette salle du Retiro, puisqu'il semble impossible de le faire au Prado. Peut-être doit-on apporter dans cette salle de l'annexe du Retiro – réaménagée, sans doute, en cachant par des voilages le plafond de Lucas Jordan, en allégeant de surcroît la protection balourde de *Guernica* – des toiles de Velázquez et de Goya.

Dans cette perspective, qui m'excite de plus en plus, pendant que Raïssa Gorbatcheva se désintéresse de la toile de Picasso, comme si elle était d'accord avec le jugement péremptoire et méprisant d'Anthony Blunt, *Guernica* impose le choix des œuvres à apporter ici dans un premier temps : il faudra apporter *La reddition de Breda* de Velázquez et *Les fusillades du 3 mai* de Goya.

Je commence à évaluer les clartés qu'une telle confrontation pourrait projeter sur la continuité historique de la peinture espagnole, sur les ruptures créatives à l'intérieur de cette continuité. Ce projet, cependant, n'aura pas été réalisé, autant l'avouer tout de suite. Il aura buté contre trop d'obstacles bureaucratiques, trop de molles routines et de rituels rigides.

C'est l'un de mes principaux regrets, de ne pas y être parvenu.

Mais Sa Gracieuse Majesté la reine d'Angleterre a marmonné quelques phrases presque inintelligibles, campée devant les *Ménines* de Velázquez. Elle a parlé à voix basse, comme pour elle-même, d'un ton revêche. Maintenant, elle répète sa question. Son débit est tellement rapide, toutefois, que le directeur du Prado a de la peine à saisir le sens de l'interrogation. Je lui traduis la question de Sa Gracieuse Majesté. La toile de Velázquez n'a-t-elle pas été récemment restaurée ?

Alfonso Pérez Sanchez, directeur du Prado, est à son aise pour répondre directement à Elisabeth II. Non, la toile n'a pas été réellement restaurée. Elle était en parfait état. Mais elle a été rafraîchie, nettoyée, rendue à la splendeur de ses couleurs originaires, ternies, assombries par le décours du temps.

Sa Gracieuse Majesté hoche la tête, elle ne semble pas du tout satisfaite par la réponse. Pas du tout rassurée, du moins. Car enfin, dit-elle, on y a bien touché, à cette toile ? On y a appliqué des produits, on est intervenu dans sa matière ? Le directeur lui confirme que cela est indiscutable : la toile a été soumise pendant des mois au traitement régénérateur d'un groupe de spécialistes du Prado, dirigés par M. Brealey, un Américain du Metropolitan Museum de New York, extrêmement compétent.

Justement, voilà où le bât blesse, si l'on me permet d'employer une expression aussi roturière en présence d'une Gracieuse Majesté. Justement ! « Pourquoi », et la voix d'Elisabeth II frémit d'indignation contenue, de sainte colère, « pourquoi chaque fois qu'on touche à *mes* Gainsborough s'en vont-ils en lambeaux alors qu'on peut impunément traiter les toiles de *vos* Velázquez ? »

Ces *miens* et ces *vos* comblent d'aise Alfonso Pérez Sanchez, grand connaisseur de la peinture espagnole, en général, et de celle des siècles d'or, en particulier. Il peut tout à son gré expliquer à Sa Gracieuse Majesté que *notre* Velázquez, à la différence de *son* Gainsborough, préparait longuement ses toiles et ses enduits, ses couleurs et ses vernis, qu'il connaissait parfaitement la chimie et l'alchimie des matières, qu'il les choisissait précisément pour durer.

Sa Gracieuse Majesté accepte l'explication, sans doute. Mais elle n'en continue pas moins de marmonner, tristement revêche. Que les toiles de *nos* Velázquez soient peintes pour l'éternité ne la console point, c'est humain, de la fragilité de *ses* Gainsborough.

Je pourrais raconter ma vie – projet proprement insensé, par ailleurs : on n'aura jamais fini d'éclaircir ni de mettre en perspective les obscurités d'une biographie tellement encombrée par les scories du siècle, si furieusement traversée par ses illusions et ses pulsions –, je pourrais essayer de le faire, néanmoins, en référence aux *Ménines* de Velázquez, en rôdant autour de cette toile. Non pas qu'il n'y ait au Prado des tableaux qui me touchent davantage, m'inspirant sans doute des mouvements plus profonds du cœur et de l'esprit. Non pas qu'il n'y ait également ailleurs, à travers la vieille Europe, des œuvres auxquelles s'accrochent, comme des lambeaux de rêve, des épisodes essentiels de ma vie.

À l'emporte-pièce : deux Vermeer, la *Vue de Delft* du Mauritshuis et *La ruelle* du Rijksmuseum ; un *Nu gris* de Matisse au Kunsthaus de Zurich ; *L'enlèvement d'Europe* et *La dialectique*, de Véronèse, à Venise ; un portrait de femme, de Renoir, et le visage de la mère de Venceslas, qui vient d'accoucher de son saint fils peint par Karel Skréta, tous deux au musée de Prague... Mais je n'établis pas de catalogues, je ne fais que suggérer quelques pistes : à moi-même, en premier lieu.

Dans ce périple imaginaire, cependant, tout commence et tout se termine devant *Les Ménines* de Velázquez. Ma vie est liée à cette toile fascinante, elle s'en écarte et y revient sans cesse, la trouvant toujours sur son chemin. Je me souviens du rôle que ce tableau a joué dans ma vie.

Le fait d'être à côté d'Elisabeth II ne me gêne pas

vraiment. Sa Gracieuse Majesté est plongée dans un silence visiblement chagrin, à constater avec un étonnement mêlé de jalousie l'état d'inaltérable fraîcheur de la toile de Velázquez. Elle m'ignore, je respecte son chagrin momentané : nous sommes quittes, en quelque sorte. Dans quelques instants, le cortège protocolaire va reprendre sa marche. Nous allons aborder la partie Goya de notre parcours. Je me fais d'avance une joie – ou plutôt : je suis curieux – de voir la réaction de Sa Gracieuse Majesté devant le portrait de la famille de Charles IV.

Les Anglais du XVIIe siècle ont décapité Charles Ier et les Français du XVIIIe Louis XVI. Ce ne furent pas des meurtres moyenâgeux mais des exécutions capitales modernes : fondant, dans une certaine mesure, la modernité. Morts sacrilèges, donc. Il n'y a pas de modernité politique sans sacrilège. Comme il n'y a de littérature romanesque que profane : profanant le lieu sacré de la parole révélée ; faisant proliférer le profane d'une parole inventée : donnée, non pas reçue.

Quoi qu'il en soit, au son des fifres et des tambours roulèrent les têtes de Charles d'Angleterre et de Louis de France, après un procès parlementaire, une cour de justice, un vote majoritaire.

En Espagne, par contre, les temps modernes ne s'inaugurent point par le régicide. Plus singulier encore : la modernité démocratique s'y est finalement, et sans doute définitivement instaurée par les moyens d'une restauration programmée par la dictature.

C'est à la source historique du paradoxe – ou de la perversité – de ce rapport à la modernité que se situe l'œuvre de Goya. Car les Espagnols n'ont pas décapité leur roi, mais Goya l'aura proprement exécuté dans son portrait de la famille de Charles IV. Qui n'a pas eu la tête tranchée mais la bassesse d'âme dévoilée d'impitoyable et magistrale façon. Ainsi, il apparaît que les Espagnols ont une tendance à travailler sur l'apparence, sur l'image symbolique, plutôt que sur le corps du roi. Leurs artistes semblent être bien plus radicaux que ceux de France et d'Angleterre, où jamais l'image de la royauté n'aura été traitée avec une semblable acuité cruelle. Il suffit pour s'en assurer de contempler au Prado, dans la série de portraits de groupe, celui de la famille royale peint par Van Loo, que le premier Bourbon espagnol amena avec lui à la Cour : entre Velázquez et Goya, il se signale par sa mièvrerie académique.

Mais peut-être cette différence ne provient-elle pas d'un excès de dévotion monarchiste de la part des artistes d'outre-Manche et d'outre-Pyrénées. Peut-être provient-elle d'une vision plus matérialiste de l'univers. Les Espagnols auraient tendance à travailler la réalité des monarchies à l'image, Anglais et Français l'ont travaillée au corps.

Mais je n'ai pas le temps d'explorer plus avant cette idée qui m'est venue en pensant à la possible réaction d'Elisabeth II devant la toile de Goya par laquelle se termine habituellement le parcours officiel. Peut-être d'ailleurs n'aura-t-elle aucune réaction. En fin de compte, Sa Gracieuse Majesté n'appartient aucunement au lignage des Bourbons.

Je reviens à la contemplation des *Ménines*.

J'ai encore quelques fractions de seconde – une éternité, dans un récit bien agencé – pour imaginer sur cet admirable écran les songes de ma vie.

Ou la vie de mes songes.

Je me suis souvent immobilisé devant la toile de Velázquez, dès 1953, année de mon premier retour clandestin à Madrid. J'y ai consacré des heures de méditation contemplative.

Plusieurs circonstances ont concouru à cette prédilection. Les souvenirs d'enfance, sans doute. Des raisons moins intimes aussi, davantage imposées par les conditions de la vie clandestine. Parfois, entre deux rendez-vous, il y avait du temps à passer, à remplir, à tuer même. Du temps mort, en somme. Et il n'était pas toujours possible, ni non plus prudent, de revenir dans la chambre louée sous un faux nom. C'est seulement des années plus tard que nous avons disposé d'un réseau illégal d'appartements et de locaux qui permettaient une autre organisation de la vie quotidienne. Dans les premiers temps, le Prado était un endroit idéal pour tuer le temps, y faire vivre les temps morts. Et dans le Prado, l'emplacement des *Ménines* était privilégié.

À cette époque-là, la toile de Velázquez était exposée dans

une salle du musée qui lui était réservée. Elle y rutilait sombrement, somptueusement isolée, enténébrée par la patine des siècles. La salle des *Ménines* avait une particularité : une grande glace y était disposée, à droite de la toile quand on y faisait face. Surface réfléchissante – peut-être même réfléchie – qui permettait de reproduire le jeu de points de vue que le tableau lui-même propose, de façon aussi évidente qu'énigmatique. Mais cette glace de la salle des *Ménines* avait une autre vertu : elle permettait de surveiller aisément l'alentour. Mine de rien, ou plutôt, mine d'observer la toile dans cette glace, pour y retrouver les effets subtils de renversement de situation qu'elle induit insidieusement, on pouvait vérifier si on n'avait pas été suivi. On pouvait déceler aisément toute présence suspecte : il était impensable, en effet, qu'un policier franquiste ne se fît pas remarquer par son impatience et son agitation au bout d'un certain laps d'immobilité contemplative de ma part. Ainsi, la station fascinée devant les *Ménines* joignait l'utile à l'agréable, en ces temps lointains.

Plus tard, tout au long des années, la toile de Velázquez a voyagé dans le musée, au gré des modes directoriales et des travaux d'aménagement intérieur : climatisation, redistribution des espaces d'exposition, etc. Je ne suis pas bon juge pour évaluer ces changements. Ma nostalgie de l'ancien emplacement est forte, mais tout à fait subjective. Elle ne tient compte que de mon plaisir d'antan et des soubresauts de ma mémoire. Elle n'obéit donc pas à des critères muséologiques. Du point de vue de mon plaisir, de la plénitude de ma mémoire, je ne peux que regretter l'emplacement d'autrefois.

C'est là, en 1954, que j'ai rencontré Nicolas de Staël.

Ou plutôt, que j'ai rencontré un inconnu qui se révéla être Nicolas de Staël. Il était devant la toile de Velázquez, il en disait des choses prenantes, pertinentes, d'une voix grave, fiévreuse, rocailleuse, à quelqu'un qui l'accompagnait. J'étais un peu en retrait, mais l'inconnu a dû ressentir la densité quasiment douloureuse de mon attention, de mon silence captivé. Il s'est retourné, j'ai été saisi par l'étrange et rude beauté de sa présence. J'ai eu l'impression qu'il allait parler, m'adresser la parole. Mais non, il a hoché la tête, a repris son monologue à voix plus basse, bientôt indistincte. J'ai quitté la salle des *Ménines*, l'inconnu a encore tourné la tête, une dernière fois, pour observer mon départ.

Un ou deux ans plus tard – après sa mort, donc : il se suicida en 1955 –, à l'occasion d'une exposition (celle de 1955 au musée Grimaldi d'Antibes ? celle de 1956 au musée d'Art moderne de Paris ? plutôt cette dernière...), je découvris que l'inconnu du Prado était le peintre Nicolas de Staël. Je le reconnus immédiatement avec des battements de cœur, dans l'un des portraits photographiques publiés à cette occasion.

Le peintre était dans son atelier. Au fond, contre le mur blanc, des toiles s'exposaient, en désordre : grands formats, compositions où se manifestait l'urgente rigueur d'une quête. Le peintre était assis sur un siège bas, une sorte de fauteuil écorché, dont n'étaient plus visibles que les ressorts, l'ossature métallique. Le peintre était en train de contempler quelque chose, au ras du sol, légèrement sur sa droite. Mais peut-être ne contemplait-il rien. Peut-être son regard extraordinairement présent, méditatif, sereinement privé d'espoir (« il nous a dotés, nous, de l'inespéré, a dit René Char, parlant de Nicolas de Staël, qui ne doit rien à l'espoir »), son regard peut-être ne fixait-il rien de réel, ne contemplait-il que l'ailleurs du réel, son envers ou au-delà, son énigmatique texture abstraite. Le visage était de profil et la torsion minime du cou qui en était la conséquence accusait le relief des pommettes, du menton et du nez. Le peintre dans son atelier, saisi par la photographie à un moment de repos, ou d'incertitude, ou de fatigue créative, était l'image d'un équilibre fabuleux entre violence et mesure, force et tendresse, silence et cri. Rarement l'apparence charnelle du génie aura été si aisément perceptible, saisissable d'emblée, comme dans ce célèbre portrait photographique de Nicolas de Staël.

Ainsi, ce sont quelques phrases d'un inconnu devant la toile de Velázquez qui ont fondé mon attention ultérieure, admirative, pour la peinture de Nicolas de Staël. Au point que, dans *la Montagne blanche*, si le peintre du roman porte le nom d'un personnage secondaire de Marcel Proust, Stermaria, les tableaux de lui que j'y décris ou auxquels je fais allusion (*Marine claire, Nu couché, Paysage rouge*) sont des œuvres réelles de Nicolas de Staël.

C'est donc là, devant les *Ménines* de Velázquez, que j'ai pris une décision. Ministérielle, dans ce cas. Je n'étais plus là, à contempler la toile, comme autrefois, sous les espèces de Federico Sanchez. Ni même sous celles de mon vrai nom, autre pseudonyme plutôt, dont j'ai fini par prendre l'habitude et que l'on prononce, à ma grande satisfaction – car cela me rend inhabituel à moi-même –, de si différente façon en français et en espagnol. J'étais là en tant que ministre de la Culture. Ministre du culte, en quelque sorte : officiant les offices de la culture. La preuve en était la présence de Sa Gracieuse Majesté britannique à mes côtés. J'ai donc profité de cette occasion exceptionnelle pour concevoir une décision de ministre : celle de commander une rétrospective de Nicolas de Staël pour le nouveau centre d'Art contemporain Reine Sophie, que les Madrilènes, avec leur promptitude humoristique, avaient aussitôt rebaptisé *Sophidou*, en allusion ironique au centre Pompidou de Paris.

Trois ans plus tard, alors que j'avais déjà quitté le ministère – ou que le ministère m'avait quitté –, la décision prise le jour de la visite officielle du Prado par la reine d'Angleterre produisit ses effets. Accrochée d'abord dans les salles de la Fondation Maeght, à Saint-Paul-de-Vence, la rétrospective de l'œuvre peint de Nicolas de Staël fut ensuite exposée au Reine Sophie. Mais sans doute ne serais-je pas parvenu à mes fins sans l'aide et la compréhension de Jean-Louis Prat, directeur de la Fondation Maeght.

Parfois, tout au long de mes années ministérielles, j'ai souhaité proposer à Prat de venir travailler auprès de moi, dans le cercle de mes conseillers les plus proches, pour m'aider à mettre de l'ordre et donner de l'élan à la politique des beaux-arts, au développement d'initiatives concernant la peinture contemporaine, en collaboration avec les musées des régions autonomes et les fondations privées espagnoles et étrangères. Ce qui manquait le plus, à la Direction générale des Beaux-Arts de mon ministère, ce n'était pas le savoir livresque, ni la rhétorique postmoderne, mais la capacité d'imagination et de gestion qui m'aurait permis de briser les routines et de malmener les rites bureaucratiques. Jean-Louis Prat aurait été parfait dans ce rôle. Mais une telle décision, malgré l'intégration européenne en cours, aurait été mal comprise et encore moins bien accueillie par une grande partie de la classe politique et par l'ensemble des corporatismes concernés. Elle était impossible à prendre, de fait. Il m'est arrivé alors de regretter les temps cosmopolites du despotisme éclairé – j'espère qu'on sera capable de lire ces lignes *cum grano salis* – où les ministres du roi d'Espagne pouvaient charger des étrangers comme Jean-Baptiste Tiepolo ou Anton Raphaël Mengs de s'occuper du destin des arts !

Le cortège officiel se remet en marche, vers l'apothéose goyesque de la *Famille de Charles IV*. Le directeur du Prado et moi-même faisons partie du groupe de tête, avec le roi Juan Carlos et Sa Gracieuse Majesté Elisabeth II. La reine Sophie et le duc d'Edimbourg suivent dans un deuxième groupe. C'est cela du moins qui a été prévu par le Protocole. Mais le roi Juan Carlos bouleverse constamment l'ordonnancement protocolaire, par des mouvements impromptus et des arrêts de conversation imprévisibles.

On s'éloigne des *Ménines*, quoi qu'il en soit.

Alors, et ça me fait sourire, je me souviens de Michel Foucault : l'aimable lecteur va tout de suite savoir pourquoi, sans avoir le temps de s'étonner ni de s'irriter. Car c'est grâce ou à cause de Michel Foucault que j'ai rencontré pour la première fois le roi d'Espagne, en février 1981.

Je jette donc un dernier coup d'œil aux *Ménines* de Velázquez et je me souviens de toute ma vie, vertigineusement. Je me souviens de Michel Foucault.

Son essai, *Les Mots et les choses*, s'ouvre sur des pages brillantes à propos de cette toile. Extrêmement brillantes mais profondément fausses. Je dirais même que leur fausseté est radicale. Car il ne s'agit pas seulement d'une interprétation discutable – il y en a eu et il y en aura encore de toute sorte – du jeu de miroirs sur les places et les points de vue que le tableau suggère, ironiquement. Il s'agit d'une vision idéologique qui détermine la lecture des significations possibles du tableau, vision elle-même induite par des instances idéelles qui n'ont aucun rapport avec la peinture, les règles ou les dérèglements qui lui sont propres. La vision qui trouble le regard de Foucault – qui le rend très aigu, plutôt, très brillant, mais aveugle à la réalité matérielle et historique que la toile représente, dont elle-même propose benoîtement des interprétations plurielles –, cette vision est celle de l'antihumanisme théorique. L'homme n'est plus qu'un pli dans le paysage historique, une boursouflure rhétorique que le cours des choses tend à effacer. L'homme cesse d'être l'objet de la philosophie, au moment où Foucault écrit *Les Mots et les choses*, il est en train d'en devenir le mauvais sujet. Rôle, par ailleurs, qu'il assume allégrement, du moins avec une vitalité iconoclaste, dans les profondeurs encore anonymes de la réalité historique, hors des regards aigus mais aveuglés des philosophes. Ce sont les mauvais sujets qui vont faire basculer les structures matérielles et idéelles du dernier quart de ce siècle.

Mais nous n'avons parlé ni des *Ménines* ni de l'antihumanisme théorique lorsque nous nous sommes vraiment connus, des années plus tard. Pourtant, nous avons parlé de l'Espagne, lors de cette première rencontre. Dans la conversation de ce dîner-là, Michel Foucault s'intéressa aux questions de la transition démocratique espagnole, surprenante à bien des égards. J'essayai de répondre de mon mieux à cet intérêt, dépassant la simple information ou le commentaire des événements pour en extraire quelques conclusions générales.

À la suite de cette première rencontre, Foucault me demanda de participer avec lui à une entreprise journalistique dont il était le maître d'œuvre. Il avait un accord avec un grand quotidien italien, le *Corriere della Sera*, pour lequel il devait écrire lui-même, ou commander à des intellectuels qu'il aurait choisis, des articles d'enquête et de réflexion sur des situations historiques significatives. Il pensait que je pourrais faire une enquête en Espagne, me dit-il.

C'est Alain Finkielkraut qui prit contact avec moi à ce propos, c'était lui que Foucault avait chargé de coordonner en quelque sorte les actions du groupe d'intervention journalistique. À la grande surprise de Finkielkraut, je lui parlai, lors de notre premier contact, d'un article qu'il avait publié naguère dans la revue *Critique* et dont le titre était aussi austère que le contenu : « Le fil rouge du travail abstrait ». Mais ce bref essai, dense, de critique marxienne, m'avait au moins autant intéressé que les petits livres insolents qu'il écrivait à l'époque en collaboration avec Pascal Bruckner. Il s'étonna que je l'eusse lu, n'attachant d'ailleurs plus guère d'importance lui-même à ce travail d'analyse économique, champ de recherche dont sa démarche personnelle l'éloignait définitivement. Alain Finkielkraut n'avait pas encore trouvé à l'époque – je parle du tout début des années 80 – la forme d'essai-commentaire sous laquelle son talent analytique s'épanouirait. Mais à sa grande culture et à sa vivacité intellectuelle s'ajoutait déjà une curieuse fragilité intime, perceptible dans un manque d'assurance, un désir de reconnaissance, qui auraient été touchants s'ils n'avaient pas trop souvent été contredits – ou compensés – par une arrogance fébrile.

Quoi qu'il en fût, nous eûmes à une certaine époque, tous les trois, Foucault, Finkielkraut et moi, des réunions régulières, assez excitantes pour l'esprit – le mien, je veux dire –, car elles furent l'occasion d'échanges et de controverses où je parvins à vérifier, modifier ou abandonner certaines idées de ma réflexion postmarxiste solitaire.

C'est dans ce contexte que je fis, en janvier et février 1981, plusieurs voyages en Espagne, au cours desquels je rencontrai pour la première fois Adolfo Suarez, président du gouvernement, et le roi Juan Carlos.

Voilà pourquoi je puis dire en toute objectivité que c'est à cause de Michel Foucault que j'ai connu personnellement le roi d'Espagne.

Le 23 février 1981, vers la fin de l'après-midi, je reçus un coup de téléphone de Simone Signoret. Avais-je entendu la nouvelle ? Non, j'avais été toute la journée indifférent au monde, livré à l'écriture. Un coup d'État était en cours à Madrid, m'annonça-t-elle. Des unités de l'armée et de la Garde civile avaient occupé le Parlement, lors de la séance d'investiture de Leopoldo Calvo Sotelo, chargé de former le gouvernement après la démission soudaine de Suarez. On s'attendait à d'autres mouvements insurrectionnels dans diverses garnisons.

Bientôt, la sonnerie du téléphone se faisait entendre chez moi quasiment sans interruption. Des amis m'appelaient de plusieurs villes d'Espagne pour donner des nouvelles et demander mon opinion sur les événements en cours. Je répondais que le coup d'État échouerait, telle était ma conviction intime. Et il échouerait pour une raison très simple : quelle que fût l'étendue de la conspiration militaire, le roi Juan Carlos s'y opposerait. Il était impossible que le putsch triomphât sans l'appui du roi, ou du moins sa neutralité bienveillante. Et il était impensable que le roi donnât cet appui, ne s'opposât pas aux conspirateurs de toute son autorité de chef des Armées.

La netteté de cette conviction, le tranchant de cette certitude se fondaient sur les déclarations du roi lui-même, lors de l'entretien qu'il m'avait accordé, quelques semaines auparavant.

C'était un jour d'hiver ensoleillé. L'air était bleu, sec et coupant : cet air de Madrid dont le dicton populaire affirme qu'il peut tuer un homme sans éteindre une chandelle. Les cerfs et les biches de la réserve naturelle du domaine de la Zarzuela, au nord-ouest de la capitale, traversaient tranquillement la route, devant la voiture qui me conduisait au petit palais de brique et de granit où réside la famille royale.

Le roi Juan Carlos m'avait accordé cet entretien, mais il était convenu que ce n'était pas une interview. Je pourrais prendre en compte ses propos, m'en inspirer ou les commenter, mais non pas les citer entre guillemets, dans la série d'articles que je devais préparer sur la transition démocratique en Espagne.

L'entretien eut lieu à un moment de crise latente, de malaise diffus dans la société espagnole. Quatre ans après les premières élections libres, la coalition majoritaire constituée autour d'Adolfo Suarez, l'UCD (Union du Centre Démocratique), s'effritait lentement mais inéluctablement. Le terrorisme d'ETA nourrissait dans certains secteurs de l'Armée et des Forces de sécurité des tentations de remise en ordre autoritaire. L'imbécillité stratégique des terroristes d'ETA en faisait les principaux alliés des forces militaires et sociales, minoritaires sans doute, mais réelles, qui aspiraient à un coup d'arrêt au processus démocratique. Par là, les uns et les autres, terroristes sanguinaires du séparatisme (il n'y a rien de pire, de plus abject, que le mélange de ces deux intégrismes : celui d'un nationalisme radical, religieux, fondé sur le rêve abominable de la pureté ethnique de la race basque, et celui du léninisme dogmatique) et militaires à vocation putschiste, obsédés par l'Espagne une et indivisible, par la rhétorique impériale, se montraient sous leur vrai visage : ils étaient les derniers vestiges du franquisme, de la politique de l'exclusion et de l'affrontement, de la mythologie, négative ou positive, de l'Espagne éternelle.

D'un autre côté, le délitement social provoqué par les conséquences de la crise économique, dont le gouvernement d'UCD n'avait plus la force ni les moyens – ni sans doute la volonté – d'aborder résolument les solutions, forcément drastiques, donc impopulaires, mettait en danger la cohésion nécessaire à la poursuite des tâches de la reconstruction démocratique.

L'heure mûrissait, en somme, d'une crise majeure, où se jouerait l'involution ou la poursuite de la politique de la transition. L'heure arrivait, obscurément encore, d'une nouvelle majorité politique capable d'assurer la poursuite du changement dans la continuité et la sécurité auxquelles aspirait l'immense majorité des Espagnols.

Dans ce contexte, les prises de position du roi Juan Carlos, parfois directes et parfois plus allusives, furent, lors de notre entretien, d'une clarté absolue. Enumérant les insistantes suggestions qui lui étaient faites d'en finir avec cette situation de crise latente au moyen d'un gouvernement fort, de salut public, aux pouvoirs dictatoriaux, le roi proclama fermement sa volonté de garantir le processus constitutionnel, démocratique, de la vie politique en Espagne. De le garantir envers et contre tous et quels qu'en fussent les risques.

C'est en me souvenant de la fermeté de ces propos que j'affirmai, le 23 février, ma conviction de l'échec prévisible du coup de force du colonel Tejero à Madrid, du général Milans del Bosch à Valence.

Dans la soirée, je fus invité par la rédaction d'Antenne 2

à commenter les événements d'Espagne au dernier journal télévisé. J'y repris mon argumentation, concluant à l'impossibilité du succès putschiste sans l'appui du roi, affirmant que cet appui était impensable, compte tenu de mon entretien avec Juan Carlos, à peine trois semaines auparavant.

Le lendemain, Antenne 2 m'invita de nouveau à commenter les images et les nouvelles en provenance d'Espagne, lors du journal de treize heures. Mais ce jour-là, le putsch avait déjà échoué. Les images que j'eus à commenter avec les journalistes de la deuxième chaîne permettaient de reconstituer la chronique d'un échec annoncé.

Vers une heure du matin, en effet, le roi Juan Carlos était apparu sur les écrans de télévision. Il avait revêtu pour l'occasion l'uniforme de chef des Armées. En quelques phrases simples, d'un ton calme, il avait fait appel à la discipline et au respect de la Constitution de tous les chefs militaires. Il avait commandé le retour des troupes dans les casernes.

Mais l'essentiel n'était pas le contenu du discours, pour explicite qu'il fût. L'essentiel était l'apparition même du roi, sa présence charnelle, en quelque sorte. Car c'était bien le corps du roi qui s'exposait au regard des millions de téléspectateurs, des citoyens branchés sur le flux des images de la télévision. C'était le corps du roi qui s'opposait aux putschistes, qui se jetait en travers de leur cheminement vers le pouvoir, qui barrait l'accès au pouvoir. Jeune prince choisi dans le sérail et l'ombre de la dictature pour garantir la continuité du système politique, le roi Juan Carlos avait assuré, contre ce choix originaire et avec l'appui massif des Espagnols, la transition à la démocratie. Cette nuit de février-là, au moment où les putschistes gardaient en otages les députés du peuple – et, du même coup, les états-majors de tous les partis politiques –, dans le vide gouvernemental créé par la démission d'Adolfo Suarez, qu'on pouvait interpréter désormais comme le premier indice du coup d'État en gestation, cette nuit-là, alors que le peuple se tenait sur ses gardes, à l'affût mais à l'écart, unanimement hostile au coup de force mais ne souhaitant pas une solution radicale de la situation, aspirant à une solution institutionnelle, non violente dans la mesure du possible ; à ce moment-là de la nuit des tricornes et des fusils mitrailleurs, le roi jetait son corps dans la balance de l'histoire sur tous les écrans de télévision. Il aurait fallu aux putschistes passer sur le corps du roi pour renverser le pouvoir démocratique : tel était le message symbolique mais concret.

Par là, le roi Juan Carlos se donnait une nouvelle légitimité. Ou plutôt, il confirmait dans l'urgence de la situation la légitimité que lui avait conférée, a posteriori, le suffrage universel, en approuvant à une très large majorité, en 1978, la Constitution.

La modernité n'a pas été inaugurée en Espagne, comme elle l'avait été en France et en Grande-Bretagne, par un régicide. Mais elle se voyait raffermie, définitivement fondée, quels qu'en fussent les avatars et les péripéties à venir, par une mise en jeu physique, comme je l'ai dit, charnelle, de la figure royale. En somme, c'était une situation renversée, symétriquement : les putschistes espagnols de 1981 se voyaient contraints au régicide, s'ils voulaient parvenir à leurs fins, à renverser le pouvoir de la modernité démocratique, comme les révolutionnaires anglais et français du XVIIe et du XVIIIe siècle s'étaient vus contraints également à la condamnation à mort du roi, pour fonder cette modernité-là. Situation identique, pourtant, dans la mesure où l'enjeu en était toujours le corps du roi. En un mot, lourd de sens et de sang, c'était bien l'incarnation de la raison démocratique, de la *res publica* – intérêt général et souveraineté populaire –, dont le souverain eut à assurer cette nuit-là le rôle et le risque.

L'incarnation, nul n'est censé l'ignorer, est une grande question théologique. Bossuet nous en a dit des choses aussi obscures que percutantes : « L'incarnation n'étant autre chose que deux natures unies en la même personne divine, pour peu que l'on divise la personne, ou que l'on confonde les natures, le nom même d'incarnation ne subsiste plus. »

On peut faire confiance à Bossuet, car c'est sans doute la théologie chrétienne – même si d'autres religions, comme la brahmanique, connaissent la notion – qui a donné à l'incarnation sa dimension tragique. Mais de la théologie à la politique, nul n'ignore non plus à quel point le passage est sinon aisé, du moins fréquent, dans le décours de l'histoire.

L'incarnation, en politique, est une réalité – une nécessité – que l'on ne saurait éviter. Car si ce sont les idées qui mènent le monde, y compris à sa perte, ce n'est jamais qu'à travers médiations, truchements et incarnations. Pour que les idées deviennent une force matérielle, faustienne, il ne faut pas seulement qu'elles illuminent les esprits des minorités agissantes, qu'elles investissent activement ou sournoisement, pour les mobiliser ou les neutraliser, les masses les plus larges, il faut encore qu'elles s'incarnent. Pas de bouleversement historique, cristallisation la plupart du temps d'une évolution sur le long terme, qui n'ait de figure emblématique : charnelle. Le verbe se fait chair, en politique également.

Mais cette vérité quasiment éternelle – ce qui veut dire : présente dans l'histoire depuis tout ce que l'on sait de la préhistoire la plus primitive – se fait encore plus actuelle, même si de façon perverse, déroutante du moins, à notre époque de communication massive. Contrairement à ce que proclament beaucoup de beaux esprits, la télévision ne déréalise pas le fonctionnement politique, n'en fait pas un pur spectacle. Bien au contraire. Sans doute modifie-t-elle, dans le scintillement de l'immédiateté, le rapport des foules au phénomène de l'incarnation. Mais elle le rend encore plus mystérieusement actif, plus étrangement efficace. Dans le court terme, du moins : et c'est là le grand changement. Car le corps du verbe politique, devenu valeur d'usage, est plus facilement la proie de l'usure. Par la réalité de la présence immédiate – *en direct*, comme on dit dans le jargon des médias –, la communication télévisuelle détruit ou ronge l'illusion de la durée. L'immédiat se réduit à un bien de consommation : il s'y consume.

L'empereur de Chine des prodigieux contes de Kafka est éternel : inusable. Même la mort ne risque pas d'entamer la dureté vaporeuse de son corps rayonnant, mais invisible. Même après la mort, ses messages aussi comminatoires qu'indéchiffrables continueront de circuler à travers l'Empire. L'homme politique d'aujourd'hui, pour sa part – qui voit multiplié l'éclat de sa parole, grâce à l'incarnation télévisuelle –, sait, devrait savoir plutôt, que chacune de ses apparitions ronge le corps de son apparence comme un cancer lumineux. Parce qu'il s'y trouve surexposé, pour le dire d'un terme photographique : flou, donc, et floué. Il devrait dès lors apprendre à doser son incarnation fabuleuse – fabulatrice, à l'occasion –, à gérer la mort par usure de son image charnelle.

C'est là l'un des points qui distinguent les hommes politiques des journalistes, présentateurs ou animateurs de la télévision. Car ceux-ci, malgré les apparences, ne se situent point dans l'immédiat : ils sont toujours situés dans la médiation, la médiatisation : ils sont les médiums des médias. Bien moins éphémères, paradoxalement. La durée possible de leur présence est ainsi, à la limite, illimitée, puisqu'elle ne dépend pas du contenu du discours mais de sa syntaxe. Et la forme est toujours plus durable que le contenu.

Il est pathétique, dès lors, de voir apparaître à la télévision les hommes politiques qui ont fait leur temps, que leur temps a défaits. Ils n'ont pas l'air de voir que leur corps est rongé jusqu'à l'os, privé de réalité charnelle, réduit à un scintillement fébrile de fibrilles luminescentes, que leur discours nous parvient de l'outre-tombe de la désincarnation. Car l'image ne dissimule jamais l'obsolescence du discours : elle l'accentue plutôt.

Bossuet, qui ne peut être soupçonné ni de complaisance ni de sévérité envers les médias, l'avait déjà dit : « Pour peu que l'on divise la personne », que l'on aperçoive, donc, le personnage incarné derrière l'incarnation elle-même, l'acteur derrière le texte, l'absence d'âme derrière la présence charnelle, « le nom même d'incarnation ne subsiste plus ».

De tout ceci découle que l'apparition du roi Juan Carlos à la télévision, dans la nuit du coup d'État, était un événement unique, dont la répétition était difficile, sinon impossible à concevoir. Le corps du roi – et j'aurais aimé qu'un Kantorowicz, un Marc Bloch ou un Louis Marin espagnol, attentif aussi au nouveau phénomène de la communication télévisuelle, eût analysé au fond cet événement –, le corps du roi n'est pas une denrée historique que l'on puisse aisément gaspiller. Il ne se découpe pas en tranches, par ailleurs. C'est là sa différence avec le corps divin, infiniment et indéfiniment divisible, semble-t-il, dans le mystère de l'eucharistie. Le corps du roi est un et indivisible, même à la télévision. Il est à prendre ou à respecter tout d'une pièce, dans un drame historique qui ne se joue qu'une fois. Et cette fois-là, en février 1981, a suffi pour que le drame s'achevât par la victoire de l'avenir démocratique.

Le cortège officiel s'est remis en marche à travers les salles du Prado. Je me retrouve à côté du roi Juan Carlos. J'en profite pour lui faire part du chagrin de Sa Gracieuse Majesté à se souvenir de la fragilité de ses Gainsborough.

– Voilà des soucis que je n'ai plus, s'exclame le roi en riant. Qui sont plutôt les tiens, ministre !

C'est vrai que j'ai quelques soucis. Je lui en touche deux mots. Le roi m'écoute attentivement. Mais il m'a toujours écouté attentivement, lorsque l'occasion s'est présentée ou la nécessité fait sentir. Au cours des voyages et des cérémonies de toute sorte, il n'a jamais refusé, parfois même il a créé l'opportunité du tête-à-tête. Quand il pensait que la question était particulièrement intéressante, il appelait la reine auprès de nous. Car c'est la reine Sophie qui gérait de préférence les affaires culturelles, dans la division de travail du couple royal.

À ce titre, j'ai plus souvent eu affaire à la reine Sophie qu'au roi Juan Carlos, pendant la durée de ma charge ministérielle. Les voyages dans les avions du groupe de liaison des Forces armées ont été l'occasion de longues conversations avec elle.

J'ai découvert ainsi une personnalité attachante, curieuse du monde et sensible à son injustice trop fréquente. Son intérêt pour la musique et les beaux arts était profond, absolument pas feint. Elle ne feignait pas davantage la connaissance, posant aux conservateurs des musées ou aux commissaires des expositions des questions naïves mais pertinentes, lorsqu'elle craignait de ne pas avoir saisi le sens de telle ou telle œuvre. Jamais je ne l'ai vue avoir dans ces circonstances une réaction snob.

Une anecdote permettra de comprendre, mieux que toutes les louanges que je pourrais être désireux de lui faire, le caractère entier de la reine Sophie.

Mikis Theodorakis était en Espagne pour une série de

concerts. C'est lui qui avait écrit la musique de *Z*, on s'en souvient peut-être. Il était à l'époque déporté dans une île, sa musique est parvenue clandestinement à Costa-Gavras, enregistrée sur bande magnétique. À Bilbao, donc, Theodorakis devait conduire l'orchestre qui allait jouer le *Chant général*, lourde symphonie expressionniste – je ne donne que mon avis personnel, somme toute aussi licite que tout autre, même si moins autorisé que certains – qu'il avait composée sur le canevas du non moins lourd, quasiment interminable fleuve poétique de Pablo Neruda. La reine Sophie assista à cette soirée à titre privé. Malgré sa discrétion, malgré l'absence de tout protocole officiel, les conseillers municipaux de Herri Batasuna, branche politique des terroristes de l'ETA, montrèrent une fois encore leur grand courage et leur intelligence politique en organisant un bref chahut de cris et de coups de sifflet pour protester contre la présence de la reine d'Espagne dans le théâtre de Bilbao.

L'ayant rencontrée quelques jours plus tard, je ne sais plus à quelle occasion, je lui demandai quelle impression lui avait faite l'accueil des imbéciles de Herri Batasuna. Elle haussa les épaules, en riant franchement. « Aucune importance, s'est-elle exclamée. Je n'y ai prêté aucune attention ! » Elle me dit pourquoi. Elle m'expliqua son désir de rencontrer Theodorakis. « Pendant mon adolescence au palais royal d'Athènes, me dit la reine Sophie, Theodorakis nous était présenté comme le diable ! C'était un rouge, on nous en disait pis que pendre... J'avais tellement envie de le rencontrer enfin, en chair et en os, de pouvoir librement parler avec lui de la Grèce... Pas seulement de musique, surtout de la Grèce... Alors, je n'ai même pas fait attention aux coups de sifflet ! »

Il me semble que cette anecdote est significative à plus d'un titre. Non seulement parce qu'elle met en relief la spontanéité de caractère et la fraîcheur d'âme de Sophie de Grèce. Aussi parce qu'elle permet de deviner les liens affectifs que la reine d'Espagne a gardés avec son pays d'origine. Liens qui ont joué, j'en suis persuadé, un rôle certain dans l'exercice de son royal métier. Car elle a vu comment sa famille a perdu le trône d'Athènes. Elle en aura déduit que le choix résolu du fonctionnement démocratique de l'institution monarchique était le seul garant de sa possible perduration. En allant rencontrer à Bilbao Mikis Theodorakis, adversaire politique d'autrefois, elle exorcisait sans doute les démons de son adolescence, mais elle montrait aussi sa résolution dans le choix d'un avenir différent pour l'Espagne.

Le parcours officiel se termine, nous sommes parvenus dans les salles de Goya.

Si je n'avais pas la conviction qu'elle eût été trop arrogante, trop voulue : trop artificielle, en un mot (ce qu'il faut d'artifice rapproche de l'art, donc de la vérité ; trop d'artifice en éloigne), la structure de ce récit se serait peut-être articulée autour du Prado.

Visites officielles ou privées ; souvenirs d'enfance ou de la clandestinité madrilène ; problèmes de l'action ministérielle dans le domaine des arts, dont la fonction et l'avenir de ce musée peuvent être emblématiques : il n'aurait pas été impensable de reconstruire ma vie de ces trois années en référence narrative au Prado.

Je ne le ferai point, je viens de dire pourquoi.

Je me contente d'écouter les commentaires d'Alfonso Pérez Sanchez aux toiles de Goya devant lesquelles le cortège officiel s'immobilise quelques instants. Je rêve à cette suite, inexistante, de salles du Prado qui commencerait aux *Ménines* de Velázquez et qui aboutirait à *Guernica*, en passant par les *Fusillades du 3 mai* et la peinture noire de Goya. Je pense qu'on devrait en faire au moins une exposition temporaire, pour prendre la mesure de notre histoire. Pas seulement de l'histoire de notre peinture. *Guernica* est éclairant au double point de vue. Je me souviens de Michel Foucault, une nouvelle fois. Il s'interrogeait sur la place du roi, dans sa fausse et brillante digression à propos des *Ménines*. Sans doute faut-il s'interroger d'abord sur la place du peintre. Il occupe le centre de la toile de Velázquez, le peintre royal : tout tourne autour de lui, c'est lui qui organise l'espace de la peinture. L'espace du monde ? Mais dans la *Famille de Charles IV* la figure de Goya n'est plus qu'une ombre vague, à l'ombre du pouvoir. Ou plutôt, choisissant l'ombre, pour s'écarter du pouvoir royal, pour prendre ses distances. Et dans

Guernica il n'y a plus de peintre du tout. Pas même l'ombre d'un peintre. Il n'y a plus que l'Histoire, l'horreur nue de l'Histoire.

Cette divagation ne m'empêche pas de constater que Sa Gracieuse Majesté semble encore attristée par la fragilité de ses Gainsborough. Elle a encore l'air chagrin, la mine morose. À moins que ce ne soit la contemplation des toiles de Goya qui provoque cet effet.

V

De l'Europe : 1939/1989

– Je dois dire, monsieur le Président, en toute sincérité, que je monte à cette tribune avec un certain complexe d'infériorité devant l'étalage d'érudition des orateurs qui m'ont précédé, à commencer par vous-même, monsieur le Ministre ! On a cité ici beaucoup de monde, de Périclès à Hegel, en passant par un obscur auteur dramatique des pays de l'Est dont je n'arrive même pas à me rappeler le nom…

C'était le 2 mars 1989, aux Cortès, la Chambre des députés espagnole.

J'avais présenté ce jour-là à Leurs Seigneuries – telle est l'appellation, médiévale mais protocolairement obligatoire, usuelle du moins, des élus du peuple en Espagne – le programme de travail du ministère de la Culture. Ensuite, les porte-parole des divers groupes parlementaires avaient exposé les observations et les critiques qu'ils considéraient pertinentes.

C'était le tour du représentant du PNV, le parti nationaliste basque.

Et l'obscur auteur dramatique de l'Europe de l'Est que j'avais mentionné dans mon discours, et dont M. Olabarría ne parvenait pas à retenir le nom, c'était Vačlav Havel, on l'aura deviné.

Dans mon intervention à la Chambre sur la politique du ministère, je n'avais cité ni Périclès ni Hegel, bien entendu. D'autres orateurs l'avaient fait, cependant. Périclès et son siècle – ils vont habituellement de pair et font la paire –, c'est le porte-parole du parti communiste qui les avait cités. Dans un contexte, par ailleurs, de vulgate marxiste, de matérialisme historique vulgaire. Le député communiste avait affirmé, en effet, que la floraison des arts et des lettres dans les différents pays, à des époques diverses, est la conséquence des investissements d'argent public. Ainsi, « sans l'appui de Périclès, nous n'aurions pas eu le Parthénon ni les grandes œuvres de la tragédie classique. Et sans l'appui de la Couronne et des pouvoirs publics espagnols, nous n'aurions pas eu non plus les grandes œuvres de la littérature, de la peinture et de l'architecture de notre Siècle d'Or... ».

On sait, bien sûr, à quel point les deniers publics ont été décisifs pour inspirer à Cervantes le personnage du Quichotte ! Mais je ne vais pas discuter ici les propos réducteurs, d'un dirigisme étatique bêtement sûr de lui, du député communiste, M. Moreno Gomez. Je rappelle ses mots uniquement pour montrer que ce n'est pas moi qui avais cité Périclès.

Je n'avais pas non plus cité Georg Friedrich Wilhelm Hegel. C'est une chose qui peut m'arriver, certes, de citer Hegel. J'ai un compte philosophique à régler en permanence avec lui, avec sa conception de la dialectique, particulièrement. Mais ce jour-là, je n'avais pas cité Hegel à la tribune de la Chambre des députés : le besoin ne s'en était pas fait sentir. Je n'avais cité que des écrivains. Quatre écrivains, pour être tout à fait précis. Deux romanciers – José Saramago, Salman Rushdie –, un poète – Antonio Machado – et un auteur dramatique : Vačlav Havel.

Havel venait d'être une nouvelle fois arrêté à Prague pour avoir organisé un hommage public à Jan Palach, l'étudiant qui s'était immolé par le feu vingt ans auparavant, en 1969, afin de protester contre l'invasion soviétique.

Cette année lointaine, quelque temps après cette mort violente et volontaire, j'étais à Prague avec Costa-Gavras. Nous pensions qu'il était encore possible de tourner en Tchécoslovaquie l'adaptation cinématographique que j'avais écrite du témoignage d'Artur London, l'*Aveu*. Qu'il était nécessaire, du moins, d'en faire la tentative. En effet, Alexandre Dubček était encore chef du gouvernement. Certains acquis de la démocratisation qui avait provoqué l'intervention impériale soviétique n'étaient pas encore liquidés. La *normalisation*, en somme, le rétablissement de l'ordre totalitaire, ne s'étaient pas encore déployés avec la rigueur qu'ils connurent par la suite.

Dans ces conditions, et tout en étant conscients de l'étroitesse de la marge de manœuvre que les circonstances réelles nous autorisaient, nous avions décidé de vérifier la possibilité d'un tournage de *l'Aveu* à Prague.

Dès le premier jour, après nos entretiens préliminaires avec les responsables du cinéma tchèque – tous limogés, certains emprisonnés, quelques semaines plus tard, lorsque Dubček fut démis du pouvoir qui lui restait et la *normalisation* de Husak mise en train –, j'avais conduit Costa-Gavras au vieux cimetière juif de Pinkas.

C'est l'un des lieux au monde qui suscite en moi la plus forte émotion. Le vieux cimetière de Pinkas, dans son silence récollet, dans la sérénité qui s'en dégage – fondée essentiellement sur le savoir de tant de siècles de persécutions et de tenace piété –, est un lieu de mémoire universel où le discours, soudain, miraculeusement, redevient inutile. Où il suffit de regarder, de s'ouvrir par le regard de l'âme à la poignante évidence que l'amoncellement des pierres tombales juives suggère et symbolise. Lieu de silence et de méditation, de prière aussi, sans doute, pour celui qui en aurait encore le goût, ou le courage, ou la possibilité. Mais quel Dieu pourrait être prié de se rendre présent à Pinkas, sinon celui de l'essentielle Absence, de l'Invisibilité rayonnante ?

J'avais donc conduit Costa-Gavras au vieux cimetière juif de Pinkas. Nous avions fait quelques pas parmi les tombes. Il faisait un soleil de juin, voilé de vapeurs laiteuses.

Comme la plupart de ceux qui viennent à Pinkas pour la première fois, Costa avait demandé pourquoi certaines pierres tombales, plus étroites que les autres, dépourvues d'inscriptions funéraires, étaient fichées n'importe où, tout de guingois souvent, dans un désordre inexplicable. Je lui en avais dit la raison. La déraison, plutôt. J'avais été heureux de pouvoir lui donner la raison, lui dire la déraison de ce fouillis de pierres muettes, anonymes. Ces pierres qui avaient l'air d'être tombées par hasard dans le cimetière, lui avais-je dit, marquaient en réalité l'endroit où les juifs avaient enterré les chiens crevés que les chrétiens, tout au long des siècles du long mépris chrétien, de la longue haine chrétienne, avaient jetés par-dessus les murs de Pinkas pour profaner ce lieu saint.

Sous le soleil de Prague, en juin 1969, nous regardions les stèles des pauvres chiens que les chrétiens, pendant si longtemps, avaient maltraités comme des juifs : monuments minimes qui perpétuaient aussi bien la folie des hommes que leur piété filiale.

En silence, nous avions contemplé les stèles des chiens juifs. Soudain, ayant levé les yeux vers le ciel embrumé de chaleur, nous avions aperçu au-delà des murs de Pinkas, au loin, la façade sévère de la faculté de philosophie de l'université Charles. Les étudiants y avaient accroché une large banderole de toile blanche qui baptisait l'édifice, en lettre géantes, du nom de Jan Palach.

Nous ne disions rien.

Nous ne savions pas que, vingt et un an plus tard, à l'occasion de la remise à Vačlav Havel du prix Palach, précisément – créé à Paris pour soutenir la résistance tchèque, en ces années sombres –, nous allions nous retrouver à Prague, avec Yves Montand, pour la première projection publique de *l'Aveu*. Nous ne savions pas non plus, qui aurait pu le prédire ? qu'en 1990 cette soirée allait être présidée par l'« obscur auteur dramatique » Vačlav Havel, devenu pour lors président de la République.

Il est vrai que tous les trois – Montand, Gavras et moi –, nous avions déjà présenté *Z* à Athènes, après la chute du régime des colonels. La nuit de la première, dans un restaurant du Pirée, nous avions mangé du poisson avec le magistrat Sarzetakis, récemment sorti de prison, et pour lequel – pour son personnage de fiction, plutôt, qu'avait superbement incarné dans le film Jean-Louis Trintignant – j'avais inventé l'appellation de *petit juge*, qui aura fait fortune depuis.

Quoi qu'il en soit, le juge Sarzetakis – emprisonné par les colonels pour son rôle dans l'affaire Lambrakis qui inspira Vassilis Vassilikos, Costa-Gavras et moi-même pour le film *Z* – était lui aussi devenu président de la République en Grèce, quelque temps après le voyage dont je parle.

Mais ce qui ne nous avait pas surpris à Athènes, la chute

du régime des colonels, nous paraissait impossible à Prague et à Moscou. Impossible de notre vivant, du moins. Hautement improbable, en tout cas. Nous étions persuadés d'avoir à disparaître de ce monde avant que le totalitarisme soviétique n'y disparût. Nous en avions fait parfois le triste pronostic, tous les trois. Nous étions persuadés que *l'Aveu* ne serait pas projeté à Moscou de notre vivant.

Nous nous sommes trompés, cependant.

En juin 1990, quelques mois après la soirée de Prague, nous avons assisté tous les trois – Montand, Gavras et moi – à la première de *l'Aveu* à Moscou.

C'est la seule fois où j'ai voyagé en Union soviétique de façon à peu près normale. Je veux dire, comme n'importe qui. Je n'étais que le scénariste du film que *Les Nouvelles de Moscou* présentaient au public. Trente ans plus tôt – mon dernier séjour en URSS datait de 1960 –, je voyageais dans des conditions particulières. Avec les privilèges et les passe-droits attribués à un personnage de la haute Nomenklatura. Des limousines noires aux vitres arrière voilées de rideaux de tulle nous attendaient dans les aéroports. Elles nous conduisaient à des appartements cossus et vastes du centre de Moscou, ou à des datchas romantiques dans les forêts des environs. Les tables étaient à toute heure richement servies, dans l'un et l'autre cas, couvertes de victuailles et de boissons inépuisables.

Tous les deux ans, en effet, les dirigeants du PC espagnol avions droit à des vacances dans un pays de l'Est, l'URSS étant réservée au dessus du panier : aux premiers rangs de la hiérarchie. Le fait de passer de longs mois chaque année dans la clandestinité de Madrid me rendait digne de ce privilège.

À l'origine de la Nomenklatura communiste, il y aura souvent eu l'engagement militant, le sacrifice altruiste d'une carrière et d'un confort possibles. La nouvelle bourgeoisie rouge s'est forgée dans la lutte, on ne doit pas l'oublier si l'on veut comprendre son rôle historique, ses mythes fondateurs, sa légitimation idéologique. Plutôt qu'une nouvelle bourgeoisie, d'ailleurs, nous aurons été une sorte de noblesse d'Empire, ayant conquis galons et prébendes dans la sourde fureur des batailles clandestines.

Certes, dans l'URSS de la fin des années 50, ces origines

étaient fort lointaines, oblitérées par des décennies de pouvoir arbitraire et bureaucratique : les membres de la Nomenklatura se recrutaient par cooptation ou filiation quasiment héréditaire, sauf dans certains appareils des forces de défense et de sécurité.

Quoi qu'il en soit, j'avais eu droit deux fois à des vacances en Union soviétique. La première, en 1958; la seconde, en 1960. Celle-ci fut aussi la dernière. Deux ans plus tard, quand revint mon tour de jouir à nouveau du paradis de la Nomenklatura communiste, j'y renonçai de mon plein gré. À l'époque, j'étais enfin engagé dans le processus de réflexion et de prise de distance qui allait me faire exclure du PCE. Mon expérience, brève mais éclairante, de la société soviétique y était pour beaucoup. En 1962, je préférai donc prendre des vacances pour mon compte. Sarah et Mario Alicata m'accueillirent dans leur maison de Capri.

Le souvenir le plus marquant (déterminant, d'une certaine façon, pour la suite de ma vie) de mon séjour en URSS, en 1960, ne fut pas la beauté des paysages du Sud de la Crimée, où se trouvait notre lieu de villégiature : sur le site de Foros, dans une datcha où Maxime Gorki avait eu ses habitudes, parce que l'endroit lui rappelait Capri, précisément, devenu inaccessible. Ce fut une réunion à Moscou, un entretien entre des délégations du PC espagnol et du PC soviétique.

De notre côté y assistèrent quelques dirigeants présents en URSS en raison des vacances : Dolorès Ibarruri, Santiago Carrillo et moi-même. Du côté soviétique, la délégation était présidée par Mijail Souslov, grand responsable des questions idéologiques et grand maître de l'orthodoxie doctrinale, aussi fluctuante dans son contenu – selon les conjonctures historiques – que rigide dans ses formulations.

À Moscou, en août 1960, l'ancien palais où était installé le siège du Comité central du PCUS avait une façade d'un rose un peu ocre, si je me souviens bien. À moins qu'elle ne fût d'un vert pistache vaporeux. D'une couleur, quoi qu'il en soit, qui rappelait l'origine italienne des architectes qui avaient construit autrefois le cœur monumental de la ville.

Dans la salle de l'immeuble du Comité central, il y avait une longue table, recouverte d'un tapis vert. Des carafes d'eau, des crayons, des blocs-notes. Pas de cendriers, car il était interdit de fumer : le camarade Souslov, nous avait-on dit, ne supportait pas l'odeur du tabac.

Après des salamalecs protocolaires, on était entré dans le vif du sujet. Qui consistait, tout bêtement, nul contentieux grave n'ayant à être examiné, en un échange rituel d'informations sur les politiques respectives. C'est Carrillo qui prit la parole en premier, au nom de la délégation espagnole : à tout invité tout honneur. En quarante minutes, plus ou moins, il résuma les grandes lignes de la stratégie du PCE : luttes de masse pacifiques; utilisation des possibilités légales offertes par le régime, pour étroites qu'elles fussent; politique de larges alliances antifranquistes, etc. Rien ne pouvait dans cet exposé surprendre Souslov, puisqu'il s'agissait d'une stratégie largement inspirée par les conclusions du XXe Congrès du PCUS, tenu quatre ans auparavant.

Pourtant, à peine celui-ci eut-il pris la parole, à peine se fut-il félicité en quelques phrases stéréotypées de la juste politique du PCE, qu'il commença à prôner une ligne totalement différente. Pendant près d'une heure, il s'efforça de nous démontrer qu'un parti communiste ne pouvait fonder sa stratégie exclusivement sur une ligne pacifique, sur la seule perspective d'une avancée démocratique. Qu'il nous fallait être prêts – et non seulement sur un plan théorique : matériellement prêts – à changer de monture en pleine course et à enfourcher une ligne de lutte violente, armée à l'occasion. Maniant tous les poncifs léninistes sur la lutte de classes, l'impérialisme, la nécessité de briser l'appareil de l'État bourgeois, Souslov nous fit la leçon, sur un ton radical.

Aujourd'hui, cela n'a plus aucun intérêt d'essayer de reconstruire les motivations de cette diatribe de Souslov, dans le contexte des conflits latents au sein du groupe dirigeant de Khrouchtchev, au moment où les divergences avec le Parti communiste chinois commençaient à s'exaspérer, à éclater au grand jour. Aucun intérêt non plus d'indiquer les conséquences de cette sortie de Mijail Souslov sur la politique ultérieure de Carrillo, et les conflits internes qui s'ensuivirent.

J'évoque ce lointain épisode pour une raison plus personnelle. Parce que cette journée d'août 1960, dans la chaleur moite de Moscou, marque une étape décisive – finale, à dire vrai – dans le processus qui m'a conduit à comprendre la nature véritable de la bureaucratie soviétique. Décisive également dans ma prise de conscience du prodigieux renversement des valeurs de « gauche » et de « droite » qui caractérise l'histoire du bolchevisme.

Sous une phraséologie de « gauche », en effet, Souslov nous demandait d'être prêts à adopter une politique rétrograde, celle de la lutte armée. Politique rétrograde, littéralement réactionnaire, parce qu'elle aurait isolé le PCE, rompu ou rendu précaires ses liens encore fragiles et ténus avec les couches réellement actives de la société, le repoussant dans le ghetto des dogmes. Et cela, comme en 1929 (« classe contre classe »), comme en 1939 (pacte germano-soviétique), comme en 1947 (création du Kominform) – pour ne choisir que certaines dates significatives –, dans l'exclusif intérêt de la diplomatie soviétique, dans l'intérêt de l'État russe.

Cette entrevue avec Souslov, en tout cas, m'aura définitivement rendu suspecte, pour ne pas dire odieuse, la phraséologie de « gauche » des appareils de pouvoir. Impossible, à partir de là, de me faire prendre dans ce domaine les vessies pour des lanternes.

Je me suis vaguement souvenu de Mijail Souslov, ce soir de juin 1990, lors de la première projection publique de *l'Aveu* en URSS. Nous étions dans la salle où *Les Nouvelles de Moscou* avaient présenté le film. Un silence lourd, foisonnant de douleurs intimes, de cris retenus, de larmes refoulées, régnait sur l'assistance, lorsque les lumières se rallumèrent. Et je me suis souvenu de Souslov, de ce passé si lointain et si proche : son cadavre bougeait encore, une charogne qui empuantissait encore l'atmosphère de la ville. J'ai regardé Montand au moment même où il se tournait vers moi. Voilà, me disait-il de ses yeux embués, nous aurons quand même vécu cet instant. Et nous l'aurons vécu ensemble.

Peu de temps avant ma comparution, le 2 mars 1989, à la Chambre des Députés, l'ambassade de Tchécoslovaquie avait pris contact avec mon cabinet. On souhaitait m'inviter à Prague en visite officielle, me faisait-on savoir. J'avais fait recevoir le diplomate tchèque par mon chef de cabinet. Celle-ci – c'était une femme, Juby Bustamante, j'ai déjà eu l'occasion de le signaler – avait transmis la réponse dont je l'avais chargée. Et l'avait transmise de tout cœur, avec conviction personnelle, je n'en doutais pas, car elle était profondément d'accord avec ma réponse.

Elle avait donc fait savoir au diplomate tchèque, qui en avait, semblait-il, été ébahi, que je ne recevrais personnellement aucun représentant de son ambassade tant que Vačlav Havel n'aurait pas été remis en liberté. De toute façon, lui avait-elle fait comprendre, il valait mieux attendre que Havel sortît de prison avant de m'inviter à visiter officiellement la Tchécoslovaquie.

J'avais écrit dans l'*Autobiographie de Federico Sanchez*, en 1977, après avoir évoqué en deux lignes le voyage avec Costa-Gavras dont il vient d'être question : « Je ne retournerai plus à Prague tant que Prague ne sera pas redevenue la libre capitale d'un nouveau printemps. » Mais peut-être les diplomates tchèques de Madrid n'avaient-ils pas lu ce livre. Ou peut-être, l'ayant tout de même lu, avaient-ils pensé que la raison d'État prendrait le pas sur ma mémoire d'écrivain. Mais il n'y avait aucune raison pour que je m'incline devant la raison d'État, que je renie ma mémoire d'écrivain. D'ailleurs, la raison d'État bien comprise m'incitait aussi à garder la mémoire.

– Le ministre connaît fort bien Prague, avait dit pour finir Juby Bustamante. Il peut attendre la libération de Vačlav Havel pour y revenir. Plus tôt celui-ci sortira de prison, plus vite nous pourrons reparler de cette visite officielle.

Le diplomate tchèque tira immédiatement les conclusions de cet entretien : jusqu'à l'effondrement du régime communiste, en décembre de cette même année 1989, je n'eus plus jamais de nouvelles de son ambassade.

Après la *Révolution de velours*, lorsque Vačlav Havel devint président de la République, je devais faire deux voyages à Prague. L'un au début de 1990, pour une visite éclair, lors de la première projection publique de *l'Aveu*, au cours d'une soirée que présidait Havel. Il nous reçut après la séance, dans un brouhaha assez soixante-huitard, fort sympathique mais peu propice aux échanges d'opinions approfondis. Ce ne fut pas un voyage officiel : j'étais à Prague en tant que scénariste français du film et non pas en tant que ministre espagnol de la Culture.

Le deuxième voyage, vraiment officiel celui-là, eut lieu en octobre 1990. Plus précisément du samedi 20 octobre au mardi 23. Dans ce laps de temps, il fallut inclure une nuit et une demi-journée à Bratislava. Détour sans grand intérêt, mais obligatoire, dans la conjoncture des relations entre les deux nations, déjà tendues, et qui aboutiraient à la séparation des deux républiques, la tchèque et la slovaque : processus de repli et d'identifications étatiques qui devait inévitablement se produire dans le sud de l'Europe centrale, à l'effondrement de l'Empire soviétique, mais qui a eu en Tchécoslovaquie – exception heureuse d'une règle séculaire et sanglante – un caractère de concertation pacifique.

À Bratislava, quoi qu'il en soit, nous eûmes affaire à un jeune ministre de la Culture plutôt insignifiant, dont les seules préoccupations étaient de l'ordre du protocole et du semblant. Il s'efforça en particulier de nous tenir en réunion exactement le même nombre d'heures que son homologue de Prague, même si le maigre ordre du jour des questions à régler avait bien vite été épuisé.

De la grisaille de ces heures à Bratislava, je ne retiens qu'une image cocasse, du moins pour moi. Une image comme un clin d'œil ironique, une plaisanterie de quelque dieu anonyme et néanmoins malin. L'entreprise de travaux publics qui restaurait certains édifices du centre historique de la ville s'affichait sur de nombreuses pancartes : AVENARIUS. J'ai ri de bon cœur, en voyant se multiplier le nom d'un philosophe dont l'influence a été considérable, même s'il semble aujourd'hui oublié, et que j'avais beaucoup pratiqué afin de comprendre l'animosité hargneuse de Lénine à son égard.

Avant ce détour par Bratislava, nous fûmes logés à Prague dans une villa du quartier résidentiel qui s'étend à flanc de colline, sur les arrières du château.

Je reconnus le quartier, je reconnus la villa.

À peine le cortège de voitures officielles immobilisé à son

perron, à la fin de la matinée d'octobre, je la reconnus. C'était la villa Čepiska. C'est ainsi, du moins, que l'appelaient les fonctionnaires praguois de l'ère communiste : les interprètes, les agents de la Sécurité, les chauffeurs des limousines noires aux rideaux tirés qui nous conduisaient en ville.

Čepiska, si je me souviens bien, était le nom d'un gendre de Klement Gottwald – le tyran local, le Staline vernaculaire de la Vltava –, qui avait eu des malheurs après la disparition de son beau-père. Lequel, parangon de fidélité, attrapa une mauvaise grippe à Moscou, lors des obsèques de Staline, et eut la délicatesse d'en mourir aussitôt. L'à-propos, également, d'une certaine manière, puisqu'il s'évita ainsi d'avoir à négocier le difficile virage de la déstalinisation. Il n'eut pas, en particulier, à décider la démolition du grandiose et obscène monument à Staline qui défigurait le paysage urbain et fluvial de Prague.

Le gendre de Gottwald, en tout cas, Čepiska, eut des problèmes avec les successeurs et fut privé de privilèges et de prébendes. Dont faisait partie la somptueuse villa qu'il occupait dans le quartier résidentiel, dorénavant destinée à héberger les dirigeants des « partis frères », mais toujours désignée de son nom par les fonctionnaires de tout rang du parti tchèque.

Le samedi 20 octobre 1990, en tout cas, lorsque les voitures du cortège officiel s'arrêtèrent devant la villa, je la reconnus aussitôt. Le nom qu'on lui donnait autrefois me revint aussitôt en mémoire.

C'était là que j'habitais, de 1956 à 1964, quand je n'étais pas seul à Prague, quand je venais y retrouver les autres membres du Bureau politique du PC espagnol, pour quelque session plénière de cet organe de direction, autour de Dolorès Ibarruri, qui ne quittait plus les pays de l'Est.

Je n'eus pas la possibilité de parler de la villa Čepiska à Vačlav Havel, deux jours plus tard, le lundi 22 octobre. Ce jour-là, Havel traversa la cour du château et vint déjeuner avec nous au restaurant Vinarka. Il y avait ses habitudes, un salon particulier lui était réservé.

Pourtant, j'aurais bien aimé parler avec Havel de la villa Čepiska. C'est-à-dire, des années où il m'était arrivé d'habiter la villa Čepiska. Je venais de Zurich, de Bruxelles ou de Rome – jamais directement de Paris, afin de brouiller les pistes – et les services du parti tchèque me prenaient en charge à l'aéroport de Prague. On me conduisait à la villa Čepiska, où je retrouvais les vieux bonzes du PCE, pour de longues réunions verbeuses où le principe de plaisir triomphait toujours du principe de réalité.

J'aurais bien aimé parler avec Havel de ces voyages.

Une fois, en 1956, en janvier de cette année-là, le voyageur – Federico Sanchez lui-même – arrivait de Madrid avec un faux passeport. Avec plusieurs faux passeports, à vrai dire : il devait en changer à Zurich, pour effacer ses traces. L'essentiel, de toute façon, le noyau rayonnant de ce souvenir que j'aurais aimé partager avec Vačlav Havel, était l'image d'une vitrine de libraire dans la Bahnhofstrasse de Zurich. Une vitrine où s'offrait au regard, au soubresaut du cœur, au désir immédiat de possession et de lecture, un mince volume en langue allemande, *Briefe an Milena*, de Franz Kafka. J'aurais voulu lui raconter la suite de ce voyage, je pensais que ça l'aurait amusé. Le long trajet dans le train spécial qui ramenait vers Bucarest des dirigeants du parti et du gouvernement roumains, ainsi que Dolorès Ibarruri et sa suite. Ils revenaient tous de quelque congrès en Allemagne de l'Est. La journée se passait en agapes incessantes et fortement arrosées dans le wagon-restaurant du roumain Chivu Stoica. Le soir, seul dans mon compartiment des wagons-lits, je lisais les lettres à Milena de Franz Kafka, le cœur battant, l'esprit troublé par la découverte de cet amour mortifère.

Mais je n'ai pas pu parler avec Havel de ce voyage à Bucarest, avec Milena et Kafka, dans le train spécial de la Pasionaria. Du coup, je n'en ai parlé à personne. Peut-être devrais-je l'écrire. J'ai déjà souvent écrit sur Prague, mais peut-être puis-je encore raconter ce voyage de Zurich à Bucarest, en passant par Prague. Un voyage avec Milena et Kafka.

L'avantage d'une vie aventureuse, remplie par le bruit et la fureur du siècle, c'est qu'elle vous fait le don – grâce et disgrâce ; heur et malheur – d'une mémoire inépuisable. Il y aura toujours effectivement quelque chose à raconter, au-delà de tout ce qui aura été raconté. Quelque chose à redécouvrir ou à inventer, au-delà de toute invention ou découverte d'une réalité vécue. Mais cette richesse est aussi un obstacle à l'écriture, du moins sous la forme romanesque. Car il y a toujours le risque, revers de la médaille, de se suffire d'une transcription du vécu, en raison de sa richesse, des surprises qu'il recèlera toujours. Or un grand roman ne peut se suffire de la transcription du vécu, même élaborée, épurée, car le vécu fera toujours écran, obnubilant l'invention du réel qui est le propre de l'art du roman.

À l'époque de ce voyage avec Milena et Kafka à Bucarest, Vačlav Havel, lui, faisait ses premières armes d'écrivain de théâtre. Interdit de séjour dans les universités, écarté de certaines carrières à cause de ses origines bourgeoises – victime, en somme, du fondamentalisme de la purification sociale –, Havel découvrait dans la musique de jazz et le café-théâtre d'avant-garde qui commençait à se développer à Prague les codes narratifs et éthiques de sa créativité.

J'aurais aimé lui parler de Jiri Zak.

J'étais à Buchenwald, en 1944, j'écoutais les récits des communistes allemands qui avaient trouvé à Prague un refuge provisoire, après 1933. Ils me parlaient de cette ville avec nostalgie. Ils me parlaient plus souvent de Prague, qui avait pourtant été pour eux un lieu d'exil, que de leur propre terre natale, des villes allemandes de leur enfance.

J'étais à Buchenwald, j'écoutais les Tchèques que j'avais connus dans l'organisation clandestine de résistance. L'un d'eux, Jiri Zak, m'avait été très proche. Il avait un poste dans l'administration interne du camp, à la *Schreibstube*, poste exposé, dangereux, puisqu'il le mettait en contact direct avec les SS. Mais il occupait ce poste pour contrer le pouvoir SS, précisément, pour lui opposer le contre-pouvoir clandestin de la résistance, toujours aléatoire, fragile, soumis aux dangers des mouchardages et des purges aveugles du commandement SS du camp. À un niveau moindre de responsabilité, j'avais des tâches comparables dans les bureaux de l'*Arbeitsstatistik*, le service où se gérait la distribution de la main-d'œuvre déportée.

Cette proximité dans le travail clandestin n'a pas été la seule cause de notre amitié. Ni même la principale, probablement. Il y avait eu autour de cela de longues conversations sur des livres et sur la musique de jazz. D'interminables conversations, interrompues, reprises, au long des brefs loisirs des dimanches. J'assistais aux répétitions de l'ensemble de jazz que Zak avait créé. Orchestre doublement clandestin : pour les nazis, le jazz était une musique dégénérée. Pour les vieux communistes allemands qui avaient logiquement la haute main sur l'appareil illégal, c'était tout comme.

Jiri Zak fut le seul de mes caramades tchèques avec qui je suis resté en rapport, après Buchenwald. Ainsi, en 1969, en juin, lorsque j'étais à Prague avec Costa-Gavras, j'eus un long entretien avec Zak. Il me présenta à la veuve de Josef Frank, notre copain de Buchenwald qui avait été pendu par les staliniens, à la suite du procès dont Artur London a fait le compte rendu dans *l'Aveu*. Peu après cet entretien, Jiri Zak dut abandonner son pays. Il est mort en exil, à Hambourg.

À Buchenwald, Jiri Zak me parlait de Prague, me décrivait son charme et ses mystères. Plus tard, lors de mon premier voyage, en 1954, j'avais eu l'impression d'arriver dans une ville déjà parcourue en rêve. J'avais déjà été promeneur somnambule dans les jardins et les ruelles de Prague.

Le lundi 22 octobre 1990, lorsque Vačlav Havel a traversé la cour du château et qu'il nous a rejoints dans la salle à manger réservée du restaurant Vinarka, j'aurais bien aimé parler avec lui de tout cela.

De Milena Jesenskà, dont Kafka avait aimé l'amour à défaut de l'aimer elle-même, en chair et âme : Milena qui pleura de rage et de courage le 10 mars 1939, à l'entrée des troupes allemandes à Prague. De Jan Patočka, l'un des fondateurs avec Havel de la Charte 77, le philosophe qui avait organisé en 1935 les conférences d'Edmund Husserl à Prague, où s'ébauche la figure spirituelle d'une Europe de la raison plurielle et critique : Patočka qui succomba en 1978 des suites d'un interrogatoire trop poussé des policiers communistes. J'aurais aimé parler avec Havel de jazz et de Jiri Zak, qui nous avait permis d'entendre à Buchenwald cette musique de liberté et de nostalgie. Et de Prague elle-même, ville magique au cœur de la vieille Europe.

En fin de compte, c'est à l'écrivain Havel que j'aurais voulu parler, plutôt qu'au président d'une république. Mais nous n'avons parlé de rien. De rien de ce qui m'intéressait vraiment, du moins.

Le président Vačlav Havel était pressé ce jour-là, pris dans les contraintes d'un agenda serré, à la minute près. Peut-être était-il tout le temps pressé, toujours à la minute près. C'est l'impression qu'il donnait, en tout cas. Visiblement fatigué, il n'a pas fait l'effort – peut-être n'en avait-il pas la force, peut-être n'en avait-il pas l'envie, ce lundi 22 octobre, l'entrevue ne présentant peut-être pour lui nul intérêt – de parler l'une des langues qui auraient permis un échange direct entre nous. Il a parlé en tchèque, la traduction qu'en faisaient à tour de rôle ses conseillers était pour le moins hésitante. Evidemment cursive, parfois confuse. Cela ne rendait pas la communication vraiment aisée. Nous nous en sommes tenus à des généralités sur la situation politique.

Ce fut assez frustrant.

Une semaine plus tard, le 9 mars 1989, je me suis de nouveau souvenu de Prague. Je n'étais pas aux Cortès ce jour-là. J'étais en route vers le palais de la Moncloa, pour un déjeuner en tête à tête avec Felipe Gonzalez.

La voiture contournait l'arc de triomphe qui se dresse à l'orée de la Cité universitaire, sur les confins du noyau urbain de Madrid. J'avais jeté un coup d'œil machinal. Une sorte de malaise m'avait envahi soudain : une émotion imprévisible.

Ça n'avait rien d'extraordinaire, pourtant. Ce monument était planté là depuis des décennies. Il fallait obligatoirement le contourner quand on quittait la capitale en direction du nord-ouest. Je l'avais déjà contourné d'innombrables fois. Je pouvais le voir quand j'allais à la Moncloa, que ce fût pour les conseils des ministres du vendredi matin, pour d'autres réunions de travail interministérielles, ou, comme ce jour-là, pour des entretiens en tête à tête avec Felipe Gonzalez, n'importe quel jour de la semaine.

Chaque fois – à moins que le chauffeur de la voiture officielle et blindée ne modifiât à la dernière minute, pour des raisons de sécurité, l'itinéraire le plus habituel parce que le plus direct –, j'étais obligé de tourner autour de ce monument.

Mais je ne le voyais pas. C'est-à-dire je le regardais avec indifférence, sans y prêter attention ni lui prêter une signification particulière. Ce n'était qu'un arc de triomphe de plus : l'Espagne impériale en aura été prodigue.

Ce jour-là, cependant, en route vers la Moncloa, j'ai remarqué le monument. Je l'ai vraiment vu. Et je me suis souvenu de sa sinistre signification, d'où le malaise soudain.

Cet arc de triomphe rappelait aux successives générations d'étudiants – et en latin de surcroît – la victoire du général Franco dans la guerre civile. Le carrefour où il se dresse, à l'entrée de la Cité universitaire, marque la ligne de front de la bataille de Madrid. Dans leur marche sur la capitale, les avant-gardes de Franco étaient parvenues jusque-là. La ville, en ces jours de novembre 1936, leur semblait offerte. Depuis le mois de juillet, les *tabors* marocains, la Légion étrangère et les troupes d'élite de l'armée d'Afrique soulevée contre le gouvernement légitime avaient brisé les résistances désordonnées des milices républicaines. Mais ici, dans les parages de la Moncloa, où s'élève à présent l'arc de triomphe couvert d'inscriptions latines à la gloire du Caudillo, cette avance irrésistible avait été stoppée.

Jusqu'à la fin de la guerre civile, près de trois ans plus tard, Madrid avait tenu, quasiment encerclée. L'histoire de cette résistance ne pouvait pas se lire dans le latin des inscriptions hagiographiques, bien évidemment. Pour en savoir quelque chose, il vaut mieux relire *l'Espoir* d'André Malraux.

La voiture contournait donc l'arc de triomphe du général Franco, comme tant d'autres fois.

Pourquoi les évocations historiques, les souvenirs personnels, affluaient-ils précisément ce jour-là ? C'était facile à deviner : nous étions le 9 mars 1989. Un demi-siècle plus tôt, Madrid allait tomber. L'Europe allait basculer dans l'oppression totalitaire.

Staline était monté à la tribune du XVIIIe Congrès du Parti communiste de l'Union soviétique. On l'avait acclamé interminablement. Il avait contemplé cette foule dévote et militante de son regard jaune. Il avait sans doute trouvé son compte à cette ferveur fidèle et fidéiste. Il avait laissé monter vers lui cette clameur du culte. Ensuite, imposant le silence, il avait parlé. Dans son langage grisâtre, administratif, il avait une fois de plus fait le bilan mensonger de ses succès. Mais il n'avait pas dit un mot de l'Espagne. La page était tournée, visiblement. Madrid était en train de tomber aux mains de Franco, dans le sang de la défaite et de la désunion des forces antifascistes. Staline n'en a pas dit un mot, la page était tournée. Il a laissé à Manouilsky le soin de tirer les leçons des affaires d'Espagne, au nom de l'Internationale communiste. La page des fronts populaires était tournée, celle aussi de l'alliance avec les démocraties occidentales. Dans les analyses cauteleuses du rapport de Staline pouvaient se déceler les indices du renversement d'alliances qui se préparait, qui aboutirait à la signature du pacte germano-soviétique, où allait s'exprimer la coïncidence brutale, donc conflictuelle, des deux totalitarismes.

Le 10 mars 1939 – lc lcndcmain du jour où il cst ici qucstion : un demi-siècle plus tôt –, alors que Madrid tombait aux mains du général Franco, que les prisons de la ville se remplissaient, que les fusillades massives allaient commencer, Staline était monté à la tribune du congrès du Parti communiste soviétique. Il n'aurait pas un mot pour l'Espagne. Dans son jeu, cette carte était brûlée, il en gardait d'autres dans sa manche.

Cinq jours plus tard, le 15 – ô les ides de mars de cette année terrible ! –, les troupes hitlériennes faisaient leur entrée à Prague.

La foule désarmée, en larmes, assistait à cette invasion. Prague avait été livrée aux nazis à Munich, quelques mois plus tôt. Pour avoir la paix, disait-on. On avait eu la honte et la défaite : la guerre aussi, bientôt. Les divisions motorisées allemandes déferlaient dans la ville de Prague. Hitler allait parader sur la terrasse du château. Le visage couvert de larmes rageuses, Milena Jesenskà avait vu défiler les soldats de la Wehrmacht. Elle s'était juré de s'opposer de toutes ses forces à ce malheur. Elle tiendrait promesse : elle mourrait à Ravensbrück, femme indomptable. Milena Jesenskà, notre jeunesse, fiancée de l'amour fou, compagne flouée de Franz Kafka.

J'avais levé les yeux distraitement.

Soudain, l'arc de triomphe tant de fois contourné ces derniers mois, sans y prêter la moindre attention, acquérait une signification sinistre : sa véritable signification, par ailleurs.

Il avait été érigé pour commémorer la victoire de Franco dans la guerre civile. Ses inscriptions latines célébraient les mérites du général, Caudillo de l'Espagne par la grâce de Dieu. Par la grâce, du moins, de l'Eglise catholique espagnole, qui n'avait jamais trouvé à redire à cette formule consacrée. Qui n'avait jamais émis la moindre réserve contre le fait qu'on frappât la monnaie nationale de cette formule sacrilège.

Soudain, le rappel des sanglantes ides de mars de 1939 suscitait une foule de souvenirs.

J'avais évoqué la fin de la guerre civile, une semaine auparavant, à la tribune des Cortès, lors du débat sur la politique de mon ministère.

– Nous avons commémoré ces derniers jours, avais-je dit pour conclure mon intervention, Vos Seigneuries ne l'ignorent pas, le cinquantième anniversaire de la mort d'Antonio Machado…

J'ai déjà dit que j'avais cité quatre écrivains dans mon discours à la Chambre des Députés. L'un était Vačlav Havel. Voici le deuxième : Antonio Machado.

Machado – quelques milliers de Français le savent, un nombre indéterminé de plus va l'apprendre à cette occasion – est un bon et brave poète espagnol de ce siècle. Sa maîtrise d'un langage transparent et populaire, classique dans sa forme, en marge de tous les courants novateurs ou expérimentaux de l'écriture contemporaine, a fait de lui une sorte d'archétype au seuil de la modernité littéraire, au seuil du combat entre l'ordre et l'aventure qui la caractérise, à en croire, et je l'en crois, Guillaume Apollinaire.

Comme l'immense majorité des écrivains et des intellectuels espagnols de la première moitié de ce siècle, Antonio Machado fut un homme de convictions démocratiques. Il demeura fidèle au gouvernement légitime du Front populaire, en 1936, et mit sa plume et sa parole au service de la cause antifasciste. Dès lors, lorsque les armées de Franco déferlèrent à travers la Catalogne, il chercha refuge en France. Il franchit la frontière en février 1939, dans le flot pitoyable des Espagnols, civils et militaires, qui fuyaient la défaite et la répression prévisible. Mais il ne survécut pas à ce déracinement. Il mourut à Collioure, quelques jours plus tard, dans le paysage que Matisse a fait connaître au monde, qui fut pour Machado le paysage de l'exil : la porte hivernale et ensoleillée de la mort.

À partir du milieu des années 50, avec le renouveau des luttes antifranquistes et l'apparition d'une nouvelle génération d'écrivains aussi peu conformistes que leurs aînés de la diaspora républicaine, la tombe de Machado dans le cimetière de Collioure devint chaque anniversaire de sa mort un lieu de rencontre symbolique entre les intellectuels de l'exil et ceux de l'intérieur de l'Espagne.

Quand je réalisai *les Deux Mémoires*, un film d'entretiens avec des hommes politiques et des intellectuels ayant participé à la guerre civile dans les deux camps opposés, c'est à Collioure que j'organisai la rencontre de Maria Casares et de Nuria Espert, figures touchantes et emblématiques, qui peuvent incarner l'histoire tragique de l'Espagne contemporaine. Dans la cour de la citadelle de Collioure, où l'on montait les décors d'une *Célestine* que Casares jouait en tournée, elles se rencontrèrent pour la première fois, sous l'œil de ma caméra.

Mais le brave et bon Antonio Machado, dont la vie et l'œuvre ont été d'une certaine façon exemplaires, fut la victime post mortem d'un grave préjudice.

Il fut, en effet, la proie choisie par la voracité narcissique d'Alfonso Guerra, prisonnier de l'image qu'il s'était fabriquée de lui-même : le masque devenait personnage, ça n'étonnera pas les connaisseurs de l'art dramatique. Pour quelque raison de mode idéologique, Guerra avait décidé, en effet, que l'œuvre de Machado était son bien, qu'il en avait le monopole ou du moins l'usufruit : une sorte de droit de cuissage spirituel sur l'interprétation de ses poèmes et de ses aphorismes. Il s'improvisa et s'imposa – l'étendue de son pouvoir politique et le zèle de ses thuriféraires l'y aidant considérablement – en tant que commentateur et exégète autorisé de l'œuvre de Machado. Il faisait même la leçon aux spécialistes, critiques et historiens de la littérature, espagnols ou hispanistes, avec une morgue en tous points insupportable.

La situation était devenue gênante, grotesque, au point que je préférai prendre quelque distance personnelle, sinon ministérielle, avec les cérémonies prévues pour commémorer le cinquantième anniversaire de la mort d'Antonio Machado à Collioure. Y assister dans les conditions prévues par l'entourage du vice-président aurait été davantage faire acte d'allégeance à Alfonso Guerra, satrape et démagogue, qu'honorer la mémoire d'un poète austère et bon.

Mais à la Chambre, le 2 mars 1989, il s'agissait de tout autre chose.

– Nous avons commémoré ces derniers jours, avais-je dit aux députés, en guise de péroraison, le cinquantième anniversaire de la mort d'Antonio Machado. Cette commémoration a eu lieu dans un climat d'universalisme et de concorde. On peut s'en féliciter. Je m'en félicite personnellement. Mais il ne convient pas pour autant d'oublier le passé. Je pense qu'un demi-siècle est un laps de temps suffisant pour maîtriser une vision à la fois pacifiée et critique du passé. Suffisant aussi pour savoir quel passé est le nôtre, pour ne pas nous y méprendre. Ainsi, il ne faudrait pas oublier que Machado n'est pas mort par hasard à Collioure, en février 1939. Il n'y était pas arrivé en touriste. Machado est mort à Collioure en tant qu'exilé politique, exilé d'une cause démocratique pour laquelle il avait pris parti, pour laquelle il avait combattu. Je pense que nous pouvons nous féliciter – en tant qu'homme de gauche, je m'en félicite – de constater que l'attitude morale et politique de Machado pendant la guerre civile est aujourd'hui considérée en Espagne comme allant de soi, comme une valeur universelle que nous pouvons tous partager…

La situation que je soulignais ainsi à propos d'Antonio Machado peut sembler paradoxale. La transition démocratique s'étant déroulée en Espagne dans la continuité de l'État et des institutions, progressivement réformées sans rupture tranchante avec le passé, il est clair que la configuration historique qui en est issue a été plutôt favorable aux forces sociales dominantes après quarante ans de dictature. La continuité historique, gage de la pacification des esprits, a permis aux magistrats, aux professeurs, aux policiers, aux banquiers et aux prébendiers de tout rang de l'ancien régime de conserver leurs postes et leurs pouvoirs, leurs richesses mal acquises et leurs réseaux d'influence. C'est l'érosion du passage du temps, la relève des générations, qui auront modifié le paysage social, et non pas un processus de rupture, même concertée.

Cependant, sur le plan de la légitimité, il en alla tout autrement.

C'est la possibilité d'un avenir démocratique, sa réalisation ininterrompue, qui devint le référent et l'instrument principal de légitimation, en effet. L'institution monarchique elle-même, dont le rôle positif aura été prédominant dans la première phrase de la transition, a dû s'arracher à son passé, au poids et au lest de la tradition. Elle a dû répudier l'héritage du franquisme – qui l'avait instaurée dans un carcan de conditionnements et de contraintes, afin d'assurer la perduration de ses principes – pour s'articuler sur sa meilleure source de légitimité : la perspective aléatoire du futur démocratique. Faire l'impasse sur la matrice franquiste de l'institution monarchique, pour fonder sa légitimité sur la tradition dynastique antérieure – comme s'efforcent de le faire ces derniers temps certains idéologues, littéralement plus royalistes que le roi –, c'est non seulement un attentat à la vérité historique, c'est aussi et surtout priver la monarchie de sa principale source de légitimation qui doit s'enraciner dans l'avenir, dans la modernité du consensus populaire.

Cette référence implicite mais contraignante à l'avenir démocratique comme seule source véritable de légitimation, comme véritable instance constituante, aura eu deux conséquences majeures.

La première aura été la rapide marginalisation des forces politiques organiquement liées au passé dans l'esprit des citoyens. De ce point de vue-là, l'antifranquisme militant du PC représentait le passé autant que le franquisme inavoué mais viscéral de l'Alliance populaire de M. Fraga Iribarne. Tant que la droite parlementaire, refondue et refondée dans le Parti populaire de José Maria Aznar, n'aura pas réussi à se différencier radicalement du passé, elle ne parviendra pas à être une alternative de pouvoir réelle. D'où les efforts de recentrage permanents, pragmatiques et vibrionnaires auxquels se livre dernièrement cette formation politique.

Pour le PC, en revanche, le rendez-vous avec l'histoire est désormais manqué à tout jamais, quelle que soit la fluctuation conjoncturelle de ses voix testimoniales. Il ne lui reste – mais son noyau fondamentaliste tardera à le comprendre, si tant est qu'il y parvienne – qu'à s'intégrer dans la gauche d'une social-démocratie rénovée, et donc moins monolithique.

La deuxième conséquence majeure de la légitimation par référence à l'avenir démocratique est la résurgence des valeurs morales et politiques du camp républicain de la guerre civile.

Il ne s'agit pas, bien entendu, de retour au passé. Et encore moins de revanche. Il s'agit simplement du fait que ces valeurs acquièrent un contenu normatif dans la perspective d'aujourd'hui. Ce sont les valeurs des vaincus de la guerre civile qui fondent la loi morale, en somme – cela devient flagrant, et par ailleurs comique, ou pathétique, selon l'humeur qui vous habite, quand on voit les efforts de José Maria Aznar, jeune leader moderniste de la droite, pour s'inscrire dans la tradition intellectuelle de Manuel Azaña ! –, dans une Espagne où ce sont surtout les vainqueurs qui ont garanti la continuité dans la transition et qui en ont bénéficié.

Et cela ne dépend ni de la volonté ni des proclamations rhétoriques de qui que ce soit. Il s'agit d'un processus enraciné dans les profondeurs sociales. Les aspirations, les objectifs pour lesquels les forces démocratiques s'étaient battues redeviennent non seulement actuels mais aussi capables d'articuler une cohésion politique en vue de la réforme permanente des institutions et des modes de vie. Dans l'épaisseur parfois touffue, difficile à déchiffrer, du mouvement historique – essentiellement pluraliste et pacifique, pour la première fois dans l'histoire espagnole de ce siècle, sauf aux marges désespérées et criminelles de l'intégrisme terroriste –, ces valeurs sont les seules autour desquelles construire un consensus social dynamique. C'est-à-dire assumant ses conflits permanents pour les gérer dans les contraintes et la transparence de la raison démocratique.

Felipe Gonzalez m'a écouté attentivement.

Je viens de lui dire mon désarroi de tout à l'heure, le malaise ressenti lorsque la voiture a contourné l'arc de triomphe du général Franco. Il comprend, certes, mais il ne peut se mettre à ma place. Il est dans un autre territoire de la mémoire. Ou plutôt, pour lui, les ides de mars 1939, c'est de l'histoire.

Il est né trois ans après les événements qui m'occupent l'esprit. Le 5 mars 1942, très précisément. Il y a seulement quatre jours qu'il a fêté son quarante-septième anniversaire. Ses souvenirs ne commencent vraiment qu'au début des années 50. Toute une époque historique nous sépare. Lorsque j'ai fait mon premier voyage clandestin en Espagne, en 1953, il avait onze ans.

Curieusement, cette distance nous rapproche, d'une certaine façon. Sa jeunesse m'aide à prolonger les rêves de ma vie. Mon grand âge, ma longue mémoire pourront à l'occasion l'aider à reconstruire les origines de son grand rêve de modernité pour l'Espagne. Le grand rêve brisé de Manuel Azaña.

L'année prochaine, lui ai-je dit, ce sera le cinquantième anniversaire de la mort d'Azaña… Il faudra organiser une belle commémoration…

L'idée m'en est venue tout à l'heure, à la vue de l'arc triomphal couvert d'inscriptions latines et hagiographiques.

– Des séminaires et des conférences à Montauban, où il est mort. À Alcalá de Henares, où il est né. Une grande exposition au Palais de Cristal du Retiro. C'est là que les Chambres se sont réunies en 1936 pour l'élire à la présidence de la République.

Les accès au parc du Retiro avaient été interdits, ce jour-là, par les forces de police. Impossible d'y aller jouer avec mes frères. Je m'en souviens fort bien. Felipe Gonzalez me regarde : je lui parle de la préhistoire, visiblement !

Nous faisions quelques pas dans le parc de la Moncloa, avant le déjeuner. Je garde le souvenir d'un ciel bleu indigo, d'un soleil printanier. Je n'en garde pas seulement le souvenir, d'ailleurs, mais aussi un témoignage écrit aussitôt après cette rencontre. De retour au ministère, en effet, j'avais noté quelques impressions, quelques commentaires sur ce déjeuner avec Felipe Gonzalez. J'y retrouve ce détail : « ciel indigo, soleil printanier, promenade jusqu'à la cabane des bonsaïs. » Ou plutôt, en espagnol : « *azul añil del cielo, sol de primavera, paseo hasta la caseta de los bonsais.* »

Je ne donne pas ce détail pour apporter la preuve de la véracité de mon récit. Ça se joue à un tout autre niveau, bien entendu, la véracité d'un récit. À un niveau de cohérence interne, qui est de l'ordre de l'écriture, donc de la morale ; à un autre niveau d'exactitude factuelle, externe, qui est de l'ordre de l'histoire. C'est une question de style et de vérité, la véracité.

De toute façon, il faudra me croire sur parole, dans ce cas précis. Mes rencontres avec Felipe Gonzalez – celle du 9 mars 1989, dont il est ici brièvement question ; toutes les autres au long des années –, si elles laissent une trace dans l'histoire, la preuve documentaire n'en sera pas facile à trouver.

De tous les autres aspects de mon passage au pouvoir – décisions ministérielles, discours parlementaires, interventions politiques, nominations ou destitutions –, il reste des preuves matérielles, repérables par les historiens dans les diverses archives. De cet aspect, en revanche, pour moi essentiel, de loin non seulement le plus important mais aussi le plus gratifiant de mon existence de ministre, qui concerne mes relations personnelles avec Felipe Gonzalez, mes conversations avec lui à la Moncloa, il n'y aura rien à chercher dans les archives.

Il faudra me croire sur parole.

Mais je n'ai pas mentionné cet extrait de carnet intime – avec ciel indigo, soleil printanier et bonsaïs au fond du parc – pour apporter une preuve de la véracité de mon récit.

Tout le monde sait qu'on peut fabriquer a posteriori des comptes rendus qui ont l'allure de transcriptions sténographiques : les romanciers connaissent ce truc. Je l'ai mentionné parce que la longueur et la méticulosité des notes du 9 mars

1989 m'ont intrigué. De surcroît le texte originaire est truffé de digressions. Généralement, dans mon agenda, les entretiens avec le président du Conseil sont résumés en quelques mots. Quelques phrases, tout au plus. Jusqu'à celui du 4 septembre 1990, où s'annonce ma sortie du gouvernement au prochain remaniement ministériel – retardé par la guerre du Golfe –, quelques phrases notées à l'instant même me suffisaient pour en reconstituer le contenu intégral.

Sans doute ai-je une excellente mémoire, exercée de surcroît par les exigences de la vie clandestine : à force de ne rien noter par écrit et de programmer pourtant des rendez-vous et des réunions plusieurs mois à l'avance, on apprend à ne rien oublier.

Il y a une deuxième raison pour que je n'aie rien oublié de mes conversations à la Moncloa avec Felipe Gonzalez : c'est qu'elles ont toujours porté sur les mêmes thèmes. Cette focalisation permet au souvenir de se structurer de façon efficace. Parfois même péremptoire.

En fin de compte, si cet extrait de carnet m'intrigue, par sa longueur et sa précision, c'est sans doute parce que j'y vois le germe de ce récit. Parce que j'y retrouve soudain, au milieu de mes dossiers ministériels, si peu romanesques, une écriture personnelle.

Le 9 mars 1989, un demi-siècle après la chute de Madrid aux mains de Franco; un demi-siècle après la chute de Prague aux mains de Hitler; un demi-siècle après que Staline eut pris la décision de renverser les alliances de l'URSS, nous avons surtout parlé de la construction de l'Europe, Felipe Gonzalez et moi.

Depuis le mois de janvier, l'Espagne présidait le Conseil européen, pour une période de six mois.

Une semaine auparavant, j'étais à la tribune des Cortès, pour y présenter les orientations essentielles de la politique culturelle. Je n'avais cité ni Périclès ni Hegel, on s'en souvient. En revanche, j'aurais pu citer Edmund Husserl. Ça n'aurait pas fait de mal à Leurs Seigneuries que je leur parle de la « figure spirituelle » de l'Europe, telle que la concevait le vieux Husserl.

En 1935, d'abord à Vienne et ensuite à Prague, Edmund Husserl s'est efforcé de définir la figure spirituelle d'une Europe qui serait constituée comme « une supra-nationalité d'un type entièrement nouveau ». Cette Europe possible, dans la perspective du philosophe (dont ces conférences sont, en quelque sorte, le testament : il avait été chassé de l'Université allemande parce que juif; Martin Heidegger, son disciple, allait censurer son nom dans la dédicace de la deuxième édition de *Sein und Zeit*), ne serait plus « désormais le simple voisinage de nations différentes qui n'influent les unes sur les autres que dans les rivalités du commerce ou les combats de la puissance... ». Cette Europe imaginable serait animée d'un « nouvel esprit, un esprit de libre critique et de normation par des tâches futures d'un caractère infini... ».

Ainsi, au moment où les deux totalitarismes de signe contraire montaient en puissance vers l'apogée de leur arbitraire absolu, la voix faible d'Edmund Husserl, vieux philosophe au seuil de la mort, attirait l'attention sur les dangers d'un « déclin de l'Europe devenue étrangère à son propre sens rationnel de la vie... », d'une « chute dans la haine spirituelle et la barbarie ».

Quelques années après, c'était chose faite.

L'Europe avait sombré. Unis par un pacte qui révélait leur identité profonde, sans pour autant régler la question de leur rivalité, de leur inévitable lutte à mort pour la prédominance, le totalitarisme nazi et le totalitarisme stalinien se partageaient une Europe en déshérence. De 1939 à 1941, la possibilité d'une renaissance européenne n'a tenu qu'à la résistance britannique. Il faut s'en souvenir, les jours – probablement trop nombreux – où l'Angleterre affiche son insularité. Car si elle est toujours le plus singulier des pays européens, en 1940 c'était aussi celui où la tradition démocratique restait le plus vivace, infusant à la cohésion nationale un esprit combatif, une perspective universaliste.

Mais je n'ai pas parlé d'Edmund Husserl à la tribune de la Chambre des Députés. Je n'en ai pas parlé non plus avec Felipe Gonzalez, une semaine plus tard. Pourtant, en 1986, lorsque j'avais écrit, à la demande de Pierre Nora, un long entretien avec lui pour *le Débat*, il avait été question de l'Europe. Gonzalez avait abordé avec pertinence l'impasse des États-nations et l'émergence difficile d'une figure spirituelle de la supra-nationalité européenne.

Une fois cependant, à la fin du printemps, j'avais explicitement analysé l'apport de Husserl à la question de l'identité européenne. Ce fut à l'Université publique de Pampelune.

J'avais saisi l'occasion de cette conférence pour souligner l'intérêt et l'actualité des thèses husserliennes, mais aussi pour en marquer les lacunes et les limites.

Car la source de la « figure spirituelle » de l'Europe ne peut se réduire, comme il advient trop souvent chez Husserl, à la seule philosophie grecque. À côté de l'apport grec, il faut considérer le poids et la portée de l'apport judéo-chrétien. Il faut considérer, surtout, pour une vision globale et cohérente de l'histoire culturelle, la façon dont les différents apports se sont transmis et ont été brassés.

Ainsi, il est impossible d'oublier le rôle de Rome, de la latinité, dans la constitution de la figure de l'Europe. Je dirais même que toute tentative ou tentation de dévaloriser l'apport romain, en privilégiant l'apport grec, parfois réinterprété de façon abusive ou anachronique – je pense en particulier à certaines extrapolations de Nietzsche, à certains commentaires de Heidegger –, toute tentative de ce genre, donc, doit être considérée comme suspecte au point de vue de la rigueur intellectuelle.

De même, il est impossible d'oublier l'importance de la culture arabe dans les époques de formation de l'esprit européen. C'est par le truchement de cette culture qu'une partie essentielle de la philosophie grecque a été transmise à l'Europe, grâce en particulier aux traductions qui ont transité par l'Espagne d'avant 1492, l'Espagne des trois cultures, qui a été une plaque tournante dans les échanges d'idées et de marchandises, où a commencé à s'articuler, dès avant la Renaissance, un espace européen.

Quoi qu'il en soit, je n'ai pas cité Edmund Husserl, en m'adressant à Leurs Seigneuries, le 2 mars 1989. En revanche, j'ai cité le romancier portugais José Saramago.

– Vos Seigneuries connaissent sans doute, avais-je dit pour commencer mon intervention, un roman de José Saramago qui s'appelle *Le Radeau de pierre*. Ce beau livre raconte la fable de la Péninsule ibérique se détachant de l'Europe à la suite d'une sorte de cataclysme géologique au niveau des Pyrénées. La Péninsule dérive alors vers l'ouest, finissant par s'immobiliser au beau milieu de l'océan Atlantique…

Saramago a affirmé que sa fable concernait le Portugal, mais aussi l'ensemble des peuples ibériques. Selon le romancier, ces peuples ont en commun une culture qui n'est pas réellement européenne, car elle constitue un univers différent. Les caractères en sont si prégnants, tellement spécifiques, que les peuples de la Péninsule devraient s'efforcer de résister en commun aux pressions de la culture européenne. Qui n'est, en fait, selon Saramago, que celle des trois pays dominants : la France, l'Allemagne et la Grande-Bretagne.

Le Radeau de pierre est, quant à son contenu, une fable contre la modernité. Mais c'est une fable tout à fait moderne dans sa forme. Le livre est un réquisitoire contre la culture européenne, mais ses procédés et ses codes narratifs seraient impensables dans un univers culturel autre que celui de la tradition romanesque européenne.

Je n'étais cependant pas monté à la tribune des Cortès pour faire une analyse du roman de José Saramago. Je l'avais utilisé, pour ses qualités littéraires, comme un référent métaphorique.

Il me permettait de souligner d'entrée de jeu que la voie choisie par l'Espagne était radicalement différente. Elle ne consistait pas à s'écarter de l'Europe, à divaguer sur une autarcie archaïque et arcadienne des peuples de la Péninsule ibérique. De toute façon, pour ce qui est de l'austérité antimoderniste et isolationniste, nous autres Espagnols avions déjà été servis sous le régime franquiste, dont c'était l'un des thèmes habituels de propagande idéologique. La chanson, parfois arrogante, parfois souffrante, de la singularité de nos peuples n'était pas bien nouvelle.

Contre les rémanences de ce passé, la voie choisie par l'Espagne pour sa modernisation démocratique passait par l'intégration européenne.

– Nous sommes en plein vol, notre avion a perdu le contact radio, l'aéroport où nous devons atterrir a éteint ses lumières… Voilà notre situation !

C'est à Budapest, le mercredi 26 avril 1989. Et c'est Karoly Gross qui parle, le premier secrétaire du Parti communiste hongrois. Un parti qui est en train de changer de structures, de programme et de langage, pour essayer de s'adapter aux circonstances. En ce printemps des peuples, en effet, l'Europe centrale est lentement transformée par un profond, irrésistible mouvement social et politique de démocratisation.

Un mois et demi avant ce voyage officiel en Hongrie, le 9 mars, à la Moncloa, Felipe Gonzalez et moi-même avions décidé que le ministère de la Culture prêterait une attention particulière aux pays de l'Europe communiste en cours d'évolution vers des formes politiques plus ouvertes.

C'était un processus qu'avait déclenché – et d'une certaine façon voulu – la politique de réforme de Mikhaïl Gorbatchev. Au siècle dernier, un diplomate français a dit, pour caractériser l'esprit de réforme de certains libéraux russes sous le tsarisme, qu'il consistait à agiter le centre pour que la périphérie ne bougeât pas. C'est-à-dire à faire semblant de réformer à la Cour pour que l'Empire maintînt son emprise sur les peuples de l'Europe centrale. Mikhaïl Gorbatchev, pour sa part, était obligé de faire exactement le contraire, s'il voulait avancer sur la voie des réformes inévitables. Il était obligé de faire bouger la périphérie, l'ancien empire de Staline, pour que le pouvoir ne lui échappât pas au centre, à Moscou.

Dans ce mouvement général de transformation, certains pays du glacis soviétique – excellent mot, qui évoque aussi bien le rempart que la glaciation ! – étaient plus avancés que d'autres. La Pologne et la Hongrie se trouvaient dans ce cas, alors que la Tchécoslovaquie et l'Allemagne de l'Est se maintenaient comme des bastions du conservatisme et de la répression.

Plusieurs sortes de raisons expliquaient cette diversité de situations, y compris des raisons difficiles à déterminer objectivement, comme celles qui concernent l'apparition ou le manque de personnalités et de groupes capables d'incarner et d'orienter le mouvement réformateur. Cependant, l'avance prise par la Hongrie et la Pologne était facile à comprendre pour des raisons historiques. Et tout d'abord, parce que ces deux pays avaient fait, en 1956, l'expérience de la révolte contre le stalinisme importé de l'étranger. Quelle qu'eût été l'issue de cette révolte populaire et nationale – écrasée en Hongrie, triomphante en Pologne, mais au profit de l'appareil communiste qui accepta de se rénover partiellement pour conserver le pouvoir, sous Gomulka et Gierek, et revenir sur ses concessions –, l'ampleur du mouvement social obligea Moscou à une série de mesures exceptionnelles. En somme, au prix du sang et des risques assumés, Hongrois et Polonais bénéficièrent d'un régime spécial dans l'ensemble carcéral de l'Empire.

Pour l'Espagne, qui présidait la CEE jusqu'à la fin du mois de juin, il était capital de suivre attentivement l'évolution de ces pays. Au printemps de l'année 1989, il était impossible de prédire le cours des événements. Une chose était certaine, néanmoins. Quelles qu'en fussent les péripéties, quelle qu'en fût la forme, violente ou pacifique, la disparition de l'Empire stalinien semblait désormais inévitable, le mouvement de démocratisation irréversible. Or, à plus ou moins longue échéance, selon le rythme historique des transformations en cours, ici ou là timides et menacées, ailleurs déjà impétueuses, la disparition du système communiste allait avoir des conséquences considérables sur la construction d'une Europe unie.

Il fallait s'y préparer.

C'est Felipe Gonzalez lui-même, en tant que président du

gouvernement, et Francisco Fernandez Ordoñez, en tant que ministre des Relations extérieures, qui assuraient l'orientation de la politique de l'Espagne. Mais lors de nos entretiens du mois de mars – le 9, au cours du déjeuner dont il a été question ; le 29, à la veille de la réunion informelle des ministres de la Culture organisée à Saint-Jacques-de-Compostelle –, Felipe Gonzalez était convenu avec moi que le ministère de la Culture apporterait sa contribution dans ce domaine. D'où l'initiative de ce voyage officiel en Hongrie, à la fin du mois d'avril.

La Hongrie était l'un des rares pays de l'Est que je ne connaissais pas. Je n'avais jamais eu l'occasion d'y venir, encore moins d'y séjourner, sauf le temps d'une escale à l'aéroport de Budapest, durant toute mon époque de dirigeant communiste. Mais c'était l'un des pays au monde avec lesquels j'avais les liens les plus étroits. Les plus intimes, devrais-je dire. Je parle de la sorte de liens spirituels qui peuvent s'établir entre un écrivain et ses lecteurs.

On n'avait pourtant traduit que deux de mes romans en hongrois – les deux premiers, *le Grand Voyage* et *l'Evanouissement*, les suivants ayant été interdits –, mais des circonstances qui me sont demeurées en grande partie mystérieuses, l'intérêt de Georg Lukács pour ces romans ne pouvant à lui tout seul expliquer cet engouement, en ont fait des livres populaires. C'est de Hongrie que me sont toujours parvenues les plus passionnantes lettres de lecteurs. C'est de Hongrie qu'arrivaient les visiteurs les plus exigeants. On sonnait à ma porte, plusieurs fois par an, à Paris. J'ouvrais, je voyais sur le palier un homme jeune, une jeune femme. Dans leur regard était lisible le désespoir lucide qui me permettait aussitôt de les identifier : ils arrivaient de Budapest, j'en étais certain. Le premier qui sonna ainsi à ma porte, inaugurant la longue cohorte de visiteurs hongrois au regard implacable et tendre, fut le cinéaste Istvan Szabó, vers le milieu des années 60. Il voulait tourner une version cinématographique du *Grand Voyage*.

Ainsi, depuis que je publie des livres, j'ai eu deux recours, deux arguments de consolation, aux moments de désarroi, de déception, lorsqu'il m'arrive de constater la relative exiguïté de mon public de lecteurs français. L'un de ces recours consiste à me rappeler une phrase de Maurice Nadeau dans un texte sur Malcolm Lowry, une préface, je crois, à la traduction de *Au-dessous du volcan*. Il y écrivait que ce livre s'était vendu en France au rythme où se vendent les chefs-d'œuvre : quelques centaines d'exemplaires par an. Le second recours ou consolation consistait à me souvenir de la Hongrie. C'était comme dans la chanson de Montand, *Luna Park*. À Paris je n'étais rien, à Budapest j'étais quelqu'un !

Je pus le vérifier, le jeudi 27 avril, où une signature avait été prévue dans une librairie du centre de la ville. Après des années d'interdiction, *la Deuxième Mort de Ramon Mercader* venait d'être publiée en hongrois. Mais les lecteurs apportaient aussi des exemplaires des romans antérieurs, souvent en mauvais état, d'avoir beaucoup servi et circulé. Et la plupart d'entre eux avaient une question à poser. Ou une histoire à raconter : l'après-midi y passa.

Soudain, en datant une dédicace sur un exemplaire du *Grand Voyage*, je me rendis compte que nous étions au mois d'avril. C'était la première fois depuis de longues années que le mois d'avril passait inaperçu. C'est-à-dire qu'il passait sans évoquer en moi les souvenirs de Buchenwald. Le camp avait été libéré le 11 avril par la IIIe Armée américaine du général Patton. La Journée de la Déportation était toujours célébrée en France un dimanche d'avril, vers la fin du mois. À peu près à la date de ce voyage à Budapest. Le mois d'avril était difficile à vivre, pour moi. Plus difficile à vivre que tous les autres mois de l'année, je veux dire. Je m'y voyais toujours contraint de revivre la mémoire de la mort. Solitairement, qui plus est : la mémoire de la mort est impossible à partager avec des vivants, pour proches qu'ils soient. Il serait même indécent d'essayer de la partager.

J'ai écrit la date du 27 avril sous la dédicace et je me suis souvenu de Buchenwald. C'était la première fois que je m'en souvenais. La première fois depuis de longues années que l'angoisse particulière au mois d'avril ne s'était pas manifestée. Qu'elle n'avait pas investi ma mémoire, alourdi mes gestes quotidiens, effacé le goût de vivre, ressuscité d'entre les morts les visages des cauchemars d'autrefois. Je me suis dit que c'était peut-être là l'effet du pouvoir. Peut-être que le pouvoir politique, qui vous fait vivre les illusions de l'avenir, anesthésie la mémoire de la mort.

Ç'est la veille de cette signature de livres que Karoly Gross nous avait reçus au siège du parti encore dominant, mais dont l'hégémonisme s'en allait en lambeaux, jour après jour.

La situation avait changé radicalement en Hongrie. Des élections libres étaient prévues, le pluralisme politique se développait de façon irréversible, mais le siège du Parti – avec majuscule, cette fois, pour bien montrer de qui, de quoi je parle – était encore pareil à tous ceux que j'avais connus dans le passé, de Berlin-Est à Moscou. Le même mobilier, le même protocole, les mêmes carafes d'eau, les mêmes soucoupes avec des bonbons et des petits gâteaux, le même formalisme compassé.

Le langage avait changé, toutefois.

Il aurait été impensable, quelques mois plus tôt, qu'un premier secrétaire nous tînt le langage que Karoly Gross venait d'employer.

– Nous sommes en plein vol, notre avion a perdu le contact radio, l'aéroport où nous devons atterrir a éteint ses lumières... Voilà notre situation !

Je me suis dit que Gross faisait un assez bon résumé de l'état des choses en Hongrie. À un détail près, qui n'était pas négligeable : il ne connaissait pas sa destination. Il ne savait pas sur quel aéroport atterrir. D'ailleurs, même s'il l'avait su, même s'il avait été capable d'établir un plan de vol, un itinéraire, il était évident qu'on ne lui permettrait pas de rester aux commandes jusqu'au terme du voyage.

Il suffisait d'avoir écouté Karoly Gross pendant une heure pour comprendre que ses jours étaient comptés. D'où la nécessité de prendre contact avec les forces de l'opposition qui allaient gouverner en Hongrie dans un délai impossible à déterminer, mais de façon inéluctable.

Ainsi, complétant mon programme officiel de visites sans en demander l'autorisation à quiconque, j'eus des entretiens avec des représentants de quelques organisations démocratiques. Ils étaient en plein vol, eux aussi, mais ils savaient parfaitement sur quel aéroport ils désiraient atterrir, dirais-je pour parodier le langage métaphorique de Karoly Gross.

Cette série d'entretiens aurait été impossible à réaliser s'il n'y avait pas eu à l'ambassade d'Espagne à Budapest un jeune conseiller, Gerardo Bugallo, assez exceptionnel. Remarquablement au fait de la situation politique en Europe de l'Est, qu'il analysait avec une percutante lucidité de son poste d'observation en Hongrie, Bugallo a été, dès ce printemps 1989, six mois avant la chute du Mur de Berlin, la personne que j'aurai entendue formuler le diagnostic le plus précis, le pronostic le plus ajusté sur l'effondrement en cours du système communiste et sur ses conséquences prévisibles à l'échelle européenne et mondiale.

J'ignore, bien entendu, si des traces de cette lucidité sont conservées dans les archives diplomatiques espagnoles, mais les notes de nos conversations à Budapest et une longue lettre postérieure, où le jeune conseiller faisait pour moi, à titre personnel, le bilan serré de son expérience en Europe de l'Est, en porteraient témoignage.

Je retrouvai György Konrád, au cours de l'un de ces entretiens avec les groupes de l'opposition démocratique. Je l'avais connu à Berlin, en 1983. J'y avais été invité – avec Lev Kopolev, Peter Schneider, Hans Christoph Buch et Konrád lui-même – à une réunion d'écrivains organisée à l'occasion du cinquantième anniversaire des premiers autodafés de livres par les nazis, après leur prise du pouvoir.

Nous étions restés en relations depuis lors, l'habituel courant de sympathie avec les intellectuels hongrois ayant fonctionné chez moi une fois de plus.

En octobre 1991, après ma sortie du gouvernement, je fus invité par l'Association des libraires allemands, qui lui avait décerné son prestigieux prix annuel, le *Friedenspreis*, à faire la présentation de György Konrád à la séance solennelle de la remise du prix. Cela se passait, et se passe tous les ans, dans le cadre de la Foire du livre de Francfort. Le lieu de la cérémonie n'est pas indifférent, puisqu'il s'agit de la Paulskirche, où se réunit en 1848 l'Assemblée constituante allemande, issue du mouvement révolutionnaire de ce printemps-là, et dont les travaux constitutionnels, malgré leur inachèvement, ne méritent pas les brocards acerbes que leur prodigua le jeune Marx.

Après la cérémonie, lors du repas officiel qui s'ensuivit, je fus placé auprès de Richard von Weizsäcker, président de la République fédérale allemande. Pendant une bonne partie du déjeuner, il me parla de Hegel et de Felipe Gonzalez. De Hegel, parce que je l'avais cité, dans mon discours de présentation de György Konrád. Je ne l'avais pas fait, on s'en souvient, dans mon intervention aux Cortès espagnoles, deux ans auparavant, le 2 mars 1989. Mais à Francfort, j'avais cité Hegel. J'étais en Allemagne, je parlais de l'histoire européenne, de la transition démocratique en Europe centrale : il était impensable d'oublier Hegel. J'avais pris à partie son concept de l'*Aufhebung*, que j'avais qualifié de sinistre (*unselig*, en allemand). Cela avait intrigué von Weizsäcker, il voulait davantage d'explications sur mon animosité caustique envers ledit concept. J'essayai de les lui donner.

Mais la dialectique de Hegel, fort heureusement, ne nous occupa pas tout le repas. Felipe Gonzalez intéressait davantage le président de la Bundesrepublik. J'avais été dans son gouvernement, que pouvais-je lui dire de Felipe Gonzalez ? Richard von Weizsäcker s'intéressait à l'Europe, au rôle que l'Espagne, avec son expérience de la transition démocratique et des autonomies régionales, pouvait jouer en Europe. Au rôle qu'elle jouait déjà, en particulier grâce à l'ampleur et à l'acuité de la visée européenne de Felipe Gonzalez. D'où venait à ce dernier sa stature indéniable d'homme d'État européen ?

Elle lui venait du tréfonds même de sa vocation politique, avais-je dit au président de la République fédérale. Elle lui venait du plus originaire de son engagement, dont la motivation fondamentale était l'aspiration à une modernisation démocratique de l'Espagne. C'était la Raison démocratique, si fragile, tellement bafouée par l'histoire contemporaine de notre pays, qui inspirait la vocation européenne de Felipe Gonzalez. Chez tous les grands Espagnols du XXe siècle – et Felipe Gonzalez est incontestablement l'un d'entre eux –, la visée européenne aura toujours été déterminée par la volonté, trop souvent malheureuse, d'ouvrir notre pays aux entreprises de la réforme, de l'arracher à l'arrogance archaïque et haineuse de sa singularité rétrograde.

C'était la meilleure explication, m'étais-je aventuré à dire à Richard von Weizsäcker, ce jour d'octobre 1991 où nous fêtions le *Friedenspreis* de György Konrád.

À Budapest, deux ans auparavant, j'avais fini par rencontrer un ministre de la Culture. À mon arrivée, le poste était vacant, en effet, à la suite des turbulences politiques auxquelles le pays était soumis en permanence. Nous avions quand même tenu une réunion au ministère, avec quelques directeurs généraux. Ça n'avait pas été passionnant.

Le nouveau ministre était un homme affable, historien de profession, tout à fait conscient de la précarité de sa situation.

L'idée m'était venue, à la suite de mes entretiens avec György Konrád et les autres représentants de l'opposition démocratique hongroise, de profiter de la réunion formelle des ministres de la Culture de la CEE, qui devait se tenir sous ma présidence, trois semaines plus tard – le 18 mai, plus précisément – à Bruxelles, pour faire un geste politique vers les pays de l'Europe de l'Est, la Pologne, la Hongrie, qui commençaient à s'engager sur la voie difficile de la démocratisation. En invitant des délégations de ces deux pays à la réunion de Bruxelles, il me semblait que la Communauté avait tout à gagner. Nous ferions ainsi comprendre que la démocratisation politique était la seule voie d'accès à l'Europe. D'un autre côté, nous encouragerions les forces démocratiques de ces pays, auxquelles l'avenir appartenait, quelles que fussent les échéances, à faire de l'ancrage européen l'objectif essentiel de leur stratégie. La stabilité de l'ensemble européen, au-delà de la Communauté elle-même, était à ce prix, me semblait-il.

Le nouveau ministre de la Culture accepta immédiatement mon invitation. Et il l'accepta dans les conditions que je lui avais posées. Il était impossible, en effet, que la Hongrie ne fût représentée que par le ministre, les circonstances étant ce qu'elles étaient, fluctuantes, en pleine évolution. Je lui proposai donc de se faire accompagner, pour compléter la délégation, par un représentant indiscutable de l'opposition. György Konrád me semblait être un excellent candidat, lui avais-je dit.

Le ministre hongrois accepta immédiatement l'invitation à Bruxelles, dans les conditions que je viens d'indiquer.

De retour à Madrid, à la fin du mois d'avril, la même invitation, dans les mêmes termes, fut transmise au gouvernement de Varsovie, lui proposant d'envoyer à Bruxelles le ministre de la Culture et un représentant de Solidarité.

L'invitation fut également acceptée en Pologne.

Il faut dire que des élections libres allaient y avoir lieu au début du mois de juin et que l'issue ne laissait pas planer le moindre doute sur la victoire des candidats de Solidarité.

À ma grande surprise, c'est à Bruxelles que surgirent les difficultés. Il fallut toute l'habileté et l'opiniâtreté de Carlos Westendorp et de Javier Elorza, nos représentants permanents à la Commission, pour que le Comité des ambassadeurs des Douze acceptât ma proposition. Pourquoi mettre le nez dans le guêpier de l'Europe centrale ? Pourquoi inviter des pays dont l'avenir était tellement incertain ? Est-ce qu'une initiative aussi politique pouvait être prise par le Conseil des ministres de la Culture ? Tous les arguments étaient bons pour refuser une initiative aussi peu orthodoxe.

Finalement, ma proposition fut acceptée par le Coreper (Comité des représentants permanents) mais à un certain nombre de conditions. Assez ubuesques, il faut le dire.

Tout d'abord, les délégations de Pologne et de Hongrie n'auraient pas le droit d'assister, même en spectateurs sans voix, à la réunion formelle des ministres de la Culture. Une fois cette réunion terminée, nous pourrions accueillir nos invités. Mais dans une salle différente de celle où aurait été tenue la réunion formelle. (Quelle contagion craignait-on ? Quelle pureté fallait-il préserver ?) Finalement – et ce fut sans doute la condition la plus absurde –, nos invités ne seraient pas reçus par les douze ministres de la Communauté. Seule la troïka (c'est-à-dire le groupe de trois, composé par le président en exercice, flanqué par son prédécesseur et son successeur à ce poste, attribué par rotation alphabétique) aurait le droit de recevoir les délégations de l'Est et de s'entretenir avec elles.

Malgré toutes ces entraves et ces chicanes, la réunion fut un succès. Pour la première fois, la voix des forces démocratiques, dont l'émergence allait bouleverser le paysage politique de l'Europe de l'Est, se faisait entendre au siège de la Commission européenne. Sans doute était-ce par le biais d'une réunion de ministres de la Culture, de moindre rang et de plus faible poids que d'autres instances communautaires, mais c'était un premier pas. D'autant plus significatif que la veille même, le 17 mai, l'Allemagne de l'Est, la Roumanie et la Tchécoslovaquie s'étaient mises d'accord pour s'opposer ensemble et résolument au processus de réforme en cours en Hongrie.

Mais je n'en suis pas encore là.

J'en suis au 2 mars 1989, de longs mois avant la Révolution de velours à Prague. Vačlav Havel vient d'être de nouveau emprisonné. Il n'est encore qu'un « obscur auteur dramatique » et je viens de protester à la tribune des Cortès contre l'arbitraire de cette arrestation. Revenu au banc du gouvernement pour écouter les orateurs des différents groupes parlementaires, je viens de sursauter en entendant M. Olabarría, honorable porte-parole du Parti nationaliste basque, avouer qu'il n'a même pas pu retenir le nom de l'écrivain tchèque que je viens de citer.

Quelques instants plus tard, cependant, ce même orateur va me féliciter. Car il se souvient fort bien, en revanche (il faut dire que la presse n'a pas cessé de le rappeler, ces derniers jours), du nom d'un autre écrivain que j'ai mentionné dans mon discours : celui de Salman Rushdie.

– En tout cas, monsieur le Ministre, a dit le député basque, je veux entrer dans le vif du sujet, sans autres prolégomènes, en vous félicitant au nom de mon groupe, au nom de mon parti, et en vous félicitant très sincèrement pour l'attitude que vous avez prise dans le cas de Salman Rushdie, de son roman *les Versets sataniques* et des problèmes que ce cas suscite. Je tiens à souligner deux de vos prises de position personnelles, de vos propositions personnelles, que j'approuve entièrement. La première concerne l'idée d'une édition internationale du roman de Rushdie ; la seconde concerne le boycottage de la Foire du livre de Téhéran, dont vous avez donné le signal et l'exemple...

Deux semaines avant ma comparution à la Chambre, la *fatwa* condamnant à mort Salman Rushdie avait été promulguée à Téhéran. En rappelant dans mon intervention les principes de tolérance et de pluralisme qui doivent inspirer toute politique culturelle, j'avais ajouté :

– Il convient de réaffirmer ces principes ici et maintenant, non seulement pour des raisons de méthode, de transparence d'un discours théorique et pratique. Il convient aussi de le faire parce que des événements récents, en cette fin de siècle, les mettent gravement en danger, aussi bien dans le domaine des relations internationales que dans celui, intime, de la conscience individuelle. Des événements singuliers et singulièrement répugnants, à vrai dire. Je veux parler, Vos Seigneuries l'auront déjà compris, de la condamnation à mort d'un écrivain pour quelques phrases ou paragraphes d'un roman qui seraient blasphématoires, qui mettraient en question certains credo ou certains codes de la religion islamique, du moins de l'une de ses interprétations historiques. Et sans doute l'Eglise coranique ne manque-t-elle pas de sages docteurs pour en juger, mais quel que puisse être leur verdict sur la réalité du blasphème, rien ne peut justifier une condamnation aussi fanatique, renouvelée depuis et accompagnée de funèbres commentaires théocratiques. Dans la réaction universelle que cette condamnation a provoquée, on a insisté à juste titre sur la barbarie de l'imam Khomeyni. Il est inadmissible, en effet, qu'un écrivain ait à payer de sa vie le prix de sa liberté de création, de sa liberté de pensée : liberté pour l'erreur et pour la vérité, dont le critère échappe par principe à tout tribunal théologique, à toute raison d'État.

» Mais il est encore plus inadmissible, plus impressionnant aussi, qu'autant de milliers de fidèles musulmans se soient déclarés prêts, frénétiquement, à exécuter la sentence. *I am ready to kill Rushdie* : ce mot d'ordre a déjà surgi un peu partout, il a été mercantilisé, même, reproduit en guise d'accrochage publicitaire massifié sur les blanches tuniques des croyants. Dans l'espoir de gagner le paradis, et au passage quelques millions de dollars – monnaie de compte, par ailleurs, du grand Satan américain –, des milliers de sectateurs, sans doute honnêtes pères de famille, parangons des vertus familiales, ont accepté de devenir des assassins illuminés. La condamnation à mort de l'écrivain a donc déjà tué tout sentiment de justice, de tolérance, de solidarité, chez des milliers d'êtres humains. Avant même d'atteindre son objectif mortifère, l'imam Khomeyni aura réussi à blesser mortellement les âmes de son troupeau de fidèles croyants et ceci pèsera autant que cela, ce n'est pas impensable, à l'heure du jugement de l'Histoire...

Simultanément à cette prise de position à la Chambre des Députés, j'avais demandé aux services concernés du ministère de la Culture – la Direction générale du livre ; celle de Coopération internationale – de prendre l'initiative de mesures de soutien à Rushdie d'ampleur européenne : celles en particulier que le porte-parole du Parti nationaliste basque avait rappelées et approuvées. La présidence de la Communauté européenne nous obligeait à être doublement attentifs à cette question.

En fin de compte, il s'avéra que l'édition plurinationale des *Versets sataniques* que j'avais imaginée comme une entreprise communautaire n'était pas réalisable. Nous décidâmes alors d'apporter un soutien ministériel explicite à la traduction espagnole du roman de Salman Rushdie. Son éditeur originaire, Seix Barral, fut appuyé par l'ensemble des maisons d'édition littéraires espagnoles, qui assumèrent nominativement la coresponsabilité de la publication. Sous la gerbe en forme de rosace de tous ces noms illustres, une phrase rappelait le soutien du ministère de la Culture, octroyé en application des articles de la Constitution de 1978 garantissant les libertés d'expression.

C'est ainsi que la traduction espagnole du roman de Salman Rushdie parut au mois de mai 1989. J'en suis assez satisfait. Assez fier, même, pourquoi le nier ? Dans le genre, en effet, c'était une première mondiale. La France suivit notre exemple quelque temps plus tard.

Une photographie s'est échappée de l'enveloppe de grand format, en provenance des Pays-Bas, que j'avais trouvée sur mon bureau, avec le courrier matinal.

Je demeurai bouche bée, abasourdi.

C'était une image grisâtre, découpée dans un vieux journal néerlandais. Elle avait été collée sur un support cartonné, d'un gris foncé. Sans doute une feuille d'album photographique.

C'était une photographie de mon père, dans la force de l'âge, vêtu d'un long manteau sombre, coiffé d'un chapeau melon. Il descendait les marches du perron d'un bâtiment vraisemblablement officiel.

Je regardais cette image, abasourdi.

Je lus la légende de la photo extraite d'un vieux journal. Elle m'était compréhensible bien que rédigée en néerlandais. Pendant deux ans, de 1937 à 1939, j'avais fait des études dans cette langue, au Tweede Gymnasium de La Haye. J'en conservais un souvenir suffisant pour en déchiffrer le sens.

Gezant de Semprun, pouvais-je lire, *verlaat het ministerie van Buitenlandse Zaken, waar minister Patijn hem medemeelde dat de Nederlandse regering het bewind van generaal Franco erkend heeft.*

En deux mots : la photo représentait mon père – qui avait été pendant les deux dernières années de la guerre civile chargé d'affaires de la République espagnole à La Haye – au moment de quitter le ministère néerlandais des Affaires étrangères, où l'on venait de lui annoncer la reconnaissance du régime de Franco par les Pays-Bas.

Je regardais cette photo, le cœur battant.

Je pouvais lire la tristesse, l'accablement, sur le visage de mon père. Je pouvais y lire aussi de la détermination : la volonté de faire face, de faire comprendre aux photographes de presse qui l'attendaient – par la dignité de sa tenue, la droiture de son corps, de son port de tête – la vérité et la justice de la cause qu'il avait défendue, contre la violence fasciste et l'indifférence suicidaire des démocraties.

Je regardais cette image d'outre-tombe le cœur battant. Je me demandais d'où elle surgissait, un demi-siècle plus tard.

Une lettre accompagnait l'envoi de cette photo. Une lettre manuscrite de deux feuillets couverts d'une écriture féminine limpide, en anglais.

« *Excellency*, disait la lettre, *more than 50 years ago I visited the Tweede Gymnasium in Den Haag. In the back of my class-room was sitting a Spanish boy...* »

C'était moi, ce garçon espagnol dont se souvenait ma correspondante. J'étais assis au fond de la classe, en effet. À côté d'un adolescent juif allemand, réfugié aux Pays-Bas. Il s'appelait Klaus Landsberger, ma correspondante s'en souvenait aussi. Elle s'appelait Sonja, elle avait treize ans à l'époque, le même âge que le petit Espagnol que j'avais été, apparemment.

Je veux dire : l'apparence, le doute qui y est inhérent, ne concernant pas mon âge, qui était indiscutable, ils concernaient mon existence, la réalité de celle-ci.

Sonja était née la même année que moi, disait-elle dans sa lettre. « *Must be a good year.* » Sans doute une bonne année, disait-elle. Une bonne année, 1923 ? Ça se discute. Quoi qu'il en soit, nous étions nés la même année, Sonja et moi. Elle se souvenait que le petit Espagnol était plutôt taciturne, qu'il ne souriait jamais. Ou plutôt, il ne souriait que deux fois par jour : une fois en arrivant en classe le matin, une fois encore en quittant la classe l'après-midi. Et c'est à elle, à elle seule, qu'il souriait, se souvenait Sonja.

Je lui souriais, donc.

Elle n'avait jamais oublié ces sourires, ajoutait-elle, elle n'oublierait jamais. « *I fell completely in love. Don't underrate the feeling of a well educated 13 years old girl...* »

Mais non, je ne sous-estimerai jamais les sentiments d'une jeune fille de treize ans.

Un jour, au mois de mars de l'année 1939, poursuivait Sonja dans sa lettre, le petit Espagnol ne revint pas en classe. Il disparut soudain. Elle trouva la raison de cette disparition dans le journal. Elle avait découpé la photo, l'avait conservée dans un album de famille. La photo du père de son copain espagnol qui avait disparu un jour de mars 1939. Cette photo de mon père que j'avais sous les yeux, un demi-siècle plus tard. La photo qui expliquait ma soudaine disparition. Elle avait conservé cette photo, écrivait-elle, c'était le seul lien qui lui restait avec ce passé. Le seul souvenir, même indirect, seulement allusif, de son copain espagnol du Tweede Gymnasium de La Haye. Le seul souvenir du vert paradis des amours enfantines.

« *I saw the picture*, écrivait Sonja, *cut it out and put it in my photo-album, just to have a thing connected with him. It had been there for over 50 years...* »

Pendant un demi-siècle, donc, à travers toutes les vicissitudes de la vie, Sonja avait gardé précieusement cette photo de mon père. Et les vicissitudes avaient été plutôt rudes. Pendant l'occupation nazie de la Hollande, Sonja et sa mère avaient été arrêtées par la Gestapo. Elle-même avait été relâchée, mais sa mère, déportée, avait disparu dans un camp de concentration.

« *I don't want to write more about that time. It upsets me and I'm still wondering why I am still alive...* »

Elle ne voulait pas parler davantage de cette époque, je la comprenais. Elle était en vie, émerveillée de l'être, je la comprenais. Moi aussi il m'arrivait de m'émerveiller d'être en vie. Non pas que la vie soit une merveille, forcément. Ce qui est merveilleux c'est de pouvoir s'émerveiller d'être en vie. Ou de pouvoir s'en étonner, s'en attrister, s'en désespérer, s'en vouloir, même.

Sonja, en tout cas, s'étonnait d'être encore en vie.

Elle s'était mariée, avait eu des enfants, avait parcouru le monde, avant de revenir se fixer à Amsterdam, d'où elle m'écrivait. Dans l'album de famille, préservé à travers les orages de la vie, il y avait toujours eu cette photographie grisâtre, fantomatique, de mon père. Du père de son ami de la première adolescence, son copain espagnol du lycée de La Haye. Un monsieur au chapeau melon, au long manteau noir, au visage figé dans la gravité d'une douleur maîtrisée, sur le perron du ministère néerlandais des Affaires étrangères. Seule trace matérielle des souvenirs d'antan : l'adolescence, les paradis perdus, l'émoi de vivre les troublantes infortunes de la vie.

Et puis, disait Sonja dans sa lettre, un demi-siècle plus tard, elle avait soudain vu réapparaître le nom de son copain d'enfance dans un programme de télévision.

« *When the television transmission was announced*, disait-elle, *and I saw a well known name, I first thought it was your father...* »

Quand elle avait vu apparaître le nom jamais oublié, elle avait d'abord pensé qu'il s'agissait de mon père. Dans sa mémoire ne perdurait, en effet, que l'image d'un garçon de treize ans. Mais ça ne pouvait pas être mon père, bien entendu. C'était bien moi, cinquante ans après le Tweede Gymnasium.

« *The transmission made a deep impression on me, and not only on me. Many people were speaking about it...* »

Il semble bien, en effet – j'en ai eu des témoignages autres que celui de Sonja, probablement subjectif –, que cette émission de télévision a eu aux Pays-Bas une certaine répercussion. Son réalisateur, Wim Kaizer, avait eu l'idée d'interroger séparément, mais sur les mêmes thèmes, quatre écrivains : Gabriel García Márquez, George Steiner, György Konrád et moi-même. Ensuite, il avait monté en alternance et contrepoint les quatre entretiens.

C'est à Madrid, quelques semaines avant que Felipe Gonzalez ne m'appelât à faire partie de son gouvernement, que Wim Kaizer avait réalisé l'entretien avec moi. Nous nous étions enfermés pendant deux jours, avec son équipe technique, dans une suite de l'hôtel Wellington. Il tourna également quelques plans de coupe en extérieur. À sa demande, je le conduisis rue Concepción Bahamonde, où j'avais vécu plusieurs années dans la clandestinité.

Kaizer voulut aussi connaître les paysages madrilènes de

mon enfance. Je lui montrai certains endroits du parc du Retiro : la roseraie, le lac où glissaient les rameurs, le Palais de Cristal – ainsi que la rue Alfonso XI. Je ne pouvais pas prévoir que j'allais y revenir, un mois plus tard à peine, pour y habiter dans un appartement de fonction, juste en face de la maison où j'avais vécu jusqu'à la guerre civile et dont j'avais montré à Wim Kaizer la longue suite de balcons du dernier étage.

La lettre de Sonja se terminait ainsi : « *Heaven only knows if we will ever meet again. Be blessed.* »

Impossible de savoir si nous nous reverrions un jour, en effet. Le visage de ses treize ans a émergé dans la brume du souvenir, fugitif et doré, pour s'effacer à nouveau. J'ai fait un effort pour le fixer. J'y suis parvenu un instant, le cœur me battait. Puis l'image de Sonja m'a échappé, a fondu sous mon regard intérieur. Mais elle réapparaîtra, désormais, parfois, dans l'évanescente éternité de la mémoire.

Je regardais la photographie, je ne parvenais pas à m'en détacher.

En mars 1939, mon père fut convoqué au ministère néerlandais des Affaires étrangères. Le gouvernement des Pays-Bas était sur le point de reconnaître le régime de Franco : il fallait abandonner la légation d'Espagne, située sur le Plein 1813, une place portant la date d'une victoire sur Napoléon à laquelle participèrent des troupes hollandaises. L'Europe entière est parsemée de rues et de places aux noms de batailles contre Napoléon.

Il fallait abandonner le vaste jardin de notre résidence, où fleurissaient les magnolias et les rosiers.

L'exil commençait, en mars 1939.

J'avais quinze ans, la guerre d'Espagne était finie, j'arrivais à Paris. J'allais être interne au lycée Henri IV.

À cette époque-là (et cela a duré jusqu'à une date assez récente, jusqu'à la crise définitive du modèle jacobin de l'État-nation, et je dis « jacobin » pour parer au plus pressé, au plus évident : on pourrait remonter dans l'histoire de la France ; on pourrait de même prolonger en aval cet état de grâce national, cette grâce d'État, car la tradition bonapartiste n'est pas non plus innocente à cet égard), à cette époque-là, en tout cas, les Français étaient tranquillement assurés de leur identité, qui ne leur posait aucun problème.

Autant les intellectuels allemands ou espagnols contemporains avions à travailler d'abord sur la notion problématique, équivoque souvent, de notre appartenance à une communauté nationale, autant les intellectuels français trouvaient cette question résolue par l'histoire. Ils pouvaient passer à l'ordre du jour. De Barrès à Bernanos, de Renan à Jaurès, pour n'en signaler que deux filières ou filons d'une chatoyante richesse de nuances, la preuve est faite de cette continuité : quelles que fussent les conclusions que les uns ou les autres en avaient déduites, l'existence même de la communauté nationale, sa cohérence, sa cohésion, ses vertus, ses ressorts ultimes n'étaient jamais remis en question.

Probablement l'œuvre narrative et dramatique de Jean Giraudoux était-elle, à l'époque de mon arrivée en France, l'expression littéraire la plus accomplie de cette tradition à son apogée, au moment donc où les premières inquiétudes commençaient à poindre sous la perfection transparente et mystérieuse de l'écriture.

Une conséquence de cette tranquille assurance identitaire était la conviction partagée par tous les Français intelligents et cultivés, selon laquelle la France était la seconde patrie de tout le monde. La mienne, par exemple. Ça m'a toujours surpris, parfois avec un brin d'irritation, cette tranquille suffisance. Mais cette époque est révolue. La France, du moins par la voix de ses élites, se refuse aujourd'hui à être la seconde patrie de qui que ce soit ou de n'importe qui. Elle résiste à être terre d'exil et d'asile, par crainte d'y perdre son âme. L'esprit de la France a aujourd'hui de la difficulté, de la douleur même, à se concevoir dans l'universalisme de sa vocation. Il aurait plutôt tendance à s'enraciner et se calfeutrer dans sa différence.

Quoi qu'il en soit, j'arrivai en France, en mars 1939.

L'exil était ma seconde patrie. Plutôt, la langue de l'exil était cette patrie possible. Je lisais *Paludes, les Nourritures terrestres*. Je lisais *Juliette au pays des hommes, Suzanne et le Pacifique*. Je lisais *le Sang noir*. Je lisais *le Mur* et *la Nausée*.

Je lisais *la Condition humaine* et *l'Espoir*. Je lisais *les Thibault*. Cette lecture était ma seconde patrie, cette découverte de la langue française. Ce le fut, du moins, jusqu'au jour où je découvris que ce n'était point vrai. Que c'était encore plus déroutant : ce n'était pas la langue qui était une patrie, mais le langage.

J'avais quinze ans, j'étais interne au lycée Henri IV, Madrid était tombée, je faisais l'apprentissage solitaire de l'exil.

Je regardais la vieille photo sur papier journal. Durant un demi-siècle, elle avait été conservée dans l'album de Sonja O. Elle me l'avait envoyée, se demandant si je la connaissais. Non, je ne l'avais jamais vue.

C'était le matin du 22 juin 1989.

Au début de la matinée, l'un des moments que je préférais. J'étais seul dans mon bureau, je buvais du café très fort en feuilletant la presse, en triant la correspondance. La journée ministérielle n'avait pas encore commencé. On pouvait encore l'imaginer fructueuse, imaginer qu'on parviendrait à faire avancer les dossiers en cours, à voir les décisions prises produire leurs effets, malgré les lourdeurs et les rigidités de l'appareil administratif.

À quelques jours près, un an s'était passé depuis mon arrivée au ministère. Je pouvais faire un bilan. L'heure s'y prêtait, le silence, aussi, la solitude. Même l'arrivée imprévue, imprévisible plutôt, de la photographie de mon père, par les souvenirs qu'elle évoquait, parce qu'elle rendait soudain transparente l'opacité d'une vie forcément oublieuse d'elle-même, ravivant dans le présent les illusions et les choix du passé, même cette image d'outre-tombe m'aidait à mettre en perspective mon action de l'année écoulée, à lui trouver un éclairage ajusté.

La vieille photo évoquait une histoire familiale, certes. Des souvenirs à partager avec des intimes : quelques vivants, beaucoup de morts. Elle évoquait la mort, cette photo d'outre-tombe. Mais elle n'évoquait pas seulement une histoire privée : la mort dans une histoire privée, familiale. Elle n'évoquait pas seulement la mort de mon père, en le faisant réapparaître soudain de façon fantomatique. Elle évoquait aussi la fin d'une époque.

Mon père quittait le ministère néerlandais des Affaires étrangères ; le général Franco était reconnu par les gouvernements démocratiques européens ; le maréchal Pétain arrivait à Burgos ; Staline montait à la tribune du XVIIIe Congrès du Parti communiste soviétique, il déclarait que son pays, dans le conflit qui s'annonçait, ne tirerait les marrons du feu pour personne ; les armées de Hitler occupaient Prague ; Milena Jesenskà pleurait de rage et de courage.

Les ides de mars 1939 n'étaient pas néfastes seulement pour une famille espagnole, la mienne, chassée dans les déserts de l'exil, ainsi que le rappelait la photo envoyée par Sonja O. Elles étaient néfastes pour l'Europe tout entière.

Au moment où se terminait la présidence espagnole de la Communauté européenne, la vieille photographie rappelait le chemin parcouru. La figure spirituelle de l'Europe, dont avait parlé à Vienne et à Prague le vieux Husserl, ne commençait-elle pas à se dessiner ?

VI

D'une lecture de Tocqueville

Cher Ministre :

J'ai voulu examiner avec quelque distance et un peu de calme ton interview du 29 juillet. En même temps, je ne voulais pas interrompre tes vacances. C'est pour cela que je te donne maintenant mon impression...

Cette lettre, dont je traduis les premières lignes, était datée du 20 août 1990. C'était une lettre manuscrite. Et elle m'était adressée par Felipe Gonzalez, on l'aura sans doute deviné. Je l'avais trouvée le jeudi 30 août, en rentrant à Madrid.

Habituellement, je passais les vacances d'été en France, sans apparat ministériel ni appareil de sécurité, qui auraient été en Espagne impossibles à éviter. J'allais chez moi, dans les Gâtinais, et chez des amis chers. Vacances itinérantes : Biarritz, Quincié-en-Beaujolais, Mirabeau.

Mais cette année-là j'avais fait un détour par le Mexique, avant de rentrer en Espagne. Long détour mais bref séjour à Mexico. Trois jours seulement pour assister à un colloque organisé par la revue d'Octavio Paz, *Vuelta*. On y devait débattre de l'expérience de la liberté au XXe siècle. L'assistance était choisie, en provenance du monde entier, de toutes les disciplines intellectuelles. J'y retrouvai des gens que j'estimais depuis longtemps, certains sans les connaître, d'autres pour qui mon estime se mêlait d'amitié ancienne, parfois intime. De Leszek Kolakowski et Adam Michnik à Lucio Colletti et Daniel Bell ; de Cornelius Castoriadis, Irving Howe et Agnès Heller à Jorge Edwards et Mario Vargas Llosa. Il y eut des discussions passionnantes et des instants passionnés.

Mais je n'ai pas l'intention de résumer le contenu ni de narrer des épisodes relatifs au colloque que présida Octavio Paz avec son habituelle sérénité rigoureuse. L'évocation de certains moments aurait été plaisante, certes. Pleine de saveur et de signification. Du moins pour moi. Du moins sur le plan du morceau de bravoure. Pour le chroniqueur – le comptable angoissé – du temps retrouvé qui sommeille en chaque romancier, il aurait été plaisant de digresser et divaguer sur la visite que nous fîmes de la maison où Léon Davidovitch Trotski fut assassiné, à Coyoacán. Abattu à coups de piolet montagnard par Ramón Mercader. J'avais tellement rêvé de cette maison, je la connaissais si bien dans mon imaginaire que le parcours de sa réalité quelque peu délabrée avait eu un goût de trouble nostalgie.

J'en reste là. J'en ai peut-être déjà trop dit. Peut-être me suis-je déjà trop détourné de mon propos. Car mon propos, en cette fin du mois d'août 1990, est de rentrer le plus vite possible à Madrid. J'en ai écourté le séjour débordant d'idées et d'amitié, au colloque de *Vuelta*.

J'avais hâte de rentrer à Madrid.

Le 2 août, à peine installé dans le temps du loisir et des lectures, les troupes de Saddam Hussein avaient envahi le Koweït, effaçant de la carte du monde un État souverain.

Felipe Gonzalez n'avait pas estimé nécessaire de rappeler tous ses ministres, déjà éparpillés par les vacances. Il s'était borné à créer une cellule de crise à la Moncloa avec les titulaires des portefeuilles des Relations extérieures, Francisco Fernandez Ordoñez, et de la Défense, Narcis Serra. La ministresse porte-parole du gouvernement, Rosa Conde – qui participait également aux réunions de ce groupe, alors que le vice-président Alfonso Guerra n'était pas du nombre –, avait assuré la liaison téléphonique avec les autres membres du Cabinet.

À cette situation de crise internationale – qui provoqua durant de longs mois un débat très vif parmi les intellectuels espagnols – venait s'ajouter une tension croissante dans la société civile. Ou plutôt : entre celle-ci et le parti socialiste au pouvoir.

Ce dernier devait tenir son 32e Congrès avant la fin de l'année, dans une conjoncture historique particulièrement délicate. L'effondrement du système communiste, en effet, surdéterminait de façon complexe, obscure parfois, perverse même, la crise interne de l'hégémonie socialiste en Espagne. Le PSOE, il est vrai, avait encore gagné en 1989 les élections législatives, manquant d'un seul siège aux Cortès une troisième majorité absolue. Il pouvait gouverner sans problèmes, du moins sur le plan arithmétique et formel. Mais une crise latente et larvée depuis près de deux ans – depuis qu'en décembre 1988 une grève générale avait modifié le modèle traditionnel des relations entre le parti et le syndicat d'obédience socialiste –, accentuée plus récemment par des affaires de corruption, de trafic d'influence et de financement illicite, mettait en question la crédibilité de certains responsables de l'appareil, et du même coup celle du projet politique dans son ensemble.

Le moins que l'on pouvait dire, c'était que le PSOE ne réagissait pas à cet ensemble de problèmes avec une imagination débordante. Il était même navrant de constater le retard accumulé et l'arrogance déployée à nier l'évidence de la crise.

Dans ce contexte, j'avais publié le dimanche 29 juillet, dans le quotidien *El País*, l'interview à laquelle Felipe Gonzalez faisait allusion.

J'y abordais ouvertement les questions liées à la crise du système hégémonique fondé sur la majorité absolue au Parlement et le monolithisme de l'appareil du PSOE. À ce propos, je rappelais que le léninisme n'avait pas surgi du néant ; qu'il avait surgi dans l'expérience de la social-démocratie européenne. Le léninisme, disais-je, « est une exaspération, et par là une falsification, des pratiques d'appareil de la social-démocratie européenne. Lénine a porté à leurs ultimes conséquences les principes qui régissaient la vie des partis ouvriers de la fin du XIXe, du début du XXe siècle. À commencer par celui de la conscience de classe extérieure, qui est imposée à la classe ouvrière par un appareil professionnel… Les appareils doivent exister, ils sont nécessaires, il n'y a pas de grand parti sans appareil, ni de démocratie sans partis, mais les appareils ont leur routine, leur culture, et il faut constamment faire une révolution contre les appareils… ».

Je qualifiais, et c'était le cœur de l'entretien, les deux courants principaux du PSOE (ses « deux âmes »), constamment à l'œuvre même s'ils n'étaient pas cristallisés, codifiés. Un courant social-démocrate moderne, qui assumait les réalités de l'économie de marché, qui se proposait de les réorienter – tout en sachant qu'elles étaient indépassables, du moins à l'intérieur du mode de production dominant à l'échelle mondiale, dont les infinies ressources étaient démontrées par l'échec sanglant de l'expérience soviétique (tiens, tiens ! Je suis en train d'imiter Hegel : je parle en quelque sorte de l'*Aufhebung* de l'économie de marché !) –, qui pensait, en tout cas, qu'il était impossible de relancer une stratégie de gauche sans aller jusqu'au terme de la logique du marché, pour la maîtriser.

Le deuxième courant, qui avait une longue tradition historique dans le socialisme espagnol et qu'avait personnifié dans les années 30 un homme comme Largo Caballero, je le qualifiais d'opportuniste de gauche. « Opportuniste dans le sens que ce courant, dépourvu d'une ligne cohérente, succombe toujours à la tentation de se placer toujours rhétoriquement à la gauche de la gauche, avec des traits populistes et démagogiques. »

J'analysais ensuite les conséquences pour toute politique de gauche de l'effondrement du système communiste. Dans ce contexte, je critiquais les erreurs de la gauche européenne, la pusillanimité de sa stratégie envers ledit système. Il était facile de prévoir, disais-je, que cette erreur allait être lourdement payée, par l'inexistence pratique d'un pôle de référence et d'action du socialisme démocratique dans les régimes se mettant en place en Europe centrale et orientale.

Finalement, j'insistais sur le rôle que Felipe Gonzalez devait jouer – et lui seul le pouvait : autre signe de la distorsion préoccupante du fonctionnement du PSOE – dans la rénovation de l'appareil, le rétablissement du pluralisme interne, en vue de la préparation du 32e Congrès du parti. « Il ne s'agit pas de l'écrasement d'un courant par l'autre, disais-je. Il s'agit d'ouvrir un débat. Et il est évident que le débat va s'ouvrir, que le prochain congrès va être ouvert. Sinon, ce sera un congrès suicidaire, mais je crois que c'est peu probable... »

Je me trompais : le 32e Congrès fut, sous le discours unanimiste et triomphaliste, un congrès de clôture de l'espace politique, de mainmise absolue de l'appareil sur la composition des délégations, d'abord, sur celle des instances dirigeantes, ensuite. Au fond, il fut suicidaire, c'est vrai. Mais les organisations politiques, surtout quand elles sont au pouvoir, ont la vie dure. Nous sommes encore à attendre les suites de ce suicide annoncé.

Et je me suis trompé parce que j'ai surestimé la décision intime de Felipe Gonzalez de procéder à la rénovation du PSOE, ou d'ouvrir par son intervention cette procédure. Au bout de tant de longues conversations avec lui sur cette question, je savais que son analyse repérait parfaitement les obstacles à franchir, qu'elle lui indiquait clairement la route à suivre. Mais la décision d'agir, de créer s'il le fallait les occasions de passage à l'acte, lui faisait encore défaut, s'avérait-il. J'avais pris pour de la volonté ce qui n'était encore que confuse velléité.

Je savais bien que cet entretien pouvait susciter des réactions de tout ordre. J'en avais assumé le risque.

Il était inhabituel, en effet, d'après les codes non écrits mais contraignants de fonctionnement du système, qu'un ministre s'exprimât publiquement sur des problèmes politiques majeurs, dépassant la compétence de son administration. Le fait de ne pas appartenir au PSOE m'octroyait, en principe, une plus grande marge de liberté, dans la mesure où ma parole n'était pas confisquée par les représentants autorisés de l'appareil. Mais, d'un autre côté, cela rendait encore plus inconvenante pour les bien-pensants mon ingérence dans les affaires intérieures du parti.

Dès mon arrivée au gouvernement, deux ans plus tôt, j'avais délibérément cultivé cette différence. J'avais essayé de donner un style personnel à ma gestion, dans toutes les circonstances. Je ne pouvais pas faire autrement, de toute façon. Un intellectuel, quelle que soit la parcelle de pouvoir qu'il occupe, pour minime qu'elle soit, ne peut se laisser absorber par sa fonction. Il faut qu'il continue d'exister par lui-même, qu'il ait une parole propre, au double sens du mot –

personnelle et purifiée des adhérences de l'opportunisme gouvernemental (à ne pas confondre avec la raison d'État, qui, elle, est une composante légitime de la raison démocratique) –, s'il ne veut pas abdiquer son identité. J'avais donc toujours gardé mon franc-parler, alors que le mutisme, du moins sur les questions brûlantes, semblait une règle d'or pour les membres du gouvernement, à quelques exceptions près.

À l'exception de Felipe Gonzalez lui-même, bien entendu. À l'exception de Rosa Conde, ministresse porte-parole, qui parlait par obligation professionnelle. Souvent pour ne rien dire ou ne dire que des banalités, maladroitement de surcroît. Mais peut-être est-ce par obligation professionnelle que les porte-parole gouvernementaux ne disent rien ou que des banalités. Peut-être l'essence de la parole officielle réside-t-elle dans cette vacuité.

Il arrivait aussi aux ministres de l'Economie, Carlos Solchaga, et de l'Industrie, Claudio Aranzadi, de prendre la parole. Mais ils avaient tendance à ne parler, pertinemment d'ailleurs, que des problèmes de leur département. On pouvait comprendre leur retenue, car ils étaient les cibles préférées des campagnes de rumeurs et de discrédit organisées en sous-main par les guerristes de l'appareil. Leur silence était pourtant regrettable, car ils étaient les ministres les plus intelligents, les plus cultivés, politiquement les plus lucides, du gouvernement dont j'ai fait partie.

Exception faite de Felipe Gonzalez, sans doute. Mais Felipe est une exception, dans tous les cas de figure imaginables. Il est exceptionnel comme homme d'État et de pouvoir, mais aussi comme leader populaire.

Pour mes prises de parole – qui ne concernaient pas que les problèmes du ministère de la Culture –, je m'étais fixé une seule règle : jamais je ne dirais quoi que ce soit publiquement que je n'eusse pas déjà dit en privé à Felipe Gonzalez.

Entendons-nous : ça ne signifiait pas que je lui soumettais le texte de mes discours ou entretiens de toute sorte. L'idée ne nous en serait jamais venue, ni à lui ni à moi.

Une seule fois je lui ai proposé de connaître d'avance un discours que j'allais prononcer quelques jours plus tard. Il s'agissait du texte que j'avais écrit pour la remise du prix

Cervantes à l'écrivain paraguayen Augusto Roa Bastos, le 26 avril 1990. La cérémonie solennelle, dans l'amphithéâtre de l'université d'Alcalá de Henares – lieu de naissance de Cervantes et de Manuel Azaña –, se déroulait toujours en présence du roi et de la reine, ainsi que des ambassadeurs des pays de l'Amérique hispanique.

Etant donné le caractère de l'œuvre de Roa Bastos, dont le principal roman, *Yo, el Supremo*, aborde magistralement un thème qui parcourt, tel un fil rouge, toute la littérature sud-américaine, celui du caudillo, du patriarche au pouvoir absolu, j'avais décidé de conclure mes paroles par une mise en cause directe de Fidel Castro, dernier dinosaure de la tradition en question.

« Un jour, avais-je prévu de dire pour terminer – et avais-je dit effectivement –, un jour quelconque, aujourd'hui même, pourquoi pas ? à l'instant même, quelqu'un dira, moi-même, par exemple, à l'occasion de quelque événement littéraire, et celui-ci me semble excellent, je dirai donc la survivance dans l'actualité américaine du “caudillo” charismatique et populiste, à la barbe fleurie et à la main implacable, parce qu'elle se prétend paternelle, je dirai le dernier chapitre de ce roman inachevé. Le dernier chapitre, et il faut espérer que sa fin sera heureuse, de l'automne du patriarche des Caraïbes, qui parvint un jour jusqu'à la capitale de son île, après une guerre populaire, et qui proclama dans son premier discours : “L'heure est arrivée où les fusils doivent se mettre à genoux devant le peuple. ” Mais trente ans sont passés et le peuple est toujours à genoux devant les fusils et le patriarche continue d'être enfermé dans son discours interminable, son monologue monolithique, qui prétend parler au nom du peuple mais qui se borne à monopoliser son silence bâillonné… »

C'est ainsi que se terminait le discours du prix Cervantes que j'avais proposé à Felipe Gonzalez de connaître par avance, exceptionnellement.

Nous nous promenions ce jour-là dans les jardins de la Moncloa, comme souvent. Seuls tous les deux, comme d'habitude. Il m'a regardé avec une sorte d'étonnement, quand je lui ai fait cette proposition.

– Je lirai ton discours après, m'a-t-il dit. Probablement avec plaisir. Sûrement pas avant, je te fais confiance !

Il m'a toujours fait confiance, c'est vrai.

Ma règle était donc qu'il n'apprît pas dans les médias, par surprise en quelque sorte, quelle était mon opinion sur telle ou telle question. Mais cette règle ne concernait que le contenu de mes déclarations, pas leur forme. Ni le moment choisi pour les faire. Ainsi, si Felipe Gonzalez n'a jamais pu être surpris par le fond d'aucune de mes interventions publiques, il a pu en désapprouver la forme. Ou douter de son opportunité. Sans rien m'en dire, d'ailleurs. Jusqu'à ce jour de juillet 1990 et mon interview dans *El País*.

Il est vrai que ce jour-là j'avais malmené un tabou.

Malgré l'éloignement vacancier, j'avais pu constater par la presse espagnole qui me parvenait irrégulièrement que l'entretien avait provoqué un remous considérable. S'y mêlaient l'intérêt, souvent approbateur, et la polémique la plus agressive à mon égard. Les fidèles d'Alfonso Guerra étaient montés au créneau, me demandant d'un ton comminatoire de ne point m'occuper des affaires du parti socialiste. Ou bien, plus péremptoirement, de quitter le gouvernement.

J'étais curieux de savoir où j'en étais, à la fin de ce mois d'août 1990, en arrivant de Mexico. Je fus aussitôt fixé.

Je désire promouvoir le débat et avoir un Gouvernement capable d'analyser et de développer des lignes d'action politique, sans briser la relation interne qui dépend de moi ; c'est-à-dire, la cohésion et le respect entre les membres de l'équipe.

Tes déclarations rendent difficile le maintien de cette cohésion et donnent lieu à des réponses qui provoqueraient une rupture définitive dans la marche de l'équipe.

Je ne veux pas m'étendre davantage. Je préfère que nous en parlions la semaine prochaine.

Je t'embrasse, Felipe.

Ainsi se terminait la lettre du président du Conseil dont j'ai déjà cité les premiers mots. Entre ces deux passages, quelques paragraphes abordaient les questions de fond posées dans mon interview.

La conclusion de ce message présidentiel était facile à tirer, même si elle restait en suspens dans le texte même, remettant une décision à une conversation entre nous. Il était évident que je devais quitter le gouvernement, puisque j'y étais un obstacle à la cohésion de l'exécutif. Quand, comment, de quelle exacte façon ? C'étaient sans doute les modalités de ce départ que Felipe Gonzalez voulait discuter avec moi. Le lendemain, vendredi 31 août, se tenait le conseil des ministres de la rentrée. Je saurais à quoi m'en tenir.

La journée de mon retour à Madrid fut calme, le ministère n'ayant pas encore retrouvé son rythme de travail habituel. Elle fut cocasse, également. Je voyais bien sur certains visages une expression d'incrédulité, d'étonnement. J'étais encore ministre ? J'étais revenu dans mon bureau, après ce mois d'août rempli de polémiques, d'attaques contre moi ? On pouvait s'exprimer comme je l'avais fait et ne pas être viré ? À l'heure du déjeuner, dans un restaurant des environs de Madrid où j'avais été chercher un peu de fraîcheur, je rencontrai un ami écrivain. Nous nous saluâmes, je lui dis de m'appeler au bureau, l'un de ces jours. « Mais tu as encore un bureau ? me demanda-t-il. On ne t'a pas encore coupé le téléphone ? » Il plaisantait, certes, mais n'en pensait pas moins.

Je ne parlai de la lettre de Gonzalez qu'à une seule personne, à Carlos Solchaga, ministre de l'Economie. Je l'appelai, lui dis que j'avais quelque chose d'important à lui faire savoir, nous prîmes rendez-vous pour dîner, à *La Ancha*, notre restaurant d'été préféré.

Sans doute est-il temps de dire deux mots de Carlos Solchaga.

Parler de lui maintenant peut paraître une digression. Apparemment, ça va m'écarter de mon propos, qui était de m'expliquer sur l'interview qui provoqua, à échéance retardée par la guerre du Golfe, ma sortie du gouvernement. L'apparente digression va nous jeter pourtant dans le vif du sujet : *in medias res*, comme aimait à le dire, dans un latin transparent, le seul philosophe espagnol du XXe siècle qui soit présentable en société, Ortega y Gasset, bien sûr. Et hélas aussi !

Je ne savais rien de Solchaga, le jour de juillet 1988 de mon premier conseil des ministres, lorsque j'ai assisté à la passe d'armes, à fleurets mouchetés, entre Alfonso Guerra et lui, à propos des nominations à la Banque d'Espagne.

Ce fut un incident minime, mais il me permit de saisir aussitôt certains des problèmes du pouvoir socialiste. J'en parlai à Felipe Gonzalez dès que nos conversations à la Moncloa devinrent régulières, à partir de la rentrée de septembre. Plus tard, lorsque nos positions politiques se rapprochèrent et que nous devînmes amis, j'en ai parlé aussi avec Carlos Solchaga.

Il m'était très vite apparu que c'était la plus forte personnalité politique du gouvernement, après ou à côté de Felipe Gonzalez. La clarté de ses interventions, sa maîtrise des dossiers, la culture qui pointait dans ses propos, souvent sur un mode ironique, attirèrent mon attention. L'essentiel n'étant pourtant pas là : l'essentiel étant pour moi que Solchaga avait radicalement dépassé les impasses de la rhétorique et de la théologie de la gauche archaïque et testimoniale. Il me semblait être parfaitement en accord avec le projet politique de Felipe Gonzalez, dont les contours et les objectifs étaient à saisir dans l'analyse de sa stratégie de gouvernement, quel que fût le brouillage qu'y apportait la verbosité habituelle d'Alfonso Guerra et de sa cohorte de théoriciens en voie d'obsolescence.

C'est parce que je connaissais l'accord profond qui unissait les deux hommes depuis de longues années que je pouvais me permettre de parler à Solchaga de la lettre de Felipe Gonzalez : jamais le ministre de l'Economie n'en ferait état dans des circonstances qui nuiraient à l'autorité indispensable du président du gouvernement.

Une autre raison pour lui en parler était que mon interview du 29 juillet ne faisait que poursuivre et développer une initiative qu'il avait prise lui-même. Nous étions, en quelque sorte, embarqués dans la même aventure.

Au début du mois de juillet 1990, en effet, lors d'une réunion du Comité fédéral du PSOE où commencèrent à être débattues les questions du prochain congrès, prévu pour l'automne, Carlos Solchaga avait fait une déclaration retentissante. C'est-à-dire, la déclaration en elle-même était parfaitement raisonnable et modérée, marquée au coin du bon sens. Elle ne prenait une allure retentissante que du fait du mutisme et du conformisme ambiants dans les hautes sphères de l'appareil socialiste. Carlos Solchaga s'était limité à déclarer, en effet, qu'il serait opportun et convenable que les instances dirigeantes du parti fussent moins monolithiques, à l'issue du prochain congrès.

Ce simple souhait, pour raisonnable qu'il fût, et conforme par ailleurs aux traditions du socialisme démocratique, souleva une tempête de protestations et de critiques dans le noyau dur, guerriste, de l'appareil.

« Guerriste », j'en fais la mise au point peut-être tardivement, n'est pas un qualificatif idéologique ou politique. Ce n'est pas un qualificatif univoque, cohérent, clair, du moins. C'est plutôt l'expression d'une typologie. Ou d'une topographie socio-politique des lieux de pouvoir. Ou même d'une topique. Alfonso Guerra était le patron absolu de l'appareil, depuis la victoire électorale de 1982 qui avait conduit Felipe Gonzalez à s'occuper presque exclusivement du gouvernement, et tous les cadres de commandement avaient été choisis par lui ou pour lui. À son image et ressemblance. Ce qui n'empêchait pas certains d'entre eux d'avoir avec leur patron – Enrique Múgica, le ministre de la Justice, en était l'exemple parfait – des rapports masochistes : plus Guerra les maltraitait, y compris en public, plus ils le révéraient.

En tout cas, Solchaga fut attaqué de toutes les façons possibles, pour avoir osé souligner le monolithisme des instances dirigeantes, pour avoir osé espérer que le prochain congrès y porterait remède.

C'est en grande partie à cause de ce spectacle navrant – à cause aussi de la solitude où il me sembla que Solchaga avait été abandonné – que j'avais décidé de donner à *El País* un entretien politique.

J'avais décidé de m'engager – à ma manière, avec mes propres idées – dans la voie ouverte par sa déclaration sur le monolithisme de la direction du PSOE. J'étais convaincu que la rénovation du socialisme espagnol avait un impérieux besoin de Carlos Solchaga.

Sans doute me faut-il remonter quelque peu en arrière pour saisir la chaîne des événements et leur signification.

Il me faut remonter à Alexis de Tocqueville.

Le hasard voulut, en effet, que l'on publiât à Madrid, en janvier 1990, une très belle édition critique de *la Démocratie en Amérique*. L'auteur en était un Espagnol talentueux, Eduardo Nolla, qui avait fait sur les divers manuscrits de Tocqueville un travail d'édition historique superbe. Le hasard fit encore que les deux volumes de *la Démocratie*... – en espagnol, par ailleurs, l'édition française, originale forcément, fut publiée à Paris un mois plus tard – arrivèrent sur ma table au moment même où commençait l'affaire Juan Guerra. Celle-ci exigeait – l'aurait dû, en tout cas – de chacun des responsables de la politique socialiste, au parti et au gouvernement, une réflexion approfondie. Sur la démocratie, en général. Sur la spécificité et les dangers de l'hégémonisme démocratique, en particulier.

Cette nouvelle lecture de l'essai de Tocqueville (nouvelle à un double titre, parce que je le lisais pour la deuxième fois et parce que le texte rétabli par Nolla était nouveau à bien des égards) m'aida considérablement non seulement à éclairer et préciser ma pensée, mais aussi à m'orienter, dans la pratique, sur les décisions à prendre.

Sans le concours amical, bien que parfois un peu distant et ironique – aronien, pour tout dire – d'Alexis de Tocqueville, j'aurais peut-être tardé à prendre publiquement position sur l'affaire Juan Guerra. Je ne l'aurais peut-être pas fait de façon aussi tranchante. En fin de compte, l'affaire concernait le PSOE, dont je n'étais pas. J'aurais pu m'éviter des ennuis en gardant un silence qui aurait été prudent mais non point infâme. Je ne dois pas avoir le chic pour m'éviter des ennuis.

« L'aristocratie et la démocratie se renvoient mutuellement le reproche de faciliter la corruption ; il faut distinguer :

« Dans les gouvernements aristocratiques, les hommes qui arrivent aux affaires sont des gens riches qui ne désirent que du pouvoir. Dans les démocraties, les hommes d'État sont pauvres et ont leur fortune à faire.

« Il s'ensuit que, dans les États aristocratiques, les gouvernants sont peu accessibles à la corruption et n'ont qu'un goût très modéré pour l'argent, tandis que le contraire arrive chez les peuples démocratiques… »

Je lisais à haute voix ce paragraphe du cinquième chapitre de la deuxième partie de l'essai d'Alexis de Tocqueville. Je le lisais en espagnol, certes, dans la belle version d'Eduardo Nolla. Je lisais ce texte à haute voix à mes collaborateurs les plus proches, un matin, dans mon bureau du ministère. Je rétablis ici le texte original, c'est la moindre des choses. Je ne vais quand même pas avoir l'outrecuidance de retraduire en français la version espagnole du texte de Tocqueville !

C'était en février 1990, au cours de l'une des réunions matinales où je faisais le point avec mes plus proches collaborateurs, ceux que je m'étais choisis pour constituer mon cabinet. Il y avait là Juby Bustamante, Joaquin Puig de la Bellacasa, Natalia Rodriguez Salmones, Enrique Balmaseda et Consuelo Sanchez Naranjo. Nous parlions ce jour-là des conséquences néfastes pour la démocratie, en général, et pour la majorité socialiste, en particulier, de l'affaire Juan Guerra. C'est dans ce contexte que j'eus l'idée de leur lire à haute voix des extraits dudit chapitre de l'essai de Tocqueville.

Le paragraphe en question avait pour titre : *De la Corruption et des Vices des Gouvernants dans la Démocratie ; Des Effets qui en résultent sur la Moralité publique.*

Je poursuivais ma lecture :

« … dans les démocraties la corruption s'exerce plutôt sur les gouvernants et dans les aristocraties sur les gouvernés. Dans l'une on corrompt les fonctionnaires publics, dans l'autre le peuple lui-même… »

Cette phrase, pourtant riche de sens, vous ne la trouverez point dans l'édition pré-critique de l'essai tocquevillien. La suivante non plus :

« Dans les aristocraties la corruption s'exerce en général pour arriver au pouvoir. Dans les démocraties elle s'attache à ceux qui sont arrivés au pouvoir. Dans les États démocratiques la corruption nuit donc plus au trésor public qu'à la moralité du peuple. C'est le contraire dans les aristocraties… »

Ni celle-ci, décisive cependant :

« Les grands brigandages ne peuvent s'exercer que chez

de puissantes nations démocratiques, où le gouvernement est concentré en peu de mains, et où l'État est chargé d'exécuter d'immenses entreprises... »

Edouard de Tocqueville, frère de notre Alexis, n'est pas d'accord avec cette dernière considération. Il note, furieux : « ... le mot "brigandage" me paraît inadmissible dans un style relevé ; il faut les "grandes concussions" ou les "grandes dilapidations" ... »

Et il conclut, péremptoire : « Ce petit paragraphe doit être refait. »

Fort heureusement, Eduardo Nolla vint, rétablit le texte d'Alexis dans sa complexité, parfois dans ses tâtonnements significatifs, et nous permit de retrouver cette phrase lourde de sens.

Mais si l'on ne trouve pas dans les éditions pré-critiques de *la Démocratie...* les lignes que je viens de citer, que je lisais à haute voix à mes collaborateurs les plus proches, on peut en revanche trouver celles-ci, qui closent le paragraphe et qui nous ramènent tout droit à l'affaire Juan Guerra.

« Dans la démocratie, les simples citoyens voient un homme qui sort de leurs rangs et qui parvient en peu d'années à la richesse et à la puissance ; ce spectacle excite leur surprise et leur envie ; ils recherchent comment celui qui était hier leur égal est aujourd'hui revêtu du droit de les diriger. Attribuer son élévation à ses talents ou à ses vertus est incommode, car c'est avouer qu'eux-mêmes sont moins vertueux et moins habiles que lui. Ils en placent donc la principale cause dans quelques-uns de ses vices, et souvent ils ont raison de le faire. Il s'opère ainsi je ne sais quel odieux mélange entre les idées de bassesse et de pouvoir, d'indignité et de succès, d'utilité et de déshonneur... »

L'odieux mélange entre « les idées de bassesse et de pouvoir, d'indignité et de succès » s'est opéré dans les premiers mois de l'année 1990 autour du cas de Juan Guerra.

Cette affaire – dont le cours judiciaire se poursuit, au moment où j'écris ces lignes (juin 1993) – n'est pas étrangère au blocage, puis à l'involution du processus de démocratisation de la société sous l'hégémonie parlementaire socialiste, perceptible en Espagne depuis la fin de 1989.

Elle peut se rappeler en deux mots, maintenant que j'en expose les funestes conséquences.

Après la victoire électorale du PSOE en 1982, Alfonso Guerra, devenu vice-président du gouvernement, installa son frère Juan dans le bureau qui lui était réservé en permanence à la Délégation du gouvernement central à Séville (la Délégation étant à peu près l'équivalent d'une préfecture française). Dans ce bureau, Juan Guerra, militant socialiste et sans emploi à l'époque, n'aurait dû jouer qu'un rôle subalterne de liaison. De fait, il était appointé par le parti au tarif des smicards de l'appareil. Or en quelques années, le chômeur assisté, le petit permanent, était devenu millionnaire. Il achetait des propriétés, roulait en Mercedes, brassait des affaires. Le fisc commença à s'intéresser à lui, la justice aussi. Des indices cohérents laissaient supposer qu'il avait utilisé – pour des opérations aussi fructueuses que frauduleuses – le bureau officiel, ainsi que le prestige et l'autorité que lui conféraient ses liens de famille ostensibles et proclamés : toutes les fins de semaine, lorsque Alfonso Guerra retrouvait à Séville sa femme et son fils légitimes, c'est son frère Juan qui l'attendait à l'aéroport avec les autorités de la capitale andalouse.

Il était une sorte de proconsul, en somme, même dépourvu de tout titre officiel.

Le journaliste de *El País*, Jesús Ceberio, m'avait posé une question au sujet de cette affaire, pour l'entretien publié le 29 juillet, dont les répercussions sur la cohésion gouvernementale inquiétaient tant Felipe Gonzalez.

Il m'avait demandé comment s'insérait dans la situation politique le cas Juan Guerra. « De la pire des façons, avais-je répondu. Les médias, c'est vrai, ont prêté une attention particulière à cette affaire : mais celle-ci existe, elle n'a pas été inventée, n'est pas le produit d'une manipulation. Et l'affaire existe par la conjonction ou coïncidence de trois facteurs : il s'agit bien du frère du vice-président, il disposait bien d'un bureau officiel, et, finalement, il s'est rapidement enrichi. La question s'est aggravée parce que l'appareil a eu une réaction lente, arrogante, que ses explications initiales ont été confuses. Si les médias n'avaient pas fait leur travail, on n'aurait rien appris. Tocqueville a déjà souligné dans

La Démocratie en Amérique que les systèmes démocratiques sont ceux où l'on corrompt les gouvernants, les aristocratiques ceux où l'on corrompt le peuple. Que des cas semblables se produisent ne devrait pas nous étonner, mais il faut y réagir aussitôt. Ce qui a eu des conséquences politiques n'est pas l'affaire en elle-même, pour désagréable qu'elle puisse être, mais le retard à réagir, à prendre des distances. »

Par ces quelques lignes, je résumais ma position sur le cas Juan Guerra, que j'avais déjà plus longuement exprimée le 8 mai 1990, lors de l'émission de télévision de Mercedes Milá, *El Martes que viene*, dont j'ai déjà parlé.

L'appareil du PSOE se limita, trop tardivement d'ailleurs, à suspendre provisoirement l'appartenance au parti du frère du vice-président, en lui supprimant par la même occasion le salaire de permanent qu'il continuait de percevoir malgré son rapide enrichissement.

Ces sanctions minimes n'empêchèrent pas que la thèse officielle continuât d'être proclamée : toute l'affaire était une manipulation des médias, une conspiration. Alfonso Guerra alla jusqu'à déclarer qu'il savait quand et comment, dans quel hôtel de luxe d'une île de l'archipel des Canaries, s'était tenue la réunion de haut niveau où ladite conspiration avait été programmée. Il mettait ainsi en cause, par transparentes allusions, le Groupe PRISA, propriétaire du quotidien *El País* et d'une chaîne de radio. Et dans ce groupe, les guerristes désignèrent leur bouc émissaire, coupable de tous les maux : mon ami Javier Pradera.

Cette version ou vision conspirative de l'histoire s'est maintenue en partie, malgré les preuves apportées par les procédures pénales en cours. Encore récemment, Enrique Múgica, membre de la Commission exécutive du PSOE, et ancien ministre de la Justice, a écrit que la campagne à propos de l'affaire, qui visait selon lui Alfonso Guerra lui-même, avait trouvé des complices au sein même du PSOE. « J'ai l'intuition, dit-il, que cette campagne a été nourrie de l'intérieur du parti. Mais si on me demande des noms, des documents, je n'en sais rien. C'est une intuition… »

Les mêmes thèses sont exposées dans le livre de mémoires que publia Juan Guerra, en octobre 1990, *Yo, el hermano (Moi, le frère)*. L'intérêt de ce libelle – qui n'eut aucun succès public, malgré les efforts de lancement et le nombre d'émissions de télévision qui lui furent consacrées, comme si les lecteurs s'en étaient tenus à distance avec une certaine répugnance – vient du fait qu'on y sent la patte d'Alfonso Guerra. À commencer par la citation d'Antonio Machado qui figure en exergue, et qui est insultante pour la mémoire du bon et brave poète. À suivre par l'argumentation politique sous-jacente, qui tend à montrer que la campagne contre Juan Guerra est une manœuvre de la droite contre un authentique militant socialiste. Et par « droite » il faut entendre non seulement les partis politiques conservateurs ou les forces sociales réactionnaires, mais aussi un courant du PSOE lui-même. Ainsi, Carlos Solchaga est nominativement mis en cause dans *Yo, el hermano*, et sa politique économique est jugée opposée aux aspirations sociales des militants.

Encore plus significatif – et plus contestable – est le sentiment que le livre des frères Guerra – Alfonso, même s'il ne signe pas, a publiquement pris position pour appuyer sa publication et son contenu, qu'il jugeait honnête et véridique – dégage diffusément. Si la droite, les patrons, des latifundistes andalous se sont rempli les poches pendant des siècles, pourquoi nous les pauvres n'aurions-nous pas le droit de le faire à notre tour ? ont l'air de dire les auteurs.

Quoi qu'il en soit, j'étais dans mon bureau du ministère, en février 1990, avec mes plus proches collaborateurs, et nous commentions les passages sur la corruption dans l'essai d'Alexis de Tocqueville, *De la démocratie en Amérique*. Pour bien faire, nous aurions dû ajouter aux éléments de discussion l'étude de Max Weber sur *l'Ethique protestante et l'esprit du capitalisme*, ainsi que certains des travaux sur les rapports picaresques à l'argent et à l'honneur dans nos siècles classiques de José Antonio Maravall (père d'un ancien ministre de Felipe Gonzalez, historien rigoureux de la transition démocratique, un des rares membres indépendants de la Commission exécutive du PSOE, pratiquement réduit au silence par le monolithisme guerriste).

Car on ne comprendra rien, du moins en profondeur, à la corruption démocratique en Espagne si l'on ne prend pas en compte les facteurs séculaires des traditions sociales et culturelles. Comme dans tous les pays à prédominance catholique du Sud de l'Europe – ceux où, coïncidence non dépourvue de sens, se sont développés des partis communistes importants –, l'Espagne a une tradition culturelle marquée par un rapport pervers, ambigu en tout cas, à l'argent. Comme au sexe, par ailleurs. Un rapport brûlant, de fascination et d'horreur alternées. Ou mêlées, ce qui est encore plus complexe. La raison en est, bien entendu, que l'Espagne n'a pas connu la réforme protestante, qu'elle en a raté son entrée dans la modernité. D'où l'invention d'un style de vie picaresque, qui nous a donné des romans inoubliables, miroirs tragi-comiques de notre longue misère morale, reflets de notre arriération arrogante.

Tous ces éléments historiques, traditionnels, on peut les repérer, les isoler, les voir agir vibrionnairement dans le passé immédiat du régime franquiste.

Vers le milieu des années 50, en effet – vingt ans avant la fin de la dictature par épuisement biologique du dictateur –, tout a commencé à changer dans les structures matricielles, socio-économiques donc, de la société espagnole. Tout a bougé, tremblé, presque insensiblement au début, dans les interstices de celle-ci, dans le jeu ou l'inarticulation des institutions, des instances et des strates.

Cela a été spontanément possible dans la mesure où le régime n'a jamais réussi à être vraiment totalitaire, malgré les velléités fascisantes de ses débuts, dans les années 40. Et il n'est pas parvenu à l'être, entre autres raisons ou déraisons, à cause de l'opposition, ou du moins la désaffection, minoritaire mais résolue, des élites ouvrières et intellectuelles du pays. Mais aussi, mais surtout, à cause de la présence de l'Eglise catholique, dont l'influence, tout bien pesé, aura été doublement déterminante : tout d'abord, en tant que soutien et instance légitimante de la « Croisade » contre-révolutionnaire ; et puis, revers de cette sainte médaille, en tant que référence morale et idéologique autonome, aussi conservatrice et rétrograde que l'on voudra – et même davantage : à un degré difficile à imaginer aujourd'hui – mais inassimilable, irréductible au paganisme foncier, au populisme à rhétorique plébéienne du parti fasciste espagnol, la Phalange.

Ce mouvement objectif, sur le long terme, s'est déclenché à la suite de l'épuisement catastrophique du modèle autarcique de capitalisme d'État, de dirigisme corporatif et tatillon, qui caractérise la première décennie du régime franquiste. Un capitalisme d'État, soit dit en passant, toujours en retard d'une technologie, d'un seuil de rentabilité, d'une marge suffisante de productivité, et dont les derniers vestiges monstrueux sont encore à détruire ou à réformer par une politique économique sociale-démocrate bien comprise.

D'autre part, le rétablissement des échanges internationaux, la croissance de l'économie occidentale, après la période de reconstruction et les effets du plan Marshall, ont créé simultanément un appel d'air : des centaines de milliers d'ouvriers espagnols sont allés travailler en Europe, des millions de touristes européens ont visité l'Espagne. Les uns et les autres ont apporté fort opportunément leur lot de devises nécessaires au décollage et à la modernisation industrielle.

Ainsi, brisant l'un après l'autre tous les carcans d'un étatisme bureaucratique, les mécanismes libérateurs de l'économie de marché – vieille taupe infatigable – ont travaillé sourdement dans les entrailles et les tréfonds du pays, créant les bases d'une démocratisation pacifique, assurant le « retour de la société civile », selon le titre d'un beau volume d'essais de Victor Pérez Diaz.

Mais le mouvement économique et social des années 50, s'il s'est déclenché en profondeur avec l'imparable objectivité des processus historiques, a été cependant orienté et accéléré par la stratégie des technocrates de l'Opus Dei. Fondé par un hiérarque obscur et illuminé de l'Eglise catholique, Mgr Escrivá de Balaguer, dont le petit livre blanc de maximes de réarmement moral, *Camino*, est aussi sottement primaire, dans un genre concurrent mais analogue, que le petit livre rouge du président Mao, l'Opus Dei n'aurait été qu'une secte de plus, un mouvement d'évangélisation intégriste parmi d'autres, si certains de ses membres espagnols les plus influents n'avaient pas découvert le charme discret de la modernisation capitaliste.

C'est, en tout cas, la modification substantielle du rapport à l'argent des élites de formation catholique qui constitue l'apport essentiel de l'Opus à la culture des années 50 du franquisme. L'argent, honni dans la tradition idéologique dominante ; l'argent qui fascine, comme toute représentation du Mal dans un pays – le seul au monde, à ma connaissance – où le Diable a droit à une statue dans le parc madrilène du Retiro ; l'argent démoniaque et grisant dont il ne fallait jamais parler, comme on ne parlait jamais de sexe – ou alors seulement sur le mode picaresque –, le voilà rétabli à une place honorable ; voilà qu'il n'est plus indigne d'en gagner, d'en faire gagner, d'en faire ruisseler les bienfaits. L'argent est une idée neuve et vertueuse, dans l'Espagne voulue par l'Opus Dei.

Bien sûr, et il ne pouvait pas en être autrement dans un contexte social et culturel aussi sinistre que celui de l'Espagne d'alors : tout ce travail de modernisation s'est déroulé sous les oripeaux de l'archaïsme le plus obscène.

Pour avoir le droit de toucher à l'argent, de le faire fructifier, de s'en salir les mains, les hommes de l'Opus vivaient pour la plupart dans la religiosité frileuse et secrète de leur secte : ils prononçaient des vœux contraignants. Le vœu de pauvreté personnelle, bien sûr. Le vœu de chasteté, cela va de soi ! On ne peut pas jouir à la fois de l'argent et du corps sexué, il faut choisir. Pour le bien de l'Espagne, les hommes de l'Opus Dei ont choisi la jouissance du pouvoir et de l'argent.

Certes, l'austérité hypocrite et gratifiante qu'exigeait ce nouveau rapport à l'argent d'une partie des élites espagnoles a eu son revers de corruption. Malversations, trafics d'influence, abus de biens sociaux, fabuleux enrichissements à l'ombre du pouvoir dictatorial : à partir du moment où l'argent est devenu respectable et relativement facile dans certains milieux, avec l'implosion des carcans réglementaires et administratifs de l'étatisme bureaucratique sous les coups de boutoir des mécanismes de marché, l'Espagne des années 60 et 70 aura été corrompue dans l'âme. Du moins dans ses couches sociales les plus privilégiées. Il fallait que le scandale dépassât les bornes tacitement admises sous le franquisme – qui n'étaient pas quantitatives : il suffisait d'éviter que le pouvoir politique fût ouvertement compromis – pour que des poursuites judiciaires fussent entamées.

C'est sur cet arrière-plan historique qu'il faut lire les leçons d'Alexis de Tocqueville sur la nouveauté de la corruption démocratique.

Le Ier février 1990, quelque temps avant que nous ne fassions nos réunions matinales remue-méninges dans mon bureau du ministère, Alfonso Guerra avait comparu aux Cortès pour répondre aux interpellations parlementaires sur le cas de son frère.

L'hémicycle était plein : pas un député ne manquait. Les tribunes de presse et du public étaient tout aussi combles. Détesté ou encensé, craint surtout, Guerra était un personnage clef de la vie politique espagnole, depuis les débuts de la transition démocratique.

Il y avait sans doute un brin de curiosité sadique dans l'intérêt que soulevait cette comparution parlementaire du vice-président. Si Alfonso Guerra jouait dans l'antichambre des conseils des ministres le rôle de l'intellectuel plongé dans ses lectures et ses pensées, à la Chambre il avait toujours interprété celui de l'intègre jacobin. Son discours vipérin, d'une extraordinaire agressivité verbale, s'était toujours employé à débusquer le mal et les corruptions, à prôner la vertu. On pouvait donc comprendre la joie quelque peu malsaine de voir ce jacobin tonitruant acculé à se défendre dans une affaire semblable. L'arroseur arrosé, cela fait toujours plaisir.

Il faut en dire un mot de plus, pourtant.

L'occasion est excellente, en effet, de cerner de plus près, de façon plus ajustée, la personnalité complexe d'Alfonso Guerra.

La vanité infantile et forcenée d'Alfonso Guerra, la démesure de sa mégalomanie, les retouches constantes qu'il apporte au roman familial – s'attribuant, par exemple, des succès scolaires et des titres universitaires qu'il n'a jamais eus – sont explicables seulement par la velléité pathétique d'effacer ou de compenser les effets névrotiques d'une ancienne douleur. Sur le plan politique, de même, Guerra aura été l'homme du ressentiment : ce sera sa façon à lui de s'imaginer à gauche.

Paradoxalement, du moins en apparence, tous ces défauts

privés ont contribué à forger la stature publique d'Alfonso Guerra. La transition démocratique, en effet – j'y reviens encore : c'est une donnée historique fondamentale – aura été une période d'amnésie collective, spontanée ou délibérée, pétrie de mauvaise conscience autant que de volonté positive de réconciliation. Dans cette période de silence et d'oubli du passé, Guerra a mis en scène son rôle d'héritier de l'antifranquisme. Lui, qui n'a pratiquement rien fait dans l'opposition à la dictature – ou qui a agi à une époque où les risques étaient devenus minimes –, s'est posé en héritier des combattants. Des vaincus, des déshérités, des opprimés. Des « sans chemises », pour utiliser le mot, *descamisados*, qu'il emprunta à la démagogie populiste du péronisme argentin.

À droite, dans la mauvaise conscience généralisée, le discours guerriste impressionnait parce qu'il renvoyait ses représentants parlementaires à des origines néfastes. Ce discours irritait mais était efficace, instrumentalement : il produisait des rancœurs, sans doute, mais aussi du silence docile. À gauche, dans la masse profonde des militants qui approuvaient la politique de la transition, et qui l'approuvaient massivement dans le secret de l'isoloir électoral, la rhétorique guerriste réconfortait, réchauffait les cœurs, aidait à accepter les sacrifices et les frustrations inévitables. D'autant plus, d'ailleurs, que cette rhétorique n'avait pas de conséquences pratiques, qu'elle était du domaine de l'idéal et de l'idéel : baume sur les plaies de l'histoire, opium du peuple.

Je ne sais, et sans doute ne saura-t-on jamais, si Alfonso Guerra jouait ce rôle public par une sorte d'instinct théâtral, ou s'il en avait programmé systématiquement la mise en scène. Certains indices m'ont fait parfois pencher vers cette seconde hypothèse.

Ainsi, Guerra n'assistait jamais aux réceptions officielles, ni au palais royal, ni à la Moncloa. Jamais on ne l'aura vu mettre un smoking ou un frac. Jamais on ne l'aura vu assister aux dîners de gala lors des visites des chefs d'État ou de gouvernement étrangers. Il semblait bénéficier d'une bulle spéciale qui l'exemptait des obligations protocolaires de sa charge. Il ne participait même pas à la rencontre, totalement informelle et conviviale, que Felipe Gonzalez organisait tous les ans avec ses ministres, à la veille des congés de fin d'année.

Mais s'il faisait semblant de dédaigner la pompe du pouvoir, en tirant gloire et avantage de ce dédain, célébré par ses fidèles, pour conforter son image d'homme de gauche austère, resté proche des petites gens, des « sans chemises », Alfonso Guerra ne méprisait pas pour autant les avantages réels de sa position. Voitures, escortes, exigences protocolaires : ça n'y allait pas de main morte, lorsque le vice-président se déplaçait.

Son chef-d'œuvre, pourtant, dans ce domaine, était l'apparat public de sa vie privée. Délibérément, par des confessions journalistiques savamment orchestrées, des reportages photographiques de complaisance, Guerra et ses éventuels conseillers en communication avaient alimenté la presse à sensation en informations sur sa vie amoureuse. Toute l'Espagne pouvait en suivre les péripéties.

Ainsi, il était de notoriété publique, entretenue par la presse du cœur, qu'Alfonso Guerra avait laissé à Séville sa famille légitime – femme et fils – qu'il retrouvait toutes les fins de semaine. À Madrid, le reste du temps, il avait un autre ménage, tout aussi officiel et « couvert » par les échos mondains, bien qu'illégitime. Sa « compagne sentimentale » – c'est le terme habituel de la presse du cœur espagnole – était une jolie jeune femme de la bonne société, très lancée dans la vie artistique de la capitale, dont il avait une fille prénommée Alma (à cause de Mahler, bien entendu : Guerra ne nous aura épargné aucun des tics et trucs toc du snobisme kitsch !).

On aura compris que mes observations n'ont aucun caractère de censure morale. Que le vice-président fût bigame, polygame, ou même, à la limite, monogame, ça ne regardait personne. Du moins en tant qu'événement du domaine privé. Or c'était Guerra lui-même qui en faisait une affaire publique. Publicitaire, à l'occasion. Comme s'il avait voulu nous prouver qu'il n'était pas seulement fin lettré, amateur de poésie et de musique, non seulement fin politique, émule de Machiavel, mais aussi irrésistible don Juan, par qui le scandale de la liberté et du libertinage arrivait dans une société bourgeoise abhorrée.

Ce qui était intolérable, pourtant, dans cette vie privée délibérément placée sous l'éclairage public, c'était de voir ce jacobin donneur de leçons de morale gaspiller l'argent des contribuables à assurer la protection policière voyante et permanente de ses deux femmes, de ses deux enfants et de tout le personnel y afférent.

Alfonso Guerra, en somme, homme d'une gauche de ressentiment, à la rhétorique populiste, vivait comme un satrape oriental.

Un peu après 17 heures, donc, le Ier février 1990, Alfonso Guerra monta à la tribune de la Chambre des Députés pour s'expliquer à propos du cas de son frère Juan.

Il fit une déclaration liminaire assez brève, assez sobre et totalement mensongère. Car il prétendit ne rien savoir de la vie de son frère Juan, n'être en rien responsable de l'attribution à ce dernier d'un bureau officiel au siège de la Délégation du gouvernement à Séville.

Mais le pire était encore à venir.

Le pire arriva lorsque Alfonso Guerra reprit la parole pour répondre aux questions, observations ou critiques des porte-parole des divers groupes parlementaires. Alors se dévoila la vraie nature du personnage. Longuement, d'un ton arrogant et sectaire, oubliant qu'il était l'accusé et non pas le procureur dans cette affaire, il commença à étaler le linge sale, ou présumé tel, des uns et des autres. Il cita ou fit des allusions voilées à des dossiers confidentiels. Il fit état de certaines correspondances privées, dont on pouvait se demander comment elles étaient parvenues dans ses mains. En un mot, il répliqua en éclaboussant de boue l'ensemble de la classe politique, en utilisant parfois des locutions qui étaient au bord du chantage. Qui étaient, en tout cas, menaçantes. Sa tactique était simple. Répréhensible sur le plan de l'éthique, certes. Inefficace, en outre, sur le long terme. Mais fort simple, puisqu'elle se limitait à exiger le silence sur le cas de son frère Juan, si l'on voulait éviter d'avoir à son tour des casseroles à traîner devant l'opinion publique.

J'ai regardé de nouveau, avant d'écrire ces lignes, la cassette de l'enregistrement vidéographique de cette séance aux Cortès. J'y ai retrouvé tous les éléments que j'en avais conservés en mémoire. J'ai retrouvé le personnage d'Alfonso Guerra, tel que je m'en souvenais, retors et sottement machiavélique. Je n'ai pas retrouvé l'essentiel, pourtant. L'essentiel, à partir du moment où le vice-président s'est enfoncé dans le marais de son propre discours, se passait sur le visage de Felipe Gonzalez, assis à sa place au banc du gouvernement. Mais le réalisateur de la télévision espagnole n'a pas saisi l'essentiel de ce moment dramatique. Car Guerra avait mis en scène sa comparution, mais il ne pouvait prévoir les sentiments qui se feraient lisibles sur le visage de Gonzalez, au moment où il se noyait dans le fleuve boueux d'un discours mafieux.

Pourtant, malgré la gêne, l'étonnement réprobateur, l'indignation même, à certains moments, tous les sentiments qu'avait suscités sur le visage de Gonzalez le discours du vice-président, il semblait que celui-ci continuait d'être son alter ego.

Ce qui se passa aussitôt après tendrait à le prouver, en tout cas.

À peine la séance levée, en effet, les journalistes assaillirent Felipe Gonzalez. Une forêt de micros se dressa devant lui. Des caméras l'encerclaient. Dans la meute d'où surgissaient toutes les questions à la fois, Felipe Gonzalez explosa soudain : « On dirait que certains cherchent à imposer la démission du vice-président. Eh bien, il faut que ce soit clair : si le vice-président est obligé de démissionner, je le ferai avec lui ! On aura deux démissions pour le prix d'une seule ! »

Et il força le barrage des informateurs de presse et de télévision pour disparaître.

La riposte du président du gouvernement, totalement absurde dans sa brutale sincérité, était sans doute une sorte de fuite en avant. Déçu par son alter ego, par son évidente incapacité à convaincre les députés, prévoyant que l'affaire Juan Guerra allait continuer d'empoisonner la vie politique, Felipe Gonzalez jetait tout le poids de son prestige et de son autorité dans la balance, pour essayer d'en interrompre les développements.

Mais son geste, pour explicable qu'il fût sur le plan des

pulsions psychologiques primaires, était politiquement néfaste. Inutile, de surcroît, sur le long terme. Car rien ne pourrait plus arrêter la machine journalistique et judiciaire mise en branle, il était facile de le prévoir. La suite le montra bien : le cas Juan Guerra alla à son terme juridique, jusqu'à l'établissement d'une dizaine de mises en accusation. Et le vice-président dut démissionner de son poste, quelques mois plus tard. Non seulement Felipe Gonzalez ne le suivit pas dans son départ, mais encore est-il hors de doute qu'il l'exigea.

Il y avait la lumière latérale d'un soleil déclinant. Un horizon bleuté de montagnes. Le silence d'une soirée de septembre, sur la terrasse de la Moncloa.

Si j'avais quitté le fauteuil de jardin sur lequel j'étais assis, en face de Felipe Gonzalez; si j'avais marché jusqu'au rideau d'arbres qui clôturait l'espace de la terrasse, derrière le palais, mon regard aurait plongé dans la faille du terrain où coule le Manzanarès. J'aurais vu, sur ma gauche, le profil urbain de Madrid qui a été fixé par tant de peintres, en particulier par Velázquez et Goya. J'aurais vu, sur ma droite, les pentes qui descendent vers la rivière, vers le pont des Français, où l'armée franquiste fut arrêtée, en novembre 1936. C'est là, dans le brouillard d'une aube d'automne, que les Brigades internationales furent engagées pour la première fois dans la bataille de Madrid : à l'arme blanche, contre les *tabors* marocains et la Légion étrangère de Franco.

Mais je n'ai pas quitté mon fauteuil.

Il était huit heures du soir, le mardi 4 septembre 1990. Felipe Gonzalez allait m'expliquer pourquoi je devais quitter le gouvernement.

Finalement, ce n'est pas le vendredi 31 août, le jour du premier conseil des ministres de la rentrée, que l'explication avait eu lieu. Après la réunion du conseil, j'avais été trouver le président du gouvernement. Je lui avais demandé une entrevue immédiate en tête à tête. Ma hâte avait eu l'air de le surprendre, de l'incommoder presque. N'avions-nous pas le temps ? De toute façon, il était pressé ce jour-là, m'avait-il dit. Je lui avais rétorqué que dix minutes lui suffiraient pour tirer la conclusion qui restait en suspens dans sa lettre. Il pouvait sûrement trouver dix minutes. Mais il s'était refusé à cette précipitation. Il avait besoin de beaucoup plus de dix minutes pour parler avec moi, m'avait-il dit.

Il m'avait demandé quelles étaient mes occupations, les jours à venir. Je devais aller à Venise, à une réunion de ministres de la Culture. C'était au tour de l'Italie de présider le Conseil européen. « À moins que je ne sois plus ministre de la Culture », lui avais-je dit. Il n'avait pas eu l'air d'apprécier mon humour, pour une fois. « Tu es ministre, tu vas à Venise, nous nous voyons mardi ! » avait-il conclu, péremptoire.

C'était mardi, nous nous voyions, sur la terrasse de la Moncloa. Nous buvions même un whisky.

Est-ce parce que je pressentais, dès ce soir-là, que je ne viendrais plus m'asseoir sur cette terrasse de la Moncloa pour parler avec Felipe Gonzalez ? Ou bien est-ce que je projette rétrospectivement sur ces deux heures de conversation un sentiment de fin de partie, d'adieu quelque peu nostalgique ?

Nostalgique pour moi, je veux dire.

En tout cas, tout s'est inscrit dans ma mémoire, à jamais. Le paysage, la lumière changeante du soir tombant, le bruissement d'une brise soudain levée, chargée d'odeurs agrestes, les allées et venues du maître d'hôtel attentif à nos possibles souhaits, les mots que nous disions, conclusion en quelque sorte d'un échange commencé tant d'années plus tôt. Et la tension entre nous, qui ne provenait pas du désaccord, de la discordance manifeste, qui provenait de la conscience d'avoir atteint à une limite, à un point de rupture entre l'extraordinaire complicité privée et les obligations de la charge publique. De la sienne surtout, bien évidemment. Une tension positive, curieusement, tonique dirais-je, malgré la séparation prévisible de nos destins. Jamais il ne m'est apparu, en effet – ni à Felipe non plus, j'ose le présumer –, que ma sortie du gouvernement pouvait changer quoi que ce fût à la longue confiance mutuelle, à la générosité reconnaissante de nos sentiments l'un pour l'autre, à l'estime intellectuelle qui n'avait fait que grandir au cours des années passées à travailler ensemble, dans la clarté tutélaire de son amitié.

Des mois passèrent encore, de longs mois, avant mon départ

du gouvernement, au début mars 1991. La guerre du Golfe gela la situation, remettant à une date ultérieure, non prévisible, le remaniement ministériel. Je continuai de travailler comme si de rien n'était. Je nommai des gens à certains postes, j'en destituai d'autres. Je fis des voyages officiels en Europe de l'Est. Je fis partie des ministres qui accompagnèrent Felipe Gonzalez au sommet franco-espagnol du 13 novembre 1990, à Paris. J'en revins dans l'avion du président du gouvernement, seul avec lui. Il mit à profit le voyage pour me faire lire la transcription de ses conversations avec Mikhaïl Gorbatchev, quelques semaines auparavant, à Madrid. Il en vérifiait le compte rendu officiel. Nous en fîmes le commentaire. En décembre, Felipe Gonzalez me fit inclure parmi les ministres qui l'entouraient, lors d'un sommet hispano-marocain, à Rabat. Pourtant, je n'avais rien à discuter, aucun problème à régler avec le ministre de la Culture du royaume chérifien. À l'aéroport de Rabat, au moment du retour à Madrid, alors que nous étions alignés sur le tapis rouge protocolaire, en attendant que Felipe Gonzalez et le Premier ministre marocain eussent terminé de passer les troupes en revue, Francisco Fernandez Ordoñez se tourna vers moi : « Sais-tu à quoi j'ai pensé sans cesse pendant ces deux-jours ? » Non, je ne savais pas. « J'ai pensé que c'était toi, le scénariste de *l'Attentat* ! » Il y eut des rires. Je ne garantis pas que tous les ministres espagnols présents eussent compris la phrase d'Ordoñez. En tout cas, Carlos Solchaga et Claudio Aranzadi, qui faisaient partie du voyage officiel, en avaient compris le sens.

En novembre, pour le premier anniversaire de la chute du Mur de Berlin, s'était tenu le 32e Congrès du PSOE. Rien ne s'y passa. Rien d'autre que les rituels de toujours. On y approuva dans l'enthousiasme le fameux *Programme 2000*, qui devait ouvrir la route du XXIe siècle au socialisme espagnol et qui était obsolète avant même d'avoir été approuvé, puisque rédigé avant la crise mondiale qui avait emporté le système soviétique et mis à mal le monde démocratique. D'ailleurs, à peine approuvé par acclamations au congrès du PSOE, le *Programme 2000*, présenté comme le fruit d'une longue et profonde réflexion collective, fut oublié et renvoyé au magasin des accessoires : plus personne n'en aura entendu parler.

Sur le plan de l'organisation, des méthodes de travail et des instances dirigeantes, le 32e Congrès du PSOE ne fut pas celui de l'ouverture et de la rénovation que certains avaient espéré et d'autres fait miroiter, pour s'éviter les débats sur le fond. Il confirma la mainmise des hommes de l'appareil d'Alfonso Guerra sur tous les organes de direction.

Il me fut impossible de savoir – depuis notre entrevue du 4 septembre, les questions du parti n'avaient plus été abordées entre nous – si Felipe Gonzalez avait réellement caressé l'espoir d'une ouverture au 32e Congrès. Ce qui est sûr c'est qu'il ne se donna pas les moyens de l'obtenir, qu'il n'indiqua pas avec précision quels étaient ses choix et ses objectifs. Dans les faits, cela revenait à laisser les mains libres à l'appareil guerriste.

Le courant rénovateur, dont les chefs de file ne se distinguaient pas par leur audace, se borna à théoriser dans le vague ou l'abstrait, attendant de Gonzalez un signal clair qui ne vint pas. Ce fut un jeu de dupes, probablement : de son côté, le secrétaire général du PSOE et président de l'exécutif, pourrait avoir attendu des rénovateurs une alternative politique cohérente à tous les niveaux, pour s'engager à leur suite ou se placer à leur tête. Les rénovateurs furent battus à plate couture, logiquement. Dans un parti organisé selon les principes du centralisme démocratique, comme l'était le PSOE d'Alfonso Guerra et de « Txiki » Benegas, on n'aura jamais vu qu'un courant rénovateur gagne un congrès.

Placé devant les résultats prévisibles de celui-ci, le seul recours de Felipe Gonzalez fut de proclamer hautement son autonomie en tant que chef de l'exécutif. Le parti commande à Ferraz, dit-il en substance dans son discours de clôture, et c'est moi qui commande à la Moncloa !

C'était le moindre mal, certes, mais cette attitude ne réglait rien sur le long terme. Dans un système d'hégémonie du genre de celui prévalant en Espagne à l'époque, la question complexe des rapports entre le parti majoritaire et le gouvernement qui en est issu n'est pas durablement résolue par le simple maintien de l'autonomie de l'exécutif, surtout lorsque ladite autonomie ne tient qu'à un fil : à l'autorité largement charismatique du leader qui assume la direction des deux instances, dont la légitimité, au plan constitutionnel, n'est fondée que sur l'appui de son parti. Or, en vertu de la composition des organes de direction du PSOE, une mise en minorité de Felipe Gonzalez, bien que peu probable, n'était pas réellement impossible, en cas de divergence politique accentuée. Et les divergences de fond mûrissaient inéluctablement dans la situation de crise du système hégémonique qui s'approfondissait depuis un an.

Quoi qu'il en soit, le 4 septembre, lors de ma dernière conversation avec Felipe Gonzalez sur la terrasse de la Moncloa, nous avions repris tous les thèmes qui avaient nourri nos rencontres.

Je n'avais rien à perdre, lui avais-je dit pour finir, peut-être même beaucoup à gagner, aussi bien sur un plan strictement personnel que sur celui de mon avenir politique – si tant est que ce dernier point m'intéressât – à quitter le gouvernement à la suite de mon interview à *El País*. Etre renvoyé du gouvernement – car il ne fallait pas compter sur ma démission : ce serait une destitution, inévitablement – pour un tel motif ne pouvait que lui nuire. Or je n'avais aucun désir de lui nuire, de porter un préjudice quelconque au prestige et à l'autorité dont il aurait besoin, un jour ou l'autre, pour la bataille de renouveau du PSOE. Un jour ou l'autre, mais immanquablement. À moins qu'il ne fît le choix désastreux d'abandonner son parti au pragmatisme opportuniste d'Alfonso Guerra, orné des plumes de paon d'une rhétorique radicale.

Donc, lui avais-je dit pour finir, renvoie-moi à mes chères études le jour où cette destitution ne te sera pas trop préjudiciable. Felipe Gonzalez trouva la formule appropriée. Il la répéta, assez satisfait. Il en tint compte, d'ailleurs, puisqu'il me renvoya dans le cadre d'un remaniement profond de l'exécutif. Et après avoir prié Alfonso Guerra de quitter le gouvernement. Ainsi, je survécus politiquement à ce dernier pendant plus d'un mois : ce n'était pas une mince victoire.

Une chose avait été établie, en tout cas, dans notre conversation du 4 septembre : Felipe Gonzalez ne remanierait son gouvernement que lorsque la crise du Golfe serait résolue par la défaite de Saddam Hussein.

La date de mon départ serait donc fixée par le général Norman Schwarzkopf.

Épilogue

« Parfois j'étais récompensé de ma patience Ma mère s'avançait toute seule dans le long couloir qui traversait l'appartement de part en part Un couloir en forme de L majuscule L comme lilas lilote ou lapis-lazuli À gauche de ce couloir s'alignaient la plupart des pièces donnant sur la rue Alfonso XI La petite branche du L donnait sur la rue Juan de Mena

Parfois

Parfois ma mère s'avançait toute seule dans le couloir pénombreux qui traversait l'appartement de part en part Qui commençait au vestibule et aboutissait avant de virer à angle droit à la porte de la chambre à coucher de mes parents Quand ma mère y est morte cette pièce a été condamnée pendant deux longues années Vidée de ses meubles Volets clos sur la rue La porte du couloir fermée à double tour et de surcroît obturée par des bandes de papier adhésif collées sur toutes les rainures Nul ne nous avait expliqué les raisons de cette clôture implacable destinée sans doute à nous protéger des effluves délétères d'une agonie interminable et douloureuse Mais je passais devant la porte de la chambre de ma mère Sa chambre conjugale et mortuaire En tremblant je passais plusieurs fois par jour devant cette porte close sur les secrets de la mort Sur l'intolérable secret de la mort... »

J'étais devant cette porte, une vie plus tard.

J'avais écrit des années auparavant tout un roman, *l'Algarabie*, pour pouvoir parler de ce couloir, de cette chambre, de ce souvenir mortel. J'étais dans le couloir de ce roman, la chambre maternelle de ce roman. J'y étais vraiment, plus d'un demi-siècle plus tard.

Le jeudi 14 mars 1991, j'ai parcouru l'appartement de mon enfance. Je l'avais quitté en 1936, pour les vacances d'été. En 1953, j'étais venu sous ses fenêtres, lors de mon premier voyage clandestin en Espagne. Depuis, à l'occasion, passant par la rue Alfonso XI, en allant au Prado, peut-être, ou en promenade au Retiro, tout au long des années, j'avais levé le regard, j'avais contemplé la longue suite de fenêtres. Puis, en juillet 1988, j'étais revenu habiter en face de la maison de mon enfance.

La boucle était bouclée, la vie avait été vécue.

Le 14 mars 1991, la veille de mon départ pour Paris, j'ai parcouru l'appartement de mon enfance. L'immeuble avait été vendu, quelque temps auparavant, à une société immobilière qui allait y installer des bureaux. Les locataires étaient partis, les uns après les autres. Des travaux d'aménagement allaient bientôt commencer. J'avais obtenu l'autorisation de visiter l'appartement de mon enfance.

Des fantômes m'accompagnaient : tous les morts qui avaient ici vécu avec moi. C'étaient des fantômes apaisés, comme si leur longue mort les avait réconciliés avec la vie. Avec les béatitudes mais aussi les violences de la vie. Ils marchaient à mes côtés, légèrement. Ils n'avaient pas vieilli, dans leur longue mort. Tous ces morts étaient plus jeunes que moi.

« Parfois

Parfois j'étais récompensé de ma patience Ma mère s'avançait toute seule dans le long couloir qui traversait l'appartement de part en part »

Les pièces se succédaient. Elles étaient vides, quelque peu dévastées. Les travaux d'aménagement n'avaient pas encore commencé, mais on avait déjà enlevé les portes, arraché les boiseries. Cet aspect de dévastation me convenait. Je veux dire : il convenait au moment, à la situation. À la nature nostalgique de mes sentiments.

Je me suis approché d'une fenêtre, sur la rue Alfonso XI. Autrefois, c'était la salle d'études des frères aînés qui était installée dans cette pièce. J'ai regardé l'appartement de fonction, de l'autre côté de la rue. J'ai eu l'impression, fugace mais violente – délicieusement violente –, que j'étais au-dehors. Au-dehors de ma propre vie, j'entends. En face de ma propre vie. De l'autre côté de celle-ci, déjà.

Avais-je appris quelque chose d'essentiel au cours de ces années ministérielles ?

Rien d'essentiel, me semblait-il. Rien sur le pouvoir, en tout cas. Rien que je n'eusse pas déjà appris dans les livres. De Platon à Dante, de Bodin à Max Weber, de Machiavel à Montesquieu, de Tocqueville à Lénine – je n'en ferai point le catalogue –, tout est dans les traités. Les raisons du pouvoir, sa rationalité obscure ou rayonnante. Quant aux déraisons, il suffit de lire Sophocle et Shakespeare.

Avais-je réussi à laisser une trace de mon passage, à marquer de mon empreinte les activités du ministère ?

Quelqu'un a dit, je crois que c'est André Malraux, qu'un ministère des Affaires culturelles est un luxe inutile si l'on ne donne pas aux ministres un budget convenable et de la durée. Car le temps des réformes est long, dans ce domaine ; on n'agit pas seulement sur la matérialité des objets et des lieux, on agit surtout sur l'esprit du temps : sur les goûts, les croyances et les fantasmes collectifs.

Je n'avais pas eu la durée, je n'avais pas eu de budget convenable, malgré la compréhension et parfois l'appui de Felipe Gonzalez et de Carlos Solchaga. La raison en était que la majorité de la classe politique espagnole n'a qu'une vision instrumentale de la culture. Les socialistes non plus n'ont pas compris, pour ne pas y avoir vraiment réfléchi, quel rôle crucial pourrait jouer un ministère des Affaires culturelles, dans la longue chaîne du service public, de l'enseignement primaire à la télévision.

Certes, j'avais mis en marche un certain nombre de réformes (cinéma, organisation et autonomie des musées, relations avec les Communautés autonomes, nouvelle législation sur le mécénat, etc.) dont le dénominateur commun est simple à définir : il s'agissait d'utiliser tous les leviers de l'État pour désétatiser les entreprises culturelles, pour en donner l'initiative et les moyens à la société civile, à tous les corps sociaux intermédiaires, brisant ainsi la rigidité des corporatismes bureaucratiques. Il s'agissait, en somme, de passer de la culture des subventions étatiques à celle de l'autonomie et de l'initiative sociétaire.

Mais ces réformes étaient à peine esquissées. Il suffirait d'un retour de la pusillanimité, des politiques cauteleuses tendant à éviter les conflits et à flatter l'immobilisme conformiste des appareils de toute espèce, pour qu'elles s'enlisent ou connaissent même un processus d'involution.

Je pouvais aussi mettre à mon actif un style de travail caractérisé par une expression personnelle, une prise de parole constante. Mais je n'y avais pas grand mérite. Tout écrivain aurait réussi à imposer son style propre. C'est l'écrivain qui avait été personnel : cela avait déteint sur le ministre.

Tout compte fait, la chose la plus importante à mettre à mon actif débordait du cadre du ministère de la Culture. C'était d'avoir attaché un grelot politique aux basques d'Alfonso Guerra, d'avoir dénoncé la culture arrogante et archaïque d'appareil qu'il incarnait mieux que tout autre. Mais que tout autre aurait pu incarner, le cas échéant, toutes choses égales par ailleurs. C'est la culture d'appareil qu'il faut mettre en cause et en question, qu'il faut réformer en permanence.

Pour s'éviter d'aborder cette question centrale, pour maintenir un équilibre, une cohésion formelle – qui ne pouvaient que s'avérer provisoires, inefficaces sur le moyen terme –, Felipe Gonzalez m'avait renvoyé du gouvernement. Mais le grelot resterait attaché aux basques du guerrisme : personne ne l'en détacherait plus.

J'ai quitté à petits pas l'appartement de mon enfance, le lieu dévasté de ma mémoire enfantine. J'ai pensé soudain à mon père, tel qu'il m'était réapparu sur l'image photographique que Sonja O. m'avait envoyée. La veille, un de mes proches et meilleurs collaborateurs au ministère, Joaquin Puig de la Bellacasa, m'avait offert un livre de mon père qu'il avait trouvé dans une librairie d'occasion. C'était un livre étrange, que j'avais oublié, *La estación de las ánimas*. Pendant mon séjour à Madrid, depuis 1988, j'avais réussi à retrouver des exemplaires de tous les livres publiés par mon père. Y compris ses livres de poèmes. Mais j'avais oublié l'existence de celui que Joaquin Puig m'offrait en cadeau d'adieu. C'était un livre étrange, publié en 1932, une suite de brèves narrations écrites dans le castillan baroque et nuancé, riche en mots inusuels mais pertinents, qui lui avait été propre. Toutes ces narrations tournaient autour de la mort, son obscure présence aveuglante.

J'ai quitté l'appartement de mon enfance où mon père avait écrit ce livre sur la mort qui me parvenait après toute cette mort, comme un signe indéchiffrable mais plein de sens.

Alors, dans ce lieu dévasté de ma mémoire, ce paradis perdu et retrouvé de l'enfance, j'ai dit à voix basse, dans le silence de ma mémoire, une phrase en espagnol que je ne traduirai pas :

¡Que me quiten lo bailado!

Table

DU MÊME AUTEUR

LE GRAND VOYAGE, Gallimard, 1963 ; Folio, 1972.
LA GUERRE EST FINIE, Gallimard, 1966.
L'ÉVANOUISSEMENT, Gallimard, 1967.
LA DEUXIÈME MORT DE RAMON MERCADER, Gallimard, 1969 ; Folio, 1984.
LE STAVISKY D'ALAIN RESNAIS, Gallimard, 1974.
AUTOBIOGRAPHIE DE FEDERICO SANCHEZ, Seuil, 1978.
QUEL BEAU DIMANCHE ! Grasset, 1980 ; rééd. 1991.
L'ALGARABIE, Fayard, 1981 ;
MONTAND, LA VIE CONTINUE, Denoël, 1983 ; Folio, 1985.
LA MONTAGNE BLANCHE, Gallimard, 1986 ; Folio, 1988.
NETCHAÏEV EST DE RETOUR, LGF, 1989 ; rééd. J. -C. Lattès, 1991.
L'ÉCRITURE OU LA VIE, Gallimard, 1994.

Le Livre de Poche Biblio

Extrait du catalogue

Sherwood ANDERSON
Pauvre Blanc
Guillaume APOLLINAIRE
L'Hérésiarque et Cie
Miguel Angel ASTURIAS
Le Pape vert
Djuna BARNES
La Passion
Andrei BIELY
La Colombe d'argent
Adolfo BIOY CASARES
Journal de la guerre au cochon
Karen BLIXEN
Sept contes gothiques
Mikhail BOULGAKOV
La Garde blanche
Le Maître et Marguerite
J'ai tué
Les Œufs fatidiques
Ivan BOUNINE
Les Allées sombres
André BRETON
Anthologie de l'humour noir
Arcane 17
Erskine CALDWELL
Les Braves Gens du Tennessee
Italo CALVINO
Le Vicomte pourfendu
Elias CANETTI
Histoire d'une jeunesse (1905-1921) - *La langue sauvee*
Histoire d'une vie (1921-1931) - *Le flambeau dans l'oreille*
Histoire d'une vie (1931-1937) - *Jeux de regard*
Les Voix de Marrakech
Raymond CARVER
Les Vitamines du bonheur
Parlez-moi d'amour
Tais-toi, je t'en prie
Camillo José CELA
Le Joli Crime du carabinier
Blaise CENDRARS
Rhum
Varlam CHALAMOV
La Nuit
Quai de l'enfer
Jacques CHARDONNE
Les Destinées sentimentales
L'Amour c'est beaucoup plus que l'amour
Jerome CHARYN
Frog
Bruce CHATWIN
Le Chant des pistes
Hugo CLAUS
Honte
Carlo COCCIOLI
Le Ciel et la Terre
Le Caillou blanc
Jean COCTEAU
La Difficulté d'être
Clair-obscur
Cyril CONNOLLY
Le Tombeau de Palinure
Ce qu'il faut faire pour ne plus être écrivain
Joseph CONRAD
Sextuor
Joseph CONRAD et Ford MADOX FORD
L'Aventure
René CREVEL
La Mort difficile
Mon corps et moi
Alfred DÖBLIN
Le Tigre bleu
L'Empoisonnement
Lawrence DURRELL
Cefalù
Vénus et la mer
L'Ile de Prospero
Citrons acides
La Papesse Jeanne
Friedrich DÜRRENMATT
La Panne
La Visite de la vieille dame
La Mission
J.G. FARRELL
Le Siège de Krishnapur
Paula FOX
Pauvre Georges!
Personnages désespérés
Jean GIONO
Mort d'un personnage
Le Serpent d'étoiles
Triomphe de la vie
Les Vraies Richesses
Jean GIRAUDOUX
Combat avec l'ange
Choix des élues
Les Aventures de Jérôme Bardini

Vassili GROSSMAN
Tout passe
Knut HAMSUN
La Faim
Esclaves de l'amour
Mystères
Victoria
Hermann HESSE
Rosshalde
L'Enfance d'un magicien
Le Dernier Été de Klingsor
Peter Camenzind
Le Poète chinois
Souvenirs d'un Européen
Le Voyage d'Orient
La Conversion de Casanova
Les Frères du soleil
Bohumil HRABAL
Moi qui ai servi le roi d'Angleterre
Les Palabreurs
Tendre Barbare
Yasushi INOUÉ
Le Fusil de chasse
Le Faussaire
Henry JAMES
Roderick Hudson
La Coupe d'or
Le Tour d'écrou
Ernst JÜNGER
Orages d'acier
Jardins et routes
(Journal I, 1939-1940)
Premier journal parisien
(Journal II, 1941-1943)
Second journal parisien
(Journal III, 1943-1945)
La Cabane dans la vigne
(Journal IV, 1945-1948)
Héliopolis
Abeilles de verre
Ismail KADARÉ
Avril brisé
Qui a ramené Doruntine ?
Le Général de l'armée morte
Invitation à un concert officiel
La Niche de la honte
L'Année noire
Le Palais des rêves
Franz KAFKA
Journal
Yasunari KAWABATA
Les Belles Endormies
Pays de neige
La Danseuse d'Izu
Le Lac
Kyôto
Le Grondement de la montagne
Le Maître ou le tournoi de go
Chronique d'Asakusa
Les Servantes d'auberge
Abé KÔBÔ
La Femme des sables
Le Plan déchiqueté
Andrzeij KUSNIEWICZ
L'État d'apesanteur
Pär LAGERKVIST
Barabbas
LAO SHE
Le Pousse-pousse
Un fils tombé du ciel
D.H. LAWRENCE
Le Serpent à plumes
Primo LEVI
Lilith
Le Fabricant de miroirs
Sinclair LEWIS
Babbitt
LUXUN
Histoire d'AQ : Véridique biographie
Carson McCULLERS
Le cœur est un chasseur solitaire
Reflets dans un œil d'or
La Balade du café triste
L'Horloge sans aiguilles
Frankie Addams
Le Cœur hypothéqué
Naguib MAHFOUZ
Impasse des deux palais
Le Palais du désir
Le Jardin du passé
Thomas MANN
Le Docteur Faustus
Les Buddenbrook
Katherine MANSFIELD
La Journée de Mr. Reginald Peacock
Somerset MAUGHAM
Mrs Craddock
Henry MILLER
Un diable au paradis
Le Colosse de Maroussi
Max et les phagocytes
Paul MORAND
La Route des Indes
Bains de mer
East India and Company
Vladimir NABOKOV
Ada ou l'ardeur
Anaïs NIN
Journal 1 - *1931-1934*
Journal 2 - *1934-1939*
Journal 3 - *1939-1944*
Journal 4 - *1944-1947*

Joyce Carol OATES
Le Pays des merveilles
Edna O'BRIEN
Un cœur fanatique
Une rose dans le cœur
Les Victimes de la paix
PA KIN
Famille
Mervyn PEAKE
Titus d'Enfer
Leo PERUTZ
La Neige de saint Pierre
La Troisième Balle
La Nuit sous le pont de pierre
Turlupin
Le Maître du jugement dernier
Où roules-tu, petite pomme ?
Luigi PIRANDELLO
La Dernière Séquence
Feu Mathias Pascal
Ezra POUND
Les Cantos
Augusto ROA BASTOS
Moi, le Suprême
Joseph ROTH
Le Poids de la grâce
Raymond ROUSSEL
Impressions d'Afrique
Salman RUSHDIE
Les Enfants de minuit
Arthur SCHNITZLER
Vienne au crépuscule
Une jeunesse viennoise
Le Lieutenant Gustel
Thérèse
Les Dernières Cartes
Mademoiselle Else
Leonardo SCIASCIA
Œil de chèvre
La Sorcière et le Capitaine
Monsieur le Député
Petites Chroniques
Le Chevalier et la Mort
Portes ouvertes
Isaac Bashevis SINGER
Shosha
Le Domaine
André SINIAVSKI
Bonne nuit !
Muriel SPARK
Le Banquet
George STEINER
Le Transport de A. H.
Andrzej SZCZYPIORSKI
La Jolie Madame Seidenman
Milos TSERNIANSKI
Migrations
Tarjei VESAAS
Le Germe
Alexandre VIALATTE
La Dame du Job
La Maison du joueur de flûte
Ernst WEISS
L'Aristocrate
Franz WERFEL
Le Passé ressuscité
Une écriture bleu pâle
Thornton WILDER
Le Pont du roi Saint-Louis
Mr. North
Virginia WOOLF
Orlando
Les Vagues
Mrs. Dalloway
La Promenade au phare
La Chambre de Jacob
Entre les actes
Flush
Instants de vie

Composition réalisée par
INFOPRINT à l'île Maurice

IMPRIMÉ EN FRANCE PAR BRODARD ET TAUPIN
Usine de La Flèche (Sarthe).
LIBRAIRIE GÉNÉRALE FRANÇAISE - 6, rue Pierre-Sarrazin - 75006 Paris.
ISBN : 2 - 253 - 13686 - 7 31/3686/8